KB055734

이건 경찰국 리아피아트 지부의 직원이자 순찰형사부에 소속되어 있으며 계급은 경위인 나츠라는 여성 경찰관에 대한 이야기다.

Housekihaki no Onnanoko

Natsu

소아란

마녀협회에 소속된 마법사.
사람을 대하는 태도가
나긋나긋하고, 중성적인
이목구비를 한 청년.
하지만 그 정체는 사랑스런
소녀로 변신하여 '마법소녀
나기땅'이라고 이름을 대는
변태.

Sic

La

나츠

리아피아트 지부에 재직하고
있는 민완 경위. 시원스런
성격에 깔끔한 스타일의
여성. 스푸트니크와는
앙숙이다.

Illad

일라쟈

마녀협회에 소속된 마법사.
플래티넘 블론드의 긴
머리카락이 특징인
말수가 적은 여성.
소아란의 부하로
그를 좋아한다.

character
Housekihaki no Onnanoko

Clue

클루

스푸트니크 보석점의 종업원.
잘 웃고 잘 화내는
밤색 머리를 한 여자아이.
'보석을 토하는' 불가사의한
체질의 소유자.

스푸트니크

스푸트니크 보석점의 점주.
외모만큼은 쓸데없이 멋지곳은 청년.
클루의 체질을 알고 있지만,
그녀에게 위험이 미치지 않도록
주위에 비밀로 하고 있다.

Sputnik

character
Housekihaki no Onnanoko

유키

클루롤 보석상회의 직원으로,
스푸트니크 보석점을
관리담당하는 여성.
부드러운 인상을 주는
여성이지만······?

엘사

카페 피네의 웨이트리스.
포니테일이 잘 어울리는
온화한 여성.
붙임성 있는 성격으로
나츠와 친한 사이.

Yuki

Elsa

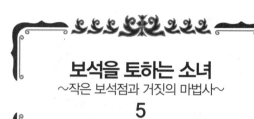

보석을 토하는 소녀
~작은 보석점과 거짓의 마법사~
5

나미아토 지음 | **케이** 일러스트 | **김현화** 옮김

S NOVEL

리아피아트

대륙 동부에 위치한, 루카 가도의
역마을으로 번영했던 도시.
과실과 화훼의 명산지.
치안이 좋고 기후가 온난하여
살기 좋은 곳으로 알려져 있다.

코쿠디에

'물의 도시'라는 두 번째 이름을
가지고 있는, 수로가 발달한
도시. 비교적 추운 지방이므로
겨울이면 눈이 쌓이지만, 수로는
일 년 내내 얼지 않는다.
마녀협회 지부가 있어서 마법사들의
거점 중 하나인 도시이기도 하다.

피네치카

리아피아트 시에서 루카 가도를
서쪽으로 나아간 곳에 있는 도시.
과실을 가공한 과자가 유명한데,
이는 리아파이트 시에서 수확한
과실이 이곳에서 가공되어 루카 가
도로 운반되기 때문이다.
클루를 보석상회 지부가 자리한다.

Housekihaki no Onnanoko

Written by Namiato, Illustration by Kei

5

프롤로그
013

잇다
017

그들의 바람
135

그리고 한 걸음
257

에필로그
291

프롤로그

타닥타닥, 장작 타는 소리가 들렸다.

난로 불이 싸늘한 밤을 희미하게 비추고 있었다.

*

그녀가 회중시계를 꺼냈을 때, 그 회중시계의 짧은 바늘이 가리킨 공간은 11시 조금 전이었다.

새들마저도 모두 잠들어 고요해진 한밤중, 피네치카 시에 있는 건물의 어느 한 공간에서. 난로에서 타닥타닥 하는 소리만이 울려 퍼지는 가운데, 그녀는 그 남자 앞에서 왼손을 허리에 대고 서 있었다.

"……이걸 내일 점심 전까지. 지금부터 말하는 곳에 전달해줬으면 좋겠어."

책상 위를 시선으로 가리켰다.

놓여 있는 것은 커다란 서류 봉투였다. '내용물' 탓에 두툼한 그것은 조금 전에 그녀가 이제 막 쓴 것이었다. 어떤 사람을 위해서 정성스러운 글자와 적절한 말로.

"배달해줬으면 하는 장소는……."

목적지를 남자에게 전했다. 그것은 이곳과 다른 도시의 이름이었다. 그곳에 내일 점심때까지 물품을 전달하는 것

은 오늘 영업이 이미 끝나버린 우체국으로는 우선 무리였
다. 하지만 그녀는 어떻게 해서든 그 서류를 기한까지 어떤
사람에게 확실히 전달할 필요가 있었다.

그래서. ——그녀는 '그 외의 대책'을 강구할 필요가 있었다.

"갈 수 있겠어?"

그녀는 눈앞에서 시중을 드는 그 남자에게 물었다. 하지
만 그것은 물음의 형태를 띠면서도 실질적으로는 명령이었
다. 그것이 자신의 바람인 이상 불가능하다는 대답은 용납
하지 않는다고 말이다.

그리고 남자 쪽도 불가능하다고 대답할 마음이 전혀 없는
것 같았다.

난로 불에 비춰진 옆얼굴이, 그 입술이, 부적절하게 일그
러졌다.

남자는 바닥에 한쪽 무릎을 꿇은 채 그녀의 오른손을 잡
았다.

"당신의 분부에 따르겠습니다."

그리고 남자가 그녀의 하얀 손등에 자신의 입술을 닿게
하기——

직전.

짝 하는 타격음이 방 안에 울려 퍼졌다.

"날 섣불리 건드리지 말라고 몇 번이나 말해야 알아듣겠

어? 멍청한 녀석."

"감사합니다……!"

자신을 덮친 고통이 마치 무엇과도 바꿀 수 없는 보물이라도 되는 양 남자는 부은 왼쪽 뺨을 공손하게 양손으로 감쌌다.

책상 위에 놓인 봉투, 그리고 두꺼운 내용물.

그 수취 장소로 지시받은 도시의 이름, 그리고 수취인은──

*

리아피아트 시(市)는 대륙 동부에 위치한 루카 가도의 역마을로 번영했던 중소 도시였다.

일 년 내내 온난한 기후 덕분에 각종 과실과 화훼의 산지로 알려진 그 도시는 마녀협회 지부는 없지만, 경찰국의 치안 유지 활동이 상당히 우수하여 미해결 사건은 제로나 마찬가지였기에 무척이나 살기 좋은 땅이었다.

그런 도시 한쪽 구석에 점원 두 사람이 일하는 아담한 보석점이 있었다. ──'스푸트니크 보석점'.

잇다
Housekihaki no Onnanoko

1

그러니까 말 안 해.

*

————.

그 순간까지 꾸고 있던 것이 꿈이라는 사실을 눈을 뜨고 나서 처음으로 알아차렸다.

꺼림칙한 꿈을 꿨다.

대단히 꺼림칙한 녀석이 나오는, 대단히 속이 뒤집히는 꿈이었다.

옷의 주름이나 빛의 정도, 상대의 눈동자 색깔까지 또렷하게 재현된 것은 그녀의 뇌가 장면 구성력이 딱히 뛰어나서가 아니라 현실에서 한 번 본 적 있는 광경이었기 때문일 것이다.

뒤집어쓴 이불 속에서 한숨을 천천히 쉬었다. 가슴이 이상하게 묵직한 것은 어젯밤에 먹은 크로켓 때문이 아니다.

——자명종이 울리지 않은 것은 오늘이 휴일이기 때문이다.

오랜만에 맞이하는 휴일인데 꿈자리가 완전 뒤숭숭했다. 지금 몇 시지 하고 머리맡에 손을 뻗었지……만, 그 순간 한 가지를 떠올리고 그녀는 다급히 이불 속으로 팔을 끌어당겼다.

그리고 그녀──나츠는.

꿈보다도 훨씬 살결에 사무치는 현실에 떨리는 목소리로 중얼거렸다.

"추워 죽겠어……."

어느 추운 겨울날의 일이었다.

2

피어오르는 커피 향, 흔들리는 수증기.

하얀 도자기 잔에 손을 갖다 대자 겨울 공기에 시린 손끝을 따듯하게 감싸주었다.

잔을 쥐고 눈을 감은 후 그 향기를 한껏 들이켜고──경찰국 리아피아트 지부 소속 경찰관 나츠는 진지하게 읊조렸다.

"최악이야……."

"잠깐만."

화가 난 기색이 짙은 목소리가 몹시 가까운 곳에서 들렸다.

눈을 떴다. 그러자 나츠의 눈앞, 카운터 안에 웨이트리스 한 사람이 서 있었다. 눈을 치켜뜨고 허리에 손을 댄 채 명백하게 화가 난 표정을 짓고 있었다.

"왜 그래, 엘사. 왜 신경질을 내고 그래."

"'왜 그래'라니 그건 내가 할 말이지. 남의 가게 커피에 '최악'이라니, 무슨 소리야."

——이곳은 리아피아트 시에 자리한 카페 피네였다.

나츠보다 한 살 어린 소꿉친구 엘사와 그 가족이 경영하는 가게였다. 옛날부터 이따금 신세를 지고 있지만, 취직하고 혼자 살기 시작하면서 이용 빈도수가 확연히 늘었다. 이제는 이 가게에서 주문하지 않은 요리가 없다고 해도 과언이 아니었다. 그래서 이 가게의 요리가 맛있다는 사실은 잘 알았고, 애초에 먼저 한 말은 커피를 향해 한 말도 아니었다.

"커피는 맛있어."

마음에 들지 않는 것은 커피 맛이 아니었다. 그것을 증명하기 위해서 커피를 한 모금 홀짝였다.

그러고서 한숨을 쉬고 카운터에 엎드렸다. 얼이 나간 소꿉친구의 모습에 엘사는 갈수록 어처구니가 없어졌는지 "정말 못 말린다니까"라고 중얼거렸다.

"애초에 나츠, 오늘은 일 안 해? 사복을 입은 채 농땡이 부려도 되는 거야? 벌써 10시야."

"오늘은 비번이야…… 아아, 최악이야. 모처럼 찾아온 휴일인데 꿈자리가 사나워서 기분이 너무 안 좋아."

"꿈?"

"새벽에 말이지, 꺼림칙한 꿈을 꿨어."

정말이지 말로 하기도 싫은 최악의 꿈을 꿨다.

카운터에 뺨을 갖다 댄 채 입술을 뾰로통하니 내밀었다. 그러자 나뭇결이 잘 보였다. 한 군데에 나뭇결이 세 개 모여 있는 곳을 발견하고 문득 옛날 일을 떠올렸다. 그러고 보니 어릴 적에는 이 자리를 싫어했다. 나뭇결이 마치 사람 얼굴이 녹아 있는 것처럼 보여서 불쾌했기 때문이다.

"스푸트니크 씨 꿈이라도 꾼 거야?"

──그러자.

외면하고 있었는데 엘사가 그 원인을 확실히 알아맞히자 자신도 모르게 인상이 구겨졌다. 눈만 움직여서 엘사를 쳐다보았다. 내려다보는 그녀가 재미있다는 듯이 웃고 있다는 사실을 알았다.

그리고 그렇게 웃는 얼굴을 한 채 엘사는 이런 말을 했다.

"'싫다는 건 반대로 좋다는 소리기도 하지'."

"말도 안 되는 소리 하지 마."

내뱉듯이 답했다. 커피의 쓴 맛이 마치 목구멍 안에서 올라오는 것 같았다.

스푸트니크. 이 리아피아트 시에 있는 유일한 보석점, '스푸트니크 보석점' 점주의 이름이었다. 클루라는 소녀를 종업원으로 고용해 그 아담한 가게를 경영하고 있었다.

리아피아트는 그들이 오기 전까지 보석점이 없었던──설령 생기더라도 가게를 접고 사라졌던──땅이었다. 이곳에서 계속해서 경영하고 있다는 사실을 생각하면 보석상으로서의 수완은 그나마 괜찮은 듯했지만, 삶의 방식도 내뱉는 말도 늘 얼렁뚱땅에다가 생활 태도도 그다지 바람직하다고는 할 수 없었으며 게다가 무엇보다 성격이 괴팍했다.

특히 나츠에 대한 태도는 명백해서 만나자마자 제일 먼저 나오는 말은 불만이나 매도나 욕지거리였다. 그런 남자와 사이좋게 지내다니 물론 불가능한 일이었다.

"그럴 일이 있을 것 같아?"

"없겠지."

"그럼 왜 말한 거야?"

"놀린 것뿐이야."

오랫동안 친분을 쌓아와서 나츠에 대해 잘 아는 그녀는 그런 말을 미안한 기색도 없이 했다. '좀 사이좋게 지내. 어른이잖아' 하는 말이 엘사의 웃는 얼굴에 비쳐 보이는 듯한 것은, 이쪽의 지나친 생각인 걸까. 하지만······.

——"그러니까 말 안 해."

꿈에서 본 광경을, 들었던 말을 떠올렸다. 그 말투가, 그리고 말하는 그의 동작이 묘하게 생생했던 것은 현실에서 한 번 본 적 있는 광경이었기 때문이다.

"저기, 엘사."

조금 미지근해진 커피에 밀크를 넣으면서 카운터 안의 그녀를 불렀다.

"왜에."

"그 두 사람에 대해서 어떻게 생각해?"

"어떻게라니?"

'이느 두 사람'에 대해서 묻고 있는지는 말하지 않아도 전해진 것 같았지만.

질문이 너무 막연했던 모양이었다. 바꿔 말했다.

"어떤 관계로 보여?"

"점주랑 점원."

"…………."

"농담이야."

아무 말 없이 가만히 보는 것만으로도 그녀는 선뜻 인정했다.

스푸트니크 보석점——그곳에서 일하는 다른 한 사람, 종업원인 클루라는 소녀. 긴 밤색 머리카락이 인상적인 소녀로 무척이나 솔직하고 무슨 일이든 열심인, 상당히 귀여운 여자아이였다. 그 친절함과 순수함으로 인해 품행이 불량한 점주 때문에 화를 내고 우는 모습을 나츠는 몇 번이고 본 적이 있다.

하지만 그럼에도 그 아이에게는 스푸트니크가 소중한 것 같았다. 그것이 연모의 감정인지, 고용주에게 감사하다가 생긴 감정인지는 잘 모르겠지만.

……하지만. 하고 나츠는 생각했다. 그 소녀에게도 뭔가 비밀로 간직하고 있는 것이 있는 듯한 느낌이 들었다.

평범한 보석점. 치고는 뭔가 수상쩍은 이인조.

그리고 그렇게 생각하는 것은 나츠뿐만이 아닌 모양이었다. 엘사는 어깨를 으쓱했다.

"난 경찰도 아니니 남의 일에 이러쿵저러쿵하는 것도 그렇지만……."

"남의 개인정보를 파헤치고 다니는 게 내 일인 것처럼 말하지 마."

"오늘 나츠 왠지 까칠하네. 너무 까칠하게 굴면 화장이 뜰지도 몰라."

"…………."

대꾸하고는 싶었지만, 상대의 이야기를 가로막은 건 이쪽이었다. 아무 말 없이 기다리자 그녀는 본론인 화제를 바로 다시 꺼냈다.

"하지만 확실히 특이한 사람들이긴 하지. 스푸트니크 씨가 상인으로 여행할 적에 클루가 열악한 환경에서 일하고 있던 걸 보다 못해 스카우트 했다는 소리는 들었지만…… 실례지만, 스푸트니크 씨, 그런 자선 행위를 할 만한 사람으로는 보이지 않잖아."

"어디까지 진실일까……."

"클루도 씩씩하고 밝은 애지만 가끔 말을 얼버무리잖아. 거짓말을 잘 못하는 애라서 조금 가엽긴 해."

턱에 검지 끝을 갖다 대고 천장을 올려다보며 엘사가 말했다.

그 모습을 보면서 나츠는 스푸트니크를 생각했다.

"……왠지 싫단 말이지."

늘 건들건들한 태도에 진지한 이야기를 했다 하면 요리조리 피하는 그 남자.

그 모습을 보고 있으면 아무래도 짜증이 났다. 무시하면 좋을 텐데, 뉘 집 개가 짖는 소리라고 여기면 좋을 텐데, 아무래도 말 한마디 한마디에서 까칠함이 느껴져서 참을 수 없었다.

클루는 대체 어떤 비밀을 가지고 있을까. 그리고 그 인간의 존재는 어째서 이렇게 신경에 거슬리는 걸까.

흐음, 하고 신음하고 인상을 구기더니 나츠는 카운터에 털썩 엎드렸다. 컵이 시야 절반 정도를 가렸다. "후훗" 하는 소리가 난 것은 그때였다.

"뭐야, 엘사."

그 웃는 소리가 누구의 것인지 모르는 건 아니었다. 나지막한 목소리로 이름을 불렀지만, 그녀는 주눅 드는 기색도 없이 답했다.

"응? 왠지 나츠가 스푸트니크 씨를 싫어하는 게 재미있다 싶어서."

"왜?"

고개를 들지 않은 채 입술을 뾰로통하니 내밀었다. 그러나 그 모습도 우스꽝스러웠는지 엘사의 웃음소리는 갈수록 커졌다. 그리고 정말이지 재미있다는 듯이 질문에 대한 답을 말했다.

——하지만.

그 답은 나츠에게 있어서 상당히 못마땅한 것이었다.

"닮았어. 나츠랑 스푸트니크 씨."

무슨 소릴 하는지 나츠는 바로 이해하지 못했다.

닮았다고? 그 남자를? ──누가?

"어디가 말이야?"

"글쎄."

되물었지만 엘사는 얼버무렸다. "커피를 마시면서 생각해보면 어떨까?"라고 말하고서 나츠를 홀로 자리에 남겨둔 채 주방 안으로 모습을 감췄다. 답답함을 느끼면서 맛있는 커피를 홀짝이고 있자 쓴맛이 밀크의 달콤함과 더불어 입안에 퍼졌다.

"생각해보란 말이지……."

따뜻한 컵을 감싸듯이 잡고 나츠는 혼잣말을 했다.

그 '이상한 사람들'을 생각했을 때 먼저 떠오른 것은 그 비오는 날의 일이었다.

그렇다, 그 일은 지금으로부터 몇 년 전에 있었다. 평소에 하던 순찰을 한창 하던 중에 나츠는 이런 이야기를 들었다──

'낯선 남자가 겁에 질린 표정을 한 아이를 데리고 대로를 걷고 있다.'

*

지금으로부터 몇 년 전 봄날의 일.

그날은 아침부터 가느다란 안개비가 추적추적 내리고 있어서 거리를 걷던 사람들 몇몇이 우산이나 비옷을 사용하고 있었던 것을 기억한다. 목 뒤로 질끈 묶은 머리가 습기 때문에 뻗치고 몸이 조금 근질근질한 점이 불쾌하단 것 말고는 특별할 것 없이 평온하고 평범한 날이었다. 그 정보가 들리기 전까지는.

나츠와 그 '신고당한 남자'는 우산을 쓰고 있지 않았지만 그 '아이'는 키에 맞는 우비를 입고 그 남자의 등에 찰싹 들러붙어 있었다. 남자의 허리 벨트를 양손으로 단단히 부여잡고 그가 걷자 그 아이도 쫄래쫄래 같이 따라갔다. 그가 멈춰 서자 그녀도 멈춰 섰다──제대로 멈춰 서지 못해서 여세에 "읍" 하고 그의 다리에 온몸을 부딪쳤다.

신고받은 대로 두 사람은 이 마을에서 본 적 없는 얼굴이 확실했다. 나츠 자신도 아이 쪽은 처음 보았다. 하지만──

남자만큼은 본 기억이 있었다.

말을 걸까 말까 망설이던 중에 남자가 이쪽의 시선을 알아차린 것 같았다. 고개를 이쪽으로 돌리더니──노골적으로 표정을 일그러뜨렸다.

혐오스런 형상이었다.

나츠는 빠른 걸음으로 그에게 다가가 그의 오른손목을 잡았다.

"유괴 혐의로⋯⋯."

"우리 종업원이야."

대들듯이 말한 그가 가방에서 즉시 꺼내서 펼친 것은 몇 가지 서류였다. 어느 보석상회의 문양이 들어간 신분증명서와 리아피아트 시에서 발행한 영업 허가증이었다.

신분증명서는 그렇다 쳐도 영업 허가증은 커다란 책과 크기가 비슷했다. 나츠는 그 서류들의 진위보다도 늘 가지고 다니기엔 지나치게 큰 서류를 그가 익숙한 모습으로 꺼냈다는 사실에 우선 어이가 없었다.

"……당신, 그걸 늘 가지고 다니는 거야?"

"이 마을은 치안이 정말 좋네. 이 마을에 오고 나서 나한테 이 녀석과의 관계를 물어 온 사람이 너까지 포함해 고맙게도 10번째야, 제길."

즉, 직무 질문에 대한 대응책일 테다.

──스푸트니크 보석점, 점주 스푸트니크. 그게 그의 직함과 이름이라는 사실을 나츠가 알게 된 것은 지난번에 이미 한 번 리아피아트 시청에서 그와 면식이 있었기 때문이다.

하지만 아무리 좋게 말하고 싶어도 첫 대면이 호의적이지 않았다. 그가 지금 나츠를 보고 심히 불쾌한 표정을 지은 것은 그 또한 그때의 대화를 기억하고 있기 때문일 것이다. 그리고 예상대로 스푸트니크는 직무를 완수하려는 나츠에게 일말의 배려도 없는 대답을 했다.

이쪽의 신분을 밝히기만 해도 꺼림칙한 얼굴을 하고 단순한 세상이야기에도 사람을 조롱하는 대답을 하며, 끝내는 자신의 이름에 대해서도 "가명이야"라며 추잡하게 웃는 심히 수상쩍은 남자, '자칭' 스푸트니크. 그가 제시한 증명서는 확실히 어떤 보석상회에서 정식으로 발행한 것이었지만, 나츠는 아무래도 이 남자를 신용할 수가 없었다.

그래서 이 남자라면 유괴라도 저지를지 모른다고 생각했을 때 그의 허리 부근에서 시선을 느꼈다.

"응?"

쳐다보자 조금 전의 소녀가 그의 뒤에서 얼굴을 내밀고 있었다. 밤색 머리카락과 다갈색의 동글동글한 눈동자가 인상적인 귀여운 여자아이였다. 그의 여동생이라기에는 어렸고 딸이라기에는 나이가 가까워 보이는, 그의 가게의 '종업원'. 그녀는 나츠가 자신을 본다는 사실을 알아차리자 나츠가 인사를 하기보다 먼저 겁에 질린 듯이 숨을 머금고 뒤로 숨어버렸다.

스푸트니크의 무릎 위 부근을 양손으로 끌어안고 그의 엉덩이인지 넓적다리 뒤에 얼굴을 파묻으면서 그녀가 분명하지 않은 목소리로 한 말은.

"없어요."

"없다고 하는군."

"있잖아."

그 말은 이쪽을 바보 취급하는 스푸트니크에 대한 대답이었지만, 소녀는 자신을 향한 말이라고 착각한 모양이었다. 흠칫하고 소녀의 어깨가 떨렸고, 나츠가 아차 싶었을 때는 이미 늦어서 그 얼굴이 더욱 파묻혔다.

"다리예요."

"다리?"

의미 불명의 말을 스푸트니크가 보충했다.

"자신은 단순히 내 세 번째 다리에 지나지 않는 존재니까 딱히 신경 쓰지 말라는군."

그럴 수 없지 않은가.

하지만 그렇게 말하면 또 이 아이는 겁에 질릴 것이다. 그래서 말로는 하지 않고 그리고 만약을 위해서——는 아니지만 고용주 쪽에게 물었다.

"이 아이, 당신네 종업원이야?"

"그렇다고 조금 전부터 말했잖아."

"으, 으으으."

갑자기 소녀가 소리를 높였다. 절규라고 하기에는 거리가 멀었지만 겁에 질린 듯한 떨리는 목소리였다. 무슨 일인가 해서 그녀를 쳐다봤지만, 스푸트니크에게 있어서는 익숙한 일인지 어처구니가 없다는 투로 이렇게 설명했다.

"자신에 대한 이야기를 마음대로 주제로 삼아서 무서운 모양이야."

"흐으으으으으."

"너도 남의 엉덩이에 얼굴 좀 그만 파묻어."

이제 방해가 됐는지 스푸트니크는 다리에 매달린 그녀를 오른팔 하나로 들어 올리더니 짐짝처럼 옆구리에 들었다. 나츠의 위치에서 얼굴이 잘 보이게 되자 소녀는 다시 "꺄아

악" 하고 작게 비명을 질렀다. 가만히 있어도 동글동글한 눈이 더욱 둥글고 커졌다.

하지만 이쪽으로서도 계속해서 겁을 먹게 하는 일은 유감스러웠다. 그녀를 안심시키기 위해, 적이 아니라는 사실을 전하기 위해 나츠는 빙긋이 웃었다.

"처음 뵙겠습니다. 나츠입니다. 이 동네 경찰관이에요. 잘 부탁해요."

고용주의 팔에 끌어안긴 채 소녀의 고개가 이쪽으로 움직였다. 이윽고 도망칠 곳이 없다는 사실을 깨달은 그녀는 우비 후드 아래에서 나츠를 힐끔힐끔 쳐다보며 이렇게 말했다.

"……저, 저기…… 저기. 크, 클류예요."

"클류?"

"저, 저기, 저기……."

"클루잖아. 귀가 먹었냐? 할망구?"

두 사람이 나누는 대화의 속도가 너무 느려서 짜증이 났던 스푸트니크가 난폭하게 말에 끼어들었다. 기껏 미소 지었던 자신의 표정이 단숨에 굳어졌다는 사실을 자각했다.

"참 말 많네. 난 클루랑 이야기하고 있어."

"시끄러, 뭐가 '클루랑 이야기하고 있어'야. 마음대로 남한테 혐의를 씌우고 마음대로 말을 걸어 온 주제에."

"의심받을 만한 행동을 하는 게 나쁘잖아."

"난 아무 짓도 안 했거든? 용건 있으면 얼른 말하고 가, 할

망구. 아 미안 미안, 노인한텐 좀 더 천천히 말해줘야 알아듣지? 내—가—하— 는—말—들—리—세—요—할—머—니?"

"이……."

다 큰 어른의 어린애 같은 말투라는 건 어째서 이렇게 사람의 성질을 들끓게 하는 걸까. 나츠가 분노에 주먹을 쥔 채할 말을 잃고 있는 동안에 스푸트니크는 '어린애 같은' 말을 계속해서 반복했다.

"그럼 장도 다 봤으니 얼른 돌아갈까, 쿠. 귀가 어두운 마귀 같은 이상한 할머니한테 엮여서 무섭지? 쿠? 얼른 돌아가자, 쿠. 그런 뜻에서 가볼게. 따라오지 마."

멀거니 서 있는 나츠에게 단숨에 그렇게 말하더니 스푸트니크는 끌어안고 있던 클루를 내려놓고는 그녀의 손을 잡고 성큼성큼 걸어가기 시작했다. 손이 잡힌 클루는 빠른 걸음으로 어떻게든 그를 따라갔다.

어쩜 이렇게 짜증나는 남자가 다 있을까! 이 이상 저 등을 보고 있는 것도 울화통이 치밀어서 나츠는 몸을 돌려 걸어가려고 했다──하지만 그때 소란스러운 소리에 섞여서 콜록콜록 숨 막혀 하는 작은 기침 소리가 들리는 것 같았다.

어깨 너머로 돌아보자 클루가 우비를 입은 등을 둥글게말고 손수건을 입에 대고 있는 것이 보였다. 괜찮을까 걱정이 되면서도 클루를 사람한테서 가리듯이 서서 등을 문지르는 스푸트니크의 눈이 이쪽을 향해 '어딘가로 가버려'라고 말하는 것을 잘 알 수 있어서 나츠는 그들의 동향을 지켜보지 못하고 떨떠름하게 순찰을 다시 시작했다.

——아침부터 안개비가 내리고 있던 봄날의 일. 지금도 기억하고 있다.

당시의 클루는 어쨌거나 사람을 두려워했고, 그리고 스푸트니크는 당시부터 인상이 최악이었다.

*

딸랑딸랑.

과거를 생각하던 나츠를 현실로 되돌려준 것은 입구 문에 달린 벨 소리와 "다녀왔어, 누나"라는 목소리였다.

"아, 나츠 누나도 와 있었어?" 하고 이어진 그 목소리는 아마도 이 가게의 배달 서비스를 담당하고 있는 엘사의 두 남동생 중 한쪽일 터였다. 그녀의 두 남동생은 쌍둥이에다 목소리도 비슷해서 어느 쪽인지 알기 힘들었는데, 얼굴을 봐도 구별이 가지 않아서 나츠는 일부러 그쪽을 쳐다보는 것도 헛수고라는 사실을 알고 있었다.

카운터에 엎드린 채 "다녀왔어?"라고 말했다. 그 김에 "어느 쪽이야?"라고 묻자 그는 불쾌한 기색도 없이 여느 때의 명랑한 목소리로 "동생 쪽"이라고 말했다.

쌍둥이의 이름을 알고 있는 나츠에게는 자신의 이름을 대면 될 텐데 그러지 않는 것은 그 대답이 익숙하기 때문이라고 한다. 반사적으로 입에서 나온다고 했다. 그러나 그렇게 대답하기 때문에 동네 사람들에게 '저 가게의 쌍둥이'로 통하며 동네 사람들이 이름을 외우지 못한다는 사실을 나츠는 알고 있었다. 다만 그런 사실을 본인들이 신경 쓰는 기색이 없으니 딱히 상관없지만 말이다.

그리고 엘사는 동생을 향해 단순히 귀가를 맞이하는 인사만 했다.

"다녀왔어? 아, 벌써 시간이 이렇게 됐나…… 슬슬 준비해야지."

"준비?"

무슨 준비일까.

물어보자 엘사가 이렇게 답했다.

"'그 보석점 점주님'한테서 요리 예약을 받았거든."

그 보석점 점주님. 굳이 그런 말투를 사용하지 않아도 이 마을에 보석점은 한 군데밖에 없었다. 자연스럽게 인상이 구겨졌다.

"파티라도 하는 건가?"

"글쎄. 영문을 알 수 없는 조합의 메뉴긴 했지만……."

흐음, 하고 적당히 맞장구를 쳤다. 솔직히 흥미가 없었다.

그런 것보다 신경 쓰이는 것은 마음속에 자리한 답답함이었다. 어째서 이렇게까지 그 남자가 거슬리는 걸까. 엘사가 말한 대로 '닮아서'일까? 하지만 그 추측도 대체 무슨 뜻에서 비롯된 것인지 간단히 답이 나오지 않아서 아무리 생각해도 후련해지지 않았다. 그런 심중을 노골적으로 태도로

드러내고 있는 소꿉친구의 모습을 보고 엘사는 "정말이지 못 말린다니까"하고 어처구니가 없다는 듯이 말했다.

"어쨌거나 난 슬슬 일해야 해. 나츠도 그렇게 마음이 답답하면 산책이라도 다녀오는 게 어때?"

"산책이라……."

"차가운 바람이라도 쐬면 머리가 개운해질지도 모르잖아. 어차피 할 일도 없잖아? 간식이라도 들고 하이킹 기분으로 가는 게 어때?"

카운터에 엎드리고 있던 고개를 조금 움직여서 그쪽을 쳐다봤다. 하이킹을 나타내는 제스처인지 엘사는 하나둘 하고 그 자리에서 즐거운 듯이 팔을 크게 흔들고 있었다. 하지만——

나츠에게는 그녀가 한 말 중에서 한 가지 생각하는 바가 있었다. 그리고 지적했다.

"하이킹은 좀 더 따듯한 계절에 하는 거 아냐?"

"으음, 그리고 보니 그러네. 좀 더 봄 같을 때 하는 걸지도."

"뭐야. 그 얼렁뚱땅한 말투는."

"내 말이 얼렁뚱땅한 건 이제 와서 시작된 것도 아니잖아."

아무래도 자각은 하는 모양이었다.

"아니면 그 '연속 빈집털이 사건'의 범인이라도 수사하러 가는 게 어때?"

그 말을 듣고 나츠의 마음은 더욱 가라앉았다.

빈집털이. ——요 며칠 리아피아트 시를 소란스럽게 만들고 있는 화젯거리였다.

　리아피아트 시는 기본적으로는 범죄 사건이 적은 평온한 도시였다. 하지만 물론 인간 집단이다 보니 그러한 소동도 이따금 일어나곤 했다. 경찰국에서는 이번 빈집털이 사건에 관해서 수법이 같으니 아마도 동일범의 소행일 것이라는 견해를 나타내고 있었지만 범인의 날렵한 수법 때문에 여전히 체포하지 못하고 있었다. 문단속을 당부하거나 순찰 빈도를 늘리는 대책을 세우고는 있지만, 역시 사건을 신속하게 종결시킬 필요가 있었다.

　그러던 와중에 오늘 나츠가 휴가를 받은 것은 그 사건 탓으로 요 며칠 격무를 지나치게 강요받았기 때문이었다. 주변 사람들이 조금 쉬라고 억지로 그녀에게 휴가를 주었다. 다만 아침부터 꿈자리가 사나워서 그다지 즐거운 휴가의 시작이라고는 말할 수 없지만…… 그건 그렇다 치고.

　"산책이든 하이킹이든 수사든 뭐든 좋으니 어쨌거나 가 봐. 나갈 때 과자 줄 테니까."

　카운터에서 나츠의 눈앞에 팔이 쑥 뻗어왔다.

　그 손이 잡은 봉지를 받아들고 안을 들여다보았다. 손바닥 사이즈의 갈색 종이봉투에는 트러플 초콜릿 세 개가 들어 있었다. 갈색과 흰색과 녹색. 카페 피네에서 제공하는 요리는 하나같이 훌륭했고 그건 과자류도 예외는 아니었다. 하지만——

　녹색, 말차를 묻힌 초콜릿 하나를 집어서 입에 넣었다.

그 후 순간적으로 미간을 찌푸렸다.

"달아."

"시험작인데, 설탕 분량을 틀렸어. 정신이 드는 것 같지?"

뱉어내고 싶은 것을 꾹 참고 어떻게든 삼켰다. 그 표정을 예상하고 있었는지 엘사는 거침없이 깔깔대며 웃었다.

하지만. 그때 갑자기 엘사의 웃음이 사라졌다.

"아, 맞다."

"왜?"

그리고 다시 카운터에서 이쪽으로 팔을 뻗었다. 이번에는 아무것도 가지고 있지 않았다. 빈손을 살랑살랑 흔들고 이런 말을 했다.

"잊어버리고 있었네. 물통 돌려줘."

"물통? ……앗."

그리고 보니 어제 점심을 먹을 때 나왔던 차가 맛있어서 오후에 일하던 중에 직장에서도 마시고 싶어서 물통에 담아 달라고 했다. 너무 맛있어서 오후가 되자마자 다 마셨고 그리고 작은 사건이 들어오는 바람에 자신의 책상에 놔둔 것을 지금까지 잊고 있었다.

나츠의 얼빠진 목소리에 엘사는 나츠가 아무 말도 하지 않아도 물통의 행방을 짐작한 모양이었다. 순식간에 엘사의 눈썹이 치켜 올라갔다.

"……그 차는 물때가 지기 쉬워서 물통에 건네기 싫은 걸 나츠가 하도 부탁하니 만들어줬는데, 그 대신 물통은 얼른 돌려달라고 그, 만, 큼이나 당부했잖아."

"아, 알겠어, 알겠다고. 지금 직장에 가서 가지고 올게!"

말끝에서 감정이 부글부글 끓어오르는 것이 보였다. 이 상태의 엘사에게 이길 수 있는 사람은 별로 없었다. 나츠는 얼른 그렇게 답하고 한 손으로는 초콜릿 봉지를, 다른 한 손으로는 코트를 들고 카페 피네의 입구문을 열었다.

맑은 종소리와 더불어 차가운 겨울바람이 나츠의 뺨을 덮었다.

3

경찰국이란 이 대륙에 있어서 치안 유지 조직의 명칭이었다.

본부를 수도에 두고 지부에서 각 지역의 치안 유지 활동을 펼치고 있는데, 지역에 따라 지부의 색깔은 다양했다. 그 중에서도 지역 주민과의 연계를 돈독히 한 범죄 방지 대책이나 순찰, 또는 신속한 수사 활동으로 훌륭한 치안을 자랑하는, 대단히 우수한 성적을 거두고 있는 지부가 존재했다. 그것이——

——대륙 동부 도시를 다스리는 경찰국 리아피아트 지부였다.

복장은 자택에서 여느 때의 제복으로 갈아입었다. 휴일이지만 직장에 사복으로 가는 게 왠지 꺼림칙했기 때문이다.

"수고하십니다."

경찰국 리아피아트 지부 현관에서 입구 경비 담당에게 인사를 하며 나츠는 입구를 지나갔다. 그러자 그는 평소대로 "수고가 많으십니다" 하고 경례를 해주었다. 이름까지는 모르지만, 그의 얼굴은 몇 번인가 이곳에서 본 적 있었다. 그리고 분명 상대도 나츠의 얼굴은 알고 있겠지만, 이쪽의 이름은——어떨까. 알고 있을 확률 쪽이 높을 것 같다고 나츠는 제멋대로 생각했다.

경찰은 거친 일이 많은 그 업무의 특성으로 인해 남성이 중시되는 업종으로, 그래서인지 오랫동안 남존여비의 경향이 짙었다. 남녀 고용 기회 평등을 외치는 현대에도 그 잔재가 남아 있어서 여성 경찰관은 여전히 수가 적었고 출세도 방해받기 쉬웠다. 그런 조직이기 때문에 경위라는 계급을 달고 일선에서 활약하는——자신이 그렇게 생각하는 것도 이상한 일이지만——여성은 무척이나 드물었다.

옛날부터 말괄량이라서 부모님에게 늘 좀 더 여성스럽게 행동하라는 소리를 들었다. 그런 생각을 해보면 지금의 이 일은 천직일지도 몰랐다.

오전 중의 해가 비쳐드는 복도를 걸었다. 연중무휴, 사람이 늘 드나드는 경찰국 안은 국원과 방문하는 사건 관계자들이 자아내는 떠들썩함이 언제나 넘쳐흐르고 있었다——

"아, 선배. 안녕하세요."

떠들썩한 가운데 아는 목소리가 하는 인사가 들려와서 나츠는 그쪽을 쳐다보았다. 나츠가 아는 청년 한 사람이 때마침 남자용 화장실에서 나오던 차였다.

"안녕, 폴."

폴. 경찰국 리아피아트 지부 순찰형사부에 소속된 경찰관으로 나츠의 후배였다. 신입일 무렵, 나츠 밑에서 교육생으로 지내서 지금도 나츠를 '선배'라고 부르는 그는 얼굴은 온화해 보이지만 기개 넘치는 전도유망한 경찰관 대접을 받고 있었다. 하지만 과연 정말로 '전도유망'할지는 의문의 여지가 있었다.

"그러고 보니 어제까지 부탁해둔 서류, 아직 못 받았는데."

"아, 잊고 있었어요. 죄송합니다."

선배의 지시를 까맣게 잊은 채 태연하게 말하며 미안한 기색도 없이 웃었다.

"알겠으면 얼른 작성해. 아님 네가 차였던 이력, 리스트로 작성해서 입구 게시판에 붙여둘 테니까."

"하지 말아주세요."

지체 없이 바로 협박 문구를 날리자 슬프게도 지금까지 여성과 인연이 없는 인생을 보낸 그는 진지한 얼굴로 고개를 저었다. 그게 싫으면 할 일은 정해져 있다. 얼른 일을 하라고 이어서 말하려고 했지만, 그것보다 먼저 폴이 입을 열었다.

"······그런데 선배, 조금 변하셨네요."

"그래?"

"'차인 이력을 정리해서 붙이겠다' 옛날에는 평범하게 설교는 했어도 그런 음험한 말은 안 했던 것 같은데요."

"사람을 괴롭히는 레벨이 올라간 거야. 그 녀석 때문에."

그 녀석. ——그 사람이 어디에 사는 누구인지 짐작이 가는 모양이었다. '민완 경위'라고 불리는 나츠와 이 도시에서 가장 으르렁대는 남자의 이야기는 리아피아트 시민에게 널리 알려져 있었다.

그리고 나츠의 동료인 폴도 물론 그 사실을 알고 있었다. 씨익 웃었다.

"그렇지만 저는 싫지 않아요, 그 가게."

"왜?"

"이거 보세요. 거기 점주가 저한테 추천해준 물건이에요."

그는 왼손을 들어 올리더니 소매를 조금 걷었다.

쳐다보니 손목에 팔찌 하나를 끼고 있었다. 금색으로 반짝반짝…… 아니 번뜩번뜩거리고 있어서 뭐라고 할까 장식이 조금 과한 것처럼 보였다. 장식품과 인연이 먼 탓인지 나츠에게는 그다지 멋스러워 보이지 않았지만——어딘가 자랑스러운 듯이 팔찌를 과시하는 후배의 얼굴을 올려다보고 나츠는 인상을 구겼다.

"그거 뭐야."

"연애운이 올라가는 액세서리예요!"

"그거 효과 있어?"

"이걸 계기로 무려 결혼에 이른 커플도 있다고 하더라고 요!"

"……너 혹시 그 설명을 들을 때 스푸트니크한테 사용한 사람의 소감이라는 둥 효과를 보증할 순 없다는 둥 효과에는 개인차가 있다는 이야긴 못 들었어?"

"아, 잘 아시네요."

"…………참고로 그거 얼마 했어?"

"아하하, 금화 열두 닢이었어요."

"바……."

바가지잖아! 하는 말은 간신히 삼켰다.

그리고 '바가지를 썼다'는 사실을 알아차리지 못한 폴은 기분 좋게 더욱 이어서 말했다.

"그리고 그 가게 단골들은 미인이 많아서 하루 종일 있어도 질리지 않을 것 같아요. 저 이 일 관두면 거기서 일할까 싶어요. 그 가게 점주는 분명 좋은 사람일 거예요."

"……그 가게 손님들은 대부분 그 점주한테 홀린 여자들이야."

"어, 진짜요? 거기 점주 최악이네요."

손바닥을 바로 뒤집었다. 그런 인간이 여자를 독점하고 있으니 우리한테 여자가 안 생기는 거예요, 하고 폴은 입을 삐죽댔지만 아마도 그에게 연인이 생기지 않는 것은 그것만이 이유는 아닐 터였다.

하지만 지금 중요한 건 소꿉친구에게 그 '최악'의 점주와

'닮았다'는 소리를 들은 나츠의 심경이었다. 다시 되살아난 답답한 심정을 속으로 욱여넣으며 복도를 걸어갔다.

그러자 잠시 후 뒤에서 툭 하는 소리가 났다.

돌아보자 한 걸음 뒤에서 폴이 '아차'라고 말하며 쓸데없이 큰 키를 구부리고 바닥에 손을 뻗고 있었다. 그곳에는 수첩 하나가 떨어져 있었다. 분명 그의 주머니에서 떨어졌을 테다.

무사히 주워들고 그의 얼굴이 나츠보다 조금 높은 위치로 다시 돌아오는 것을 보다가 알아차렸다. 자신의 시선 아래를 가리키며 물어보았다.

"폴, 너, 다크서클이 생긴 것 같은데 안 잤어?"

"네? 아, 그게 저기."

하고 폴은 어정쩡하게 웃었다.

"저기 요즘 연속 빈집털이 사건이 일어났잖아요. 저 어제 당직이었는데 선배가 돌아간 후에 다시 신고가 들어와서…… 가봤더니 또 당했더라고요."

"아아."

"집 주인이 일하러 나간 사이에 당했다는데 밤에 귀가했다가 알아차리고 다급히 신고했대요…… 그래서 어젯밤부터 계속 바빴죠. 거 참, 정말 재수 없는 날에 당직이 걸렸어요."

"그런 날도 있는 법이니 됐어. ……얼른 정리돼야 할 텐데, 범인은 좁혀졌어?"

"아뇨, 아직 전혀요. 오늘도 저 지금부터 현장에 가서 수사해야 해요."

"잠도 못 잤을 텐데 힘들겠네."

"힘들어요. 선배도 안 갈래요?"

"난 비번이니까…… 개입 안 하는 편이 나을 것 같은데."

그렇게 말하면서 복도를 걸어갔다. 신경 쓰이기는 했지만 말이다.

이윽고 목표로 하던 공간에 도달했다. ──'순찰형사부'. 나츠가 문을 잡아당기자 그렇게 쓰인 팻말이 흔들렸다. 그곳이 경찰국 내에서 나츠가 소속된 부서였다. 다들 어딘가로 나갔는지 부서 안에 사람은 비교적 적었다. 데스크 업무를 보는 동료에게 간단히 인사를 하고 자신의 자리로 갔다.

찾던 물통은 책상 구석, 기대 세워놓은 서류 옆에 덩그러니 서 있었다.

"아, 찾았다."

"뭐예요, 선배. 잊어버린 물건 가지러 온 거였어요?"

"말 안 했어? 엘사한테 빌린 걸 깜박하는 바람에 혼이 나서 가지러 온 거야. ……맞다."

그녀의 이름을 말했을 때 그 과자를 떠올렸다. 주머니에 넣었던 것을 꺼내서 폴에게 건넸다.

"이거 줄게. 단 걸 먹으면 피로도 좀 풀리겠지. 카페 피네의 시험작이야."

"오."

폴은 기쁜 듯이 눈을 휘둥그렇게 떴다.

얼른 봉투 입구를 열어 하나를 집어서 꺼냈다.

"진짜 주는 거예요? 고맙습니다. 저 거기 과자 좋아해요
──윽, 달아!"

분명 그때 자신도 같은 표정을 짓고 있었을 테다. 인상을
구긴 채 입을 벌리고 리액션을 취하는 후배를 향해 나츠는
그만 소리 내 웃었다. 그리고.

"잠 깼지?"

"배탈 나겠어요. ……잘 먹긴 하겠지만요."

이상한 점에서 착실한 친구였다.

그때 "폴, 현장 가자!" 하는 소리가 들렸다. 쳐다보자 문
쪽에 동료 한 사람이 있었다. 한가해야 할 터인 나츠를 보
고 조금 의아한 표정을 지었지만, 경찰국을 찾아온 일에 깊
은 뜻은 없다는 의미를 담아서 손을 흔들자 동료의 흥미는
나츠에게서 벗어난 듯했다.

그리고 이름을 불린 그 본인은 소리 높여 대답했다.

"네, 지금 갑니다! ……그럼 선배, 저 좀 다녀올게요."

"다녀와. 나도 오늘은 비번이니까 좀 수상해 보이는 사람
이 있는지 신경 써가면서 동네 다녀볼게."

"부탁드릴게요. ……아, 맞다."

갑자기 폴이 나츠 옆에 있는 그 책상 제일 큰 서랍에 손을
갖다 댔다.

나츠의 옆, 그건 그의 책상이었다. 그가 연 서랍에 그의

소지품이 들어 있다는 사실은 나츠도 알고 있었다. 서류나 노트, 어느 정도 되는 과자와 그리고.

"이거 드릴게요."

꺼낸 것은 원기둥꼴의 투명한 유리병이었다. 안에는 갈색 액체가 가득 차 있었다. 액체에 점성이 없는지 기울이자 수면이 휘청 흔들렸다.

"이거 뭐야?"

"차예요. 조금 전에 샀는데 저도 이제 가봐야 하니까요. 초콜릿 주신 감사의 뜻도 겸해서 괜찮다면 받아주세요."

"감사라기보다 불필요한 물건을 처리하는 거잖아."

하지만 초콜릿도 나츠에게는 너무 달아서 먹을 수 없는, 이른바 불필요한 물건이었다.

"뭐 받아둘게. 고마워."

"아뇨."

친근하게 웃고 코트를 집어든 후배에게 가볍게 손을 흔들고 작별 인사를 했다. 나가는 것을 배웅하고 나서 나츠는 문득 한숨을 쉬었다.

정말이지 쓸데없는 말이 많은 동료다. 전도가 유망한지 어떤지는 모르지만 자신에게 있어서는 여전히 손이 가는 후배였다. 손에 든 유리병 속에서 차가 찰랑거렸다.

짐은 늘었다지만 어쨌거나 목표로 하던 물통은 손에 넣었다. 얼른 피네로 돌아갈까, 아니면.

지역 치안 유지에 무엇보다 가장 중요한 것은 지역 주민과 접촉하는 것, 지역 주민에게 신용을 얻는 것, 자신의 눈으로 지역을 직접 둘러보는 것이라고 생각한다. 기진맥진한 후배를 자진해서 돕겠다는 것은 딱히 아니지만, 조금 전에 엘사에게 들은 말대로 조금 동네를 둘러볼까 싶었다. 명백하게 수상쩍은 인물은 동네를 조금 걷는 것 정도로 발견할 수는 없겠지만 뭐어 아무것도 하지 않는 것보다는 낫지 않을까.

순찰. 빈집털이.

문득 처음 그 가게를 방문했던 날이 생각났다.

*

──스푸트니크 보석점이 이 리아피아트 시에 개점하기 며칠 전의 이야기였다.

나츠가 순찰 도중에 들른 그 가게의 입구에는 '준비 중' 팻말이 걸려 있었고, 그 옆에는 손 글씨로 '근일 개점'이라고 쓰인 방수 재질의 용지가 붙어 있었다.

나츠는 옛날부터 보석이나 귀여운 액세서리에는 그다지 관심이 없어서 어느 쪽이냐고 할 것 같으면 뛰어다니는 쪽을 좋아했다. 액세서리와 인연이 없는 건 여전히 그대로라서 헤어스타일조차 검정 고무줄을 사용해서 목 뒤로 질끈 묶고 있을 뿐이었다.

그래서 결혼을 앞둔 어른이나 결혼적령기의 여자가 이 도시에 보석점이 없는 것을 안타까워하는 모습을 몇 번이나 봐왔지만, 실제로 나츠 자신은 불편함을 느낀 적이 그다지 없었고 다른 도시에 갔을 때도 보석점을 찾아서 들어간 적이 없었다.

때마침 마을의 우편배달부가 문에서 나온 것을 보아하니 문은 아무래도 열려 있는 것 같았다.

"안녕하세요……."

살며시 문을 밀어서 열어보았다. 도어벨 종류는 아직 설치하지 않았는지 끼익하고 경첩이 삐걱대는 소리만이 들렸다.

보석점이니 눈부시게 아름다운 점내를 상상했지만, 예상과 다르게 내부는 어수선했다. 상품 선반 설치도 완료되지 않았고, 당연히 물건은 진열되어 있지 않았다. 그리고 온 점내 여기저기에 비좁게 놓여 있는 많은 상자 중 개봉된 것은 불과 몇 개뿐이었고 대부분이 아직 손도 대지 않은 것 같았다.

마구잡이로 놓인 선반이나 산더미처럼 쌓인 상자 탓에 창문에서 들어오는 빛 대부분이 가려져 있었다. 상자 위에 덩그러니 놓여 있는 램프 두 개가 가까스로 짐들을 비추고 있는 점내를 나츠가 여기저기 둘러보고 있으니.

"우편배달부는 조금 전에 왔는데…… 손님이야?"

상자더미 사이에서 목소리가 들렸다. 바닥에 앉아서 등을 구부리고 상자라도 들여다보고 있는지 "아야야" 하고 허리를 펴는 듯한 동작을 취하면서 상자 사이로 일어난 그 사람은.

"어서 오세요. 미안하지만 아직 개점할 수 있는 상태가 아니라서 말이야, 앞으로 며칠간——."

모습을 드러낸 사람. 나츠로서는 예상대로였지만, 상대편의 입장에서 보면 자신의 방문은 예상 밖이었을 테다. 나츠를 보고 어리둥절하게 눈을 휘둥그레 떴지만, 그 후의 반응은 나츠도 예상할 수 있었다.

인상을 구기고 일부러 손을 확성기처럼 입에 갖다 대더니 엉뚱한 방향을 향해서 말했다.

"강도다!"

"무슨 소리야!"

나츠의 존재를 정말로 신고하려고 했다기보다는 단순히 나츠를 놀리고 싶은 것 같았다.

하지만 그에 반응한 것은 나츠뿐만이 아니었다.

"가, 강도."

경직된 날카로운 목소리는 카운터 안에서 들렸다.

이 가게의 종업원인 소녀 클루는 아무래도 카운터로 가려진 곳에 있었던 것 같았다. 훌쩍훌쩍 울면서 나오더니 상자 몇 개를 타 넘고서 스푸트니크에게 안겼다. 갑작스럽게 찾아온 '강도'에 겁에 질린 그녀를 "괜찮아. 무서워할 거 없어" 하고 의욕 없이 머리를 쓰다듬어 달래주며,

"쿠, 아무래도 강도는 아닌 모양이야."

"강도는 아니에요……?"

"그래. 본인이 강도가 아니라고 하니, 아마도 강도는 아니겠지."

그런 논리로 괜찮은 걸까? 나츠는 그렇게 생각했지만 클루에게는 충분했던 것 같았다. 스푸트니크에게 안긴 채 잠시 생각하더니 "그래요? 다행이네요"라고 말했다.

다시 한 번 더 클루의 머리를 슥슥 쓰다듬고 스푸트니크가 나츠가 있는 방향으로 몸을 돌렸다. 여전히 짜증나는 존재를 보는 듯한 시선을 하고 있었다.

"그래서 이번엔 용건이 뭐야? 경위 나리. 강도가 아니면 빈집털이범인가?"

"실례잖아."

이쪽의 신분을 알고 있으면서도 여전히 범죄자 취급을 하다니. 만약을 위해서 수첩을 펼쳐 보여 신분을 증명하고 나서 이어서 말했다.

"그냥 이 주변을 순찰하고 있었을 뿐이야. 이 가게에서 우편배달부가 나오는 게 보여서 잠깐 인사하러 들렀어."

"인사라 말이지."

돌아가라며 쫓겨날까 싶었지만 그렇지는 않았다.

"이 도시가 자랑하는 민완 경위에게 인사를 받다니 영광이군."

스푸트니크는 그렇게 말했다. 말투는 그답게 사람을 조롱하고 있는 데다, 흥 하고 비웃는 것을 보아하니 진심에서 우러나온 말은 아닌 것 같았다.

하지만 나츠가 신경 쓰인 것은 그 말이 비아냥이냐 아니냐가 아니었다.

"'민완 경위'…… 당신, 나에 대한 평판 알고 있었어?"

"요전번에 장 보러 갔을 때 점원한테 들었어. 너, 이 동네에서 나름 유명한가 보던데? 그리고 이 도시의 경찰 조직은 나름대로 우수한 모양이고."

정착하는 데 치안이 '나쁘지 않은' 도시를 선택했다고 그는 말했지만 나츠는 그 사실을 뽐낼 마음은 없었다. 왜냐하면 그것은,

"당연한 일을 하고 있을 뿐이야."

치안 유지에 힘을 쏟는 것도, 일어난 범죄를 밝혀내 범인을 잡는 것도. 이것저것 할 것 없이 도시를 지키는 자로서 당연히 해야 하는 일이라고 생각하고 있기 때문이다. ──하지만.

나츠의 대답에 처음으로 스푸트니크의 시선이 이쪽을 향했다. 전직 떠돌이 보석상이었다고 하는 잿빛 눈이 어째서인지 한순간 클루를 향했다가 그리고 다시 나츠를 비추었다.

그리고 나츠에게 단 한마디를 했다.

"어쭙잖은 인간들을 더럽게 많이 봐왔지."

──얼굴에서 불이 나올 것 같았다.

대륙 경찰국은 수도에 본부를 둔 치안 유지 조직이다. 하지만 그 지부의 색은 다양해서 개중에는 부정이나 뇌물의

정도에 따라 처벌을 결정하는 경우도 있다고 했다. 나츠가 실제로 눈으로 본 적은 없지만 말이다. 그런 조직은 두 말할 것 없이 시정되어야 하지만, 본부로서는 모든 지부에 눈 돌릴 수 없는 게 실정이었다.

물론 나츠는 설령 대륙의 어떤 변경이든 부정에 찌든 경찰 조직은 있어서는 안 된다고 생각한다. 하지만 그의 눈은 확실히 사실을 이야기하고 있었다.

"저기."

"거참 시끄럽네."

속죄처럼 무슨 말을 하고 싶어서 엉겁결에 입을 뗐다. 하지만 그는 단순히 세상사를 이야기했을 뿐, 경찰 대표로 나츠에게 변명하게 할 생각은 없었던 것 같았다. 내심 귀찮다는 듯이 검은 머리카락에 손가락을 집어넣고 긁적였다.

"개점 준비하는데 방해되거든? 맞다, 야, 쿠. 너 잠깐 접객 좀 해봐."

"으."

고용주에게 갑자기 업무 명령을 받고 마침내 눈물을 그친 눈동자에 이번에는 놀라움이 스쳐 지나갔다. 클루는 스푸트니크에게 안긴 채 고개를 좌우로 획획 내저었다.

"모, 모르는 사람, 싫어요, 무서워요."

"아니, 괜찮아. 모르는 사람 아니잖아."

"모, 모르는 사람 아니에요……?"

"쿠, 기억 안 나? 집 한 채 떨어져 있어도 파운데이션 냄새가 날 것처럼 떡칠한 화장 말이야."

"잠깐만."

"가만히 있어봐. 저기 쿠. 기억 안 나냐고? 송충이가 기어 가는 것 같은 마스카라랑 날고기를 잡아먹은 것 같은 립스 틱 말이야."

"잠깐만."

"가만히 있으라고."

그 설득에 클루가 눈을 깜박인 것은 딱히 '떡칠한 화장' 부 분에서 반응한 것은 아닐 테다. 하지만 그녀도 생각하는 바 가 있는지 관찰하듯이 나츠를 쳐다보았다.

"화장은 잘 모르겠지만…… 근데 저기 확실히 요전번…… 비 오는 날 장 봤을 때……."

아무래도 기억하는 것 같았다. 나츠는 안도했고 그녀의 기억에 남아 있다는 사실을 조금은 기쁘게 생각했다.

스푸트니크는 클루의 그 반응에 의기양양하게 고개를 끄 덕였다.

"그래. 그리고 상대도 널 알고 있어. 이른바 '아는 사람'인 거지."

"아는 사람……."

"그래. 그러면 안 무섭지? 어차피 서로 '알고 있잖아'."

스푸트니크의 절반은 강제적인 설득에 클루는 고개를 갸 우뚱거리고——

"……그렇구나."

아는 사이라도 무서운 사람은 있지 않냐고 나츠는 생각했지만, 이 소녀에게 있어서 세계는 아직 그렇게까지 넓지 않은 모양이었다.

"그, 그렇지만…… 쿠는 아직…… 일은."

"가게를 열면 너도 종업원으로 일해야지. 예행연습이라고 생각해."

"저기…… 아직…… 아마도…… 쿠는…… 그러니까…… 어려우니까……."

"잠시 이야기하라는 것뿐이잖아. 팔라고는 안 했어. 자아."

그리고 스푸트니크는 클루의 어깨를 잡고 억지로 우향우 시키더니 가볍게 등을 떠밀었다. 클루는 상자 사이에 생긴 좁다란 길을 두 걸음 정도 뚜벅뚜벅 나아오더니 간신히 멈춰 섰다.

그리고 자신의 블라우스 가슴팍을 양손으로 잡고 쭈뼛대며 나츠를 올려다보았다.

4

"수상한 사람은 있지만 아마도 이 인간은 아니겠지……?"

"뭐라고?"

일터에서 회수한 물통을 손에 들고 산책하던 중에 발견한 '수상쩍은' 인물 한 사람.

리아피아트 시 거리에서 팔짱을 끼고 고개를 갸웃거리며 중얼거리는 나츠에게 커다란 짐을 끌어안은 '수상한 인물'은 인상을 구기고 살짝 혀끝을 말듯이 위협했다.

"만나자마자 '수상한 사람'이라고 하는 건 인사인가 보지? 아니면 뭐야, 미용 기구로 뇌 주름까지 편 거야? 할망구?"

"듬성한 머리털이 신경 쓰일 당신이랑 달리 나는 아직 젊은 축에 속하거든? 아저씨?"

마주친 수상쩍은 인물——아니, 리아피아트 시에 자리한 보석점 점주이자 나츠의 천적 스푸트니크. 만났다 하면 말다툼이 벌어져서 아무래도 그를 좋아할 수 없었다. 하지만 상대편도 이쪽을 괜히 싫어하니 그걸로 저울이 딱 맞는 듯한 느낌도 들었다.

그리고 오늘 우연찮게도 길에서 만난 그는 오른팔로 가슴 앞에 종이봉투를 끌어안고 왼팔에도 종이봉투 하나를 들고 있었다.

"그런데 그거 뭐야? 다시마?"

"머리털에 신경 쓸 나이가 아니라고 평소부터 말했잖아. 썩을 할망구야. 보청기라도 사는 게 어때? 할망구."

"그런데 당신 이런 곳에서 뭐하는 거야? 가게는 괜찮아?"

험악한 말은 흘려듣고 물어봤다. 분명 그의 가게는 오늘은 정기 휴일이 아니었을 테다.

수상쩍은 인물이라고 말했지만 설마 정말 빈집털이 범인이 이 인간일 리는 없겠지. 입은 험악하고 '양아치', '깡패'

같은 말을 그대로 사람 형상으로 만든 듯하지만, 궁핍한 형색은 없어서 그러한 범죄에 흥미는 없을 법한 인상이었다.

다만 짐의 많고 적음과는 반대로 건너편 방향은 그의 가게로 가는 방향과 조금 달랐다. 장을 보는 도중일까? 여전히 뭔가를 사러 갈 생각인 걸까…… 하지만 그 예상은 어긋났다.

가벼운 말투를 흘려들은 분풀이인지 그는 혀를 한 번 찼다. 그리고 오른팔에 끌어안은 커다란 봉투를 가볍게 흔들더니,

"병문안 가."

하고 나츠의 물음에 답했다.

"병문안?"

"그래, 코쿠디에서 온 우리 손님이 몸 상태가 안 좋거든. 지금 케튼 여관에서 자고 있어."

"어머나, ……그거 안 됐네."

케튼이란 리아피아트 시에 있는 여관의 이름이었다. 이 마을이 역마을로 번영하기 시작했을 무렵부터 존재하던 오래된 여관 중 하나였다.

스푸트니크의 일거수일투족, 숨 쉬는 거나 손끝에 이르기까지 하나하나 짜증스럽지만, 그의 손님에게는 죄가 없다. 더구나 이런 동쪽 도시까지 일부러 찾아온 손님이라면 더더욱 그렇다. 어떤 사람인지는 모르지만 가엽다는 생각이 들자,

"괜찮아?"

배려하는 말이 자연스레 나왔다.

하지만 그 정도 귀한 손님은 아닌지 당사자인 그의 말투는 여느 때처럼 태연했다.

"그 인간은 죽여도 안 죽어. 병문안이지만 뭔가 작은 선물이 있는 편이 낫겠지. 그래서 피네에서 먹을거리를……."

"그렇구나."

"비프스테이크랑 말린 오징어랑 실곤약."

"당신, '환자식'이라는 말 몰라?"

종이봉투 안을 들여다보며 하는 스푸트니크의 말에 그만 지적하고 말았다. 아마도 조금 전에 엘사가 말했던 '예약'은 이것이겠지만, 적어도 몸 상태가 나쁜 사람에게 먹일 만한 음식들은 아니었다.

종이봉투에 손을 더 집어넣어서 휘저으며 그는 이렇게도 말했다.

"그리고 죽."

"아, 그건 몸에 좋을 거야."

"조금 전에 한 번 상태를 보러 갔더니 벌러덩 누워서 자고 있길래."

"응."

"단번에 이렇게."

"그거, 환자한테 음식을 먹이는 제스처가 아니잖아."

용기를 뒤집어서 쏟아 붓는 손놀림을 보이는 스푸트니크.

나츠가 말하자 그는 어깨를 으쓱했다. 먼 길을 찾아온 손님
이 아닌가.

'손님'의 신원과 스푸트니크와의 관계를 모르는 나츠로서
는 뭐라 말하기 힘들었지만, 생면부지의 그 혹은 그녀에게
조금은 동정심이 생겼다. 그래서,

"이거 줄게."

나츠는 가지고 있던 유리병을 내밀었다.

스푸트니크가 바로 받아들려고 하지 않는 것은 아마도 양
팔에 짐을 끌어안고 있어서인 듯했다. 병을 흔들어 보이자
그는 의아한 듯이 인상을 구겼다.

"그건 뭐야?"

"차야. 아직 안 열었으니까 줄게."

"차? 할망구 액기스라도 들어 있냐?"

"사람을 이상한 의약품 성분처럼 말하지 말아줄래?"

"마시면 늙는 거 아냐?"

이 남자는 어째서 사람의 호의를 순순히 받아들이지 않는
걸까?

끌어안은 분노를 길고 긴 한숨에 실어서 뱉고 나서 답했
다.

"평범한 차야. 손님한테 드려. ……환자한테 그런 것만 먹
이면 분명 배탈이 날걸."

"그건 그것대로 재미있을 것 같으니 괜찮은데?"

"뭐가 괜찮아."

절반은 억지로 종이봉투 안에 집어넣었다. 그는 망설이듯이 고개를 조금 갸웃거렸지만, 최종적으로는 대단히 거만한 태도로 "뭐 받아주지"라고 말했다. ……정말이지 얄미운 남자다.

그리고,

"그럼 대신 이걸 줄게."

그는 왼손에 든 봉지를 손목에 걸더니 슬랙스 주머니에 손을 찔러 넣었다. 잠시 주머니를 휘젓고 나서 꺼낸 손은 뭔가를 쥐고 있는지 주먹을 쥐고 있었다.

주먹은 나츠를 유혹하듯이 가볍게 흔들렸다.

"자."

"뭐야?"

받아들라는 건가.

그가 자기 손으로 쥐고 있으니 독충 같은 그런 기분 나쁜 종류의 물건은 아니겠지. 그렇게 판단하고 손바닥을 내밀었다. 그러자 나츠의 손바닥에 주먹 안의 내용물이 굴러 나왔다.

셀로판에 싸인 반짝반짝 빛나는 선명한 물건은——

"보석?"

"사탕이야. 줄게. 차 대신 주는 거야."

차를 받은 '답례'라고는 절대 말하지 않을 생각인 것 같았다. 그다워서 대단히 신경에 거슬렸지……만, 받은 사탕은 색이 선명하고 보석 모양을 본뜬 외관과 더불어 대단히 귀

여웠다. 후배에게 받은 불필요한 차와 비교해서 어느 쪽이 가치가 있는지 나츠로서는 알 수 없었지만,

"흐음. 뭐 받아'줄게'."

차를 받아든 그의 말투를 흉내 내 답해주었다. 그 사실을 알아차렸는지 그가 대단히 못마땅한 표정을 지었기 때문에 나츠는 마음속으로 의기양양하게 미소를 지었다.

──그건 그렇고. 그가 여기에 있다는 것은,

"가게에는 클루 혼자 있어?"

"그래. 그 녀석 혼자서도 가게 정도는 볼 수 있어. 행선지는 전해뒀고, 무슨 일이 있어도 대부분 어떻게든 되겠지. 아니면 뭐야, 혼자서 '가게도 볼 수 없을' 만큼 걔가 미숙하다고 말하고 싶은 거냐?"

"그건 아니야."

놀리는 듯한 말에 그만 뽀로통해졌다.

그의 가게에서 일하는 아직 나이 어린 종업원. 이 도시에 왔을 무렵에는 대단히 낯을 가렸지만, 요즘 들어서는 가게 간판이라고 할 만큼 열심히 일하고 밝은 아이로 성장했다. 게다가 성격도──스푸트니크에게는 아까울 만큼──좋은 아이라는 사실은 나츠도 알고 있었다. 그래서 신경 쓰인 것은 그런 점이 아니었다. 다만,

"최근에 빈집털이가 기승이라 조금 걱정이다 싶어서."

"빈집털이?"

이야기하며 다크서클이 생긴 눈으로 웃고 있던 직장 후배

를 떠올렸다.

스푸트니크는 잠시 하늘을 올려다보고 "아" 하고 말했다. 그 이야기가 최근에 도시를 소란스럽게 만들고 있다는 사실은 그도 알고 있는 모양이었다.

"그러고 보니 뭔가 소문이 돌더군…… 하지만 그렇다고 해도 우리 가게 주변은 사람들이 나름대로 다니잖아. 백주대낮에 당당하게 훔치러 들어올 순 없을걸."

"그건 그럴지도 모르지만."

"역시 이 시간대에 우리 가게가 그럴 일은 없겠지. ……만약 지금 우리 가게에 누가 온다면."

온다고 한다면 뭘까. 하지만 그는 이어지는 말을 하려고 하지 않았다.

스푸트니크가 무슨 생각을 하는지는 모르지만, 어쨌거나 수상한 인물이——눈앞의 그가 아니라——거리를 돌아다니고 있는데 여자아이 혼자서 가게를 지키고 있는 것은 마음에 조금 걸렸다. 그러나 이쪽의 그런 걱정 따위는 조금도 신경 쓰지 않는 스푸트니크는 태연한 얼굴로 으라차 하고 종이봉투를 다시 끌어안았다.

"손이 저리네. 난 슬슬 갈게."

"아, 그래, 몸 조심해……."

그한테 말해봤자 무의미한 말이겠지만.

역시 그는 나츠가 한 말에 흥미가 없다는 듯 작별 인사도 전혀 남기지 않고 나츠의 곁을 지나갔지……만.

만약을 위해 나츠는 돌아보았다. 그리고 그 등을 향해 이렇게 말했다.

"위험하니까 클루 잘 지켜봐. 나중에 나도 둘러보러 갈게."

그러자.

스푸트니크가 발걸음을 멈추었다. 한 박자 후에 어깨 너머로 이쪽을 돌아보았다.

"……뭐야."

잿빛 눈동자와 눈이 마주쳐서 대체 무슨 말을 하는가 싶었더니——

그는 표정을 바꾸지 않은 채.

단지 혀를 쑥 내밀었다.

"뭐야."

"괜한 참견이야, 간섭쟁이 할망구."

그리고 이어진 말로 이쪽을 거부했다.

그만 말문이 막힌 나츠에게 스푸트니크는 "우리 일에 상관하지 마"라고 말을 내뱉더니 고개를 휙 돌려서 걷기 시작했고, 그대로 모퉁이를 돌아 모습을 감추었다. 물론 그길로 돌아오는 일은 없었다.

"뭐야……."

——저 인간, 뭐야!

분노에 온몸이 떨렸다. 어째서 저런 소리까지 들어야 한단 말인가!

뭘 어떻게 해도 저 인간만큼은 좋아할 수가 없었다. 나츠는 발을 동동 구르고 싶어지는 마음을 필사적으로 참았다.
——아아, 짜증나!

*

나츠의 '접객'을 부탁받은 클루는 우선 조금 전까지 카운
터 안에서 자신이 보고 있던 물품을 가지고 와주었다.
바닥에 웅크리고 앉은 두 사람이 들여다보고 있는 것은
머리 장식품 몇 개가 담겨 있는 하얀 상자였다. 장식으로 보
석은 달려 있지만 그다지 호사스럽지 않아서 평소에도 사용
할 수 있을 법한 소박한 머리핀이 몇 개 나란히 들어 있었
다. 가격표는 아직 어느 것에도 달려 있지 않았다.
"이건, 그러니까, 저기, 머리에 꽂을 수 있어요."
"응. 예쁘네."
"이것도, 저기, 머리에 꽂을 수 있어요."
"응. 꽃모양이네."
"저기 그래서 이건…… 이것도 머리에."
이것도, 이것도 하며 이어진 상품 설명은 전부 다 잠깐 보
면 알 수 있는 것으로 모든 설명이 서로 비슷했다. 하지만 열
심인 모습이 귀여워서 나츠는 응, 응 하고 고개를 끄덕이며
귀를 계속해서 기울였다. 이야기를 들어주는 것이 기쁜지 처
음에는 머뭇거리며 하던 말이 조금씩 많아지고 있었다.
"그리고, 이거, 이거 엄청 반짝거려서 예뻐요."

그렇게 말하며 들어 올린 것은 머리핀 하나였다. 빨간색 계통의 아담하고 둥근 보석이 세 개가 사용되고 있었다. 클루는 그중에서 핑크색 보석을 가리키며,

"이 보석의 여기, 살짝 금이 가 있어서 보석으로써 질은 좋지 않아요. 그래서 다른 거에 비해 조금 저렴하지만, 이 금이 가 있는 곳에 빛이 닿으면 엄청 반짝거려요. 그래서 저는 추천해요."

엄청 예뻐요, 하고 가게 상품을 설명하는 클루의 표정이 조금 전까지 경직되어 있던 것과 달리 무척이나 즐겁고 기뻐 보였다. 그래서 나츠는 그녀의 말에 "그래?" 하고 맞장구를 치고——그리고 그녀에게 이렇게 말했다.

"클루도 보석을 좋아하나보네."

아직 어려서 접객이 뜻대로 되지는 않았다. 그럼에도 보석점 종업원으로 일하는 것, 이야기하는 모습이 무척이나 즐거운 것에서 분명 그럴 것이라고 생각해서 클루를 향해 그렇게 물었다. 그리고 그 물음에 클루는 분명 웃으며 고개를 끄덕여줄 것이라고 나츠는 생각했다——

——하지만.

"어."

그 질문에 순간적으로 굳어진 클루의 표정을 보고, 움츠러드는 목소리를 듣고 자신이 바람직하지 않은 질문을 했다는 사실을 나츠는 바로 알아차렸다.

사과해야겠지. 하지만 무엇을 어떻게 사과를 해야 타당한

지 알 수 없었다. 스푸트니크를 불러야 하나 나츠가 고민하고 있으니.

"저기, 그러니까…… 저는."

고개를 숙인 클루는 그렇게 중얼거리며 이윽고.

고개를 획획 저었다.

"……보석을 싫어했어요."

그런 식으로 보이지 않았지만.

어떻게 대답해야 좋을지 몰라서 단지 "그래?" 하고 맞장구를 치고 "미안해"라고 사과를 했다. 어떤 이유가 있든지 분명 자신이 한 질문은 그녀를 상처 입혔을 테니 말이다.

하지만 클루는 고개를 다시 저었다.

"아뇨. 저기, 뭐라고 할까요…… 뭐라고 해야 좋을까요. 엄청 어려워요. 저기, 저기, 보석이라든지 그런 거 다들 가지고 싶어 하니까…… 저는 무서워요. 그래서 쭉."

싫어했어요.

마찬가지로 다시 한 번 더 반복된 그녀의 그 말에 담긴 무게는 어째서인지 너무나도 허망하게 들렸다. 대체 이 소녀는 무엇을 끌어안고 있나 해서 불안해졌다.

"하지만."

금이 간 보석 머리핀을 꼭 쥐고 소녀가 더듬더듬 말했다.

"나를 구해주고…… 고용해준 스푸트니크가, 보석을, 엄청, 좋아하고. 보석에 대해서, 많이, 알고 있어요. 보석을 이야기할 때 스푸트니크, 엄청, 기뻐하니, 그래서…… 나도."

그래서.

"전보다는 싫지 않아요."

그렇게 말하고 웃는 얼굴이 몹시 해맑아서——깜짝 놀랐다.

"클루."

"그리고, 그리고 맞다."

그 표정을 지은 연유가 알고 싶어서 나츠는 그녀의 이름을 불렀다. 하지만.

클루에게 있어서 그 이야기는 이미 끝난 것 같았다. 다른 무언가를 떠올렸는지 갑자기 일어났다. 카운터 근처로 가서 "분명 이 근처에 있었는데" 하고 상자 하나를 열더니 찾던 물건을 가지고 돌아왔다. 뭐가 담겨 있는 걸까?

가지고 온 그것을 클루는 머리핀 상자와 나란히 놓았다.

"천연 보석은 아니지만, 이런 것도 있어요."

하얗고 평평한 상자. 경첩을 따라 뚜껑을 열자——

——커다란 구슬이 달린 비녀가 색색별로 몇 개나 나란히 놓여 있었다.

5

와그작, 와그작, 와그작, 와그작.

나츠가 발 내딛을 때마다 울리는 것은 땅을 밟는 소리가 아니었다. 그 소리는 그녀의 턱에서 울려 퍼지는——입에 머금은 사탕을 깨무는 소리였다.

　그 얄미운 남자에게서 받은 사탕을 단순히 빨아먹는 게 아니라 일부러 깨물어 먹고 있는 데에 깊은 뜻은 없었다. 단순한 화풀이였다. 귀 안에 시끄럽게 울려 퍼지는 그 소리도 짜증스러웠지만, 더욱 짜증나는 것은 그 사탕이 나름대로 맛있다는 점이었다. 깨물 때마다 작게 쪼개진 채 녹았고 혀 위에 퍼지는 맛은 단순한 향료와 감미료 덩어리가 아니었다.

　나츠가 먹은 오렌지색 사탕은 아무래도 감귤 맛인지 입에 넣은 순간 꿀의 달콤함과 담백한 산미가 퍼졌다. 코로 빠져나오는 상큼한 향기는 마음속의 답답함을 녹여서 밖으로 빼내주었다. 그리고 계속해서 핥고 있어도 살짝 남는 쓴맛이 혀를 질리게 하지 않았다. 조금 전처럼 걸핏하면 그 인간에게 당하는 소행도 원한도 말끔하게 잊을 수 있을 만큼 맛있었다.

　하지만 그 인간을 용서해도 좋을 것 같은 기분으로 길을 걷는 건 불가능했다. 그 때문에 귓속에 사탕을 깨무는 소리를 울려 퍼지게 하며 상당히 어중간한 기분으로 길을 걷고 있었다.

　그러자.

　"——나 참, 시끄럽네!"

　생각에 잠겨 있던 의식을 어린아이의 카랑카랑한 목소리가 현실로 억지로 끌어올렸다.

　멍하니 생각하며 걷고 있던 탓에 어느새 도시의 광장에

도착했다는 사실을 알아차리지 못했다. 고개를 들어보자 그곳에는 아이 둘이 서 있었다.

한쪽은 남자아이였고 한쪽은 여자아이였다.

"싫다면 싫은 거야!"

"고집 참 세네…… 그냥 포기해."

"싫어! 절대 싫어!"

카랑카랑하게 외치고 있는 것은 여자아이 쪽으로 아무래도 싸우고 있다기보다 일방적으로 기분이 토라진 것 같았다. 남자아이 쪽이 그에 비해 화가 나지 않은 것은 그의 원래 성격이거나 달관했기 때문이 아니라 그 또한 사태에 곤란해하고 있기 때문인 것 같았다.

결국 큰소리를 내며 울기 시작한 여자아이에게 나츠는 다급히 달려갔다.

"무슨 일이니?"

"아, 나츠 누나."

이름을 부른 것은 소년 쪽이었다.

매일 순찰하는 덕분에 그의 이름도 얼굴도 간단한 신원도 알고 있었다. 이름은 루안, 분명 부모님은 자재상에서 일하고 있었다. 같이 놀고 있는 여자아이는 안나, 잡화점 딸이었다——

말을 걸자 조력자가 왔다고 생각했는지 루안의 표정은 왠지 마음을 놓은 듯이 누그러들었다.

"아니, 저쪽에 까마귀 둥지가 있는데요."

하고 루안이 가리킨 것은 가로수 한 그루였다.

나츠가 그쪽을 향한 순간 가지에 머물러 있던 검은 그림자가 날개를 펼치고 마치 보란 듯이 까악 하고 울었다.

"까마귀가 안나 반지를 가져갔어요."

"반지?"

"응. 그렇다 해도 스푸트니크 씨네에서 파는 물건처럼 화려한 건 아니고 그냥 실로 엮은 데다 한가운데에 둥근 스톤이 하나 달려 있을 뿐이지만요. 저기 까마귀는 빛나는 걸 좋아하잖아요. 그래서……."

자신의 왼손 중지를 오른손 검지로 가리키면서 루안이 말했다.

"다시 만들면 되지 않냐고 아까부터 말하고 있는데."

"싫어! 그게 좋단 말이야!"

달려들 기세로 안나가 외쳤다.

하지만 '그 물건'이 수중에 없다는 사실을 떠올렸는지 그 기세는 바로 사라졌다.

"싫단 말이야…… 그게 아니면 싫어."

어쩔 수 없다는 걸 알면서도 포기할 수 없다는 걸까.

"소중한 건가 보네."

"소, 소중하다든가 그런 건 아니지만! 그렇지만, 그렇지만……."

부정하는 목소리는 처음에는 컸지만 곧바로 누그러들었다.

"……그게 좋아요."

그리고 이번에는 눈물을 조용히 뚝뚝 흘렸다.

두 손 두 발 다 들었다는 양 루안이 머리를 긁적였다.

"난감하게 됐네."

그리고 나츠를 올려다보고 고개를 갸웃거렸다.

"나츠 누나는 여자니까 어떻게든 해달라고 부탁하는 것도 미안한 일이겠죠?"

"조금 전에, 스푸트니크 씨가, 있, 어서 부탁해봤더니, 거절당했어요. 절대로 싫다면서요."

울음 섞인 목소리를 들으면서 그 녀석이라면 거절하겠지라고 나츠는 마음속으로 답했다. 그 인간이 까마귀를 정말 싫어한다는 걸 소문으로 들은 적 있었기 때문이다.

나츠는 그녀 앞에 몸을 낮춰서 고개를 숙인 그녀와 시선을 맞추었다.

동시에 주머니 속에서 바스락거리는 소리가 났다.

"진정해. ……맞다. 이거 줄게."

소리의 정체를 주머니에서 꺼냈다. 조금 전에 차와 교환한 그 보석 형태의 사탕이었다.

"사탕이야. 맛있어."

원래 누구의 것이었는지는 둘째 치고, 맛은 확실히 훌륭했다.

받은 사탕 수는 세 개, 하나는 조금 전에 나츠가 먹었고 두 개가 남아 있었다. 안나와 루안에게 하나씩 건넸다.

"잘 먹을게요."

"……고마워요."

안나가 힘없이 감사 인사를 했다. 안나가 지금 정말로 원하는 것은 그게 아닐 터였다.

하지만 물건을 받은 감사 인사를 하지 않는 것도 실례라는 사실을 알고 어떻게든 그렇게 말한 것이다. 기특한 아이였다.

자아 그렇다면. 나츠는 생각했다. 지금 자신이 할 수 있는 일은 뭘까.

지금 가지고 있는 것은 물통…… 나츠는 주머니를 뒤졌다. 사탕은 이제 없었다. 다행히도 오늘은 비번이라서 경찰 수첩 등은 가지고 있지 않았다.

"그래. ……이거, 가지고 있어줄래?"

코트와 재킷을 벗어서 물통과 함께 루안에게 내밀었다. 블라우스인 만큼 어깨와 가슴에 견디기 힘든 한기가 덮쳐왔지만, 상의가 찢어져서 나중에 후회하기보다는 훨씬 나았다.

그는 그것을 건네자 받아들었다. ──하지만.

"어, 뭐, 뭐 하는 거예요? 나츠 누나."

"뭐라니…….."

오늘 자신이 해야 할 일은 하나밖에 없었다. 나츠는 빙긋이 웃어서 답했다.

"나는 여자아이를 울리는 나쁜 녀석들을 싫어해."

73

그 외에 '까마귀가 겨냥할 법한 물건'은──

나츠는 머리에서 비녀를 뽑았다. 크고 푸른 잠자리구슬이 달린 구슬 비녀였다.

묶고 있던 머리가 어깨와 등에 스르륵 떨어졌다.

"아야야야……."

"괜찮아요? 나츠 언니?"

벤치에 앉아서 왼팔을 문지르는 나츠에게 안나가 불안한 듯이 그렇게 물었다.

자택을 침입당한 까마귀는 갑자기 쳐들어 온 나츠를 향해 미친 듯이 화를 냈다. 하지만 이쪽도 노상강도에게 질 수만은 없었다. 어떻게든 되찾았지만, 팔 몇 군데에 상처를 입었다. 관자놀이도 조금 뜨거운 걸 보아하니 어쩌면 그곳에도 상처를 입었을지도 몰랐다.

하지만 원래부터 이 정도 상처쯤은 익숙했다.

"괜찮아. 며칠만 지나면 나을 거야."

"하지만 여자 얼굴에 상처가 나는 건 좋은 일이 아니잖아요. 흉터라도 남으면 큰일이고요."

어디서 들은 말인지 어른스럽게 말하는 루안. ──대부분의 작은 상처는 화장으로 감출 수 있는데 남자들은 의외로 몰랐다.

게다가 그런, 언젠가 나을 상처보다도.

안나의 왼손을 쳐다보았다. 나츠의 시선을 알아차렸는지

안나는 기쁜 듯이 웃었다.

"고마워요. 물건을 되찾아서 기분 좋아요."

"소중한 물건이지?"

"………네."

얼굴이 새빨개진 안나는 조금 전과 같은 물음에 이번에는 그렇게 작은 목소리로 고개를 끄덕였다.

그녀의 반지가 어떤 경위로 그녀의 수중으로 들어왔는지까지는 나츠가 알 바 아니지만, 그녀에게 있어서는 소중한 것일 테다.

……그런 만큼 나츠가 상처를 입으면서까지 되찾을 가치가 있었다.

"둥지 이야기는 나중에 시청에 전해둘게. 아마도 민생위원이 어떻게든 해줄 거야. 그때까지는 이 근처에선 되도록 놀지 말도록 해."

"네에."

"네에."

어린아이 특유의 씩씩한 대답이 대단히 귀여웠다. 다행이라며 기뻐하는 두 사람의 즐거워하는 그 모습을 보고 있으니 클루의 모습이 다시 떠올랐다. 비슷한 연령대인 이 두 사람은 클루와도 사이가 좋았다.

"그러고 보니 두 사람 다 오늘은 클루랑 안 노네?"

"네. 클루, 오늘은 하루 종일 가게 일을 해야 해서요."

"그래서 오늘은 못 논다고 하더라고요."

제각각 답하는 그들은 서로의 스케줄을 빈틈없이 파악하고 있는 것 같았다.

　"그렇구나. ……저기 두 사람은 클루에 대해서 어떻게 생각해?"

　"네에?"

　나츠의 질문에 얼굴을 마주한 두 사람. 허가 찔린 듯한 아이들의 표정을 보고 나츠는 자신의 질문법이 잘못됐다는 사실을 깨달았다.

　"아, 저기, 이상한 뜻이 아니라, 저기 클루는 스푸트니크랑 둘이서 살잖아? 스푸트니크는 생활 태도가 나쁘니까 고생하지 않을까 해서 걱정이 됐어. 그뿐이야."

　"아아."

　"그렇군요."

　아무래도 납득한 것 같았다. 안나와 루안은 각각 몇 번인가 고개를 끄덕였다.

　"고생이라면 스푸트니크 씨에 대해선 자주 불만을 늘어놓거나 해요. 그렇지?"

　"맞아. 저기 요전번에도 스푸트니크가 친절하게 안 대해줘서 가출한다고 했었고…… 뭐어 그건 나도 잘못했지만. 그렇지만."

　"그렇지만?"

　"그렇지만 그런 것도 포함해서 좋아하는 거 아닐까요? 클루는. 스푸트니크 씨를요."

어디서 배운 말인지 다 안다는 듯이 말하는 안나.

어른스러운 모습을 조금이라도 연출하고 싶은지 여유 있는 웃음을 지으며 말했지만, 안타깝게도 그 표정은 이어진 루안의 말에 바로 지워지게 되었다.

"아, 그러고 보니 지금, 그 녀석 먼 도시에서 친구가 왔다고 하던데. 우리도 오늘 만났지만, 엄청 예쁜 사람이었어요. 플래티넘 블론드가 반짝반짝 빛나고 사근사근하고 정말 멋진 사람이더라고요…… 아얏!"

루안이 비명을 지른 것은 마치 꿈꾸는 듯한 어조로 말하는 그의 발끝을 안나의 신발이 힘껏 짓밟았기 때문이다. 상당히 힘을 실어서 밟았는지 루안은 다리를 끌어안고 주변을 깡총깡총 뛰어다녔다. 그 모습을 보고 안나는 허리에 손을 대고 씩씩대면서 "꼴좋네"라고 말했다.

"왜 밟는 거야?!"

"몰라도 돼."

이유를 모르고 외치는 루안과 흥 하고 다른 쪽을 쳐다보는 안나.

아이들의 대화가 재미있어서 그만 웃음이 나오려고 했지만, 두 사람은 두 사람 나름대로 진지할 테다. 웃음을 어떻게든 참고 나츠는 일어났다. 아이들이 노는 것을 어른이 계속해서 방해하는 것도 좋지 않을 테니 말이다.

작별 인사를 간단히 하고 퇴장하려고 상의를 걸쳤다. ──그러자 안나가 흠칫 하고 고개를 들었다. 그리고 "맞다" 하고 소리를 지르고 다급히 주머니를 뒤지기 시작했다.

"무슨 일이야?"

반지뿐만 아니라 여전히 뭔가 부족한 게 있는 걸까……
그렇게 생각하며 물었지만. 그 예상은 빗나간 것 같았다.

"감사 인사를 해야죠."

"안 해도 괜찮아."

"아, 저기…… 맞다, 이거!"

그리고 안나가 주머니에서 꺼낸 것은 뼈.

──가 아니라 뼈 모형이랄까 복제품 같은 것이었다. 어
디에 사용하는 걸까 생각하며 받아들자, 안나는 퉁퉁 부은
눈이었지만 진심으로 기쁜 듯이 웃었다.

"강아지용 장난감이에요. 사실은 강아지 아저씨한테 줄
생각이었는데 나츠 언니한테 줄게요."

"강아지 아저씨?"

강아지 아저씨는 나츠의 소꿉친구의 별명이었다. 애견숍
점원으로 일하고 있어서 그를 아는 사람에게 그런 별명으로
불리고 있었다. 마치 길들여진 대형견 같은 모습을 보이는
그에게 강아지용 장난감을 주려 했다는 말을 듣고 떠오른
광경은 한 가지였다. ……그만 웃음을 뿜었다.

"애견숍 강아지한테겠지."

"아, 그런가."

나츠가 무엇을 상상했는지 아는 듯한 루안이 팔꿈치로 찌
르며 정정해주었다. 안나는 자신의 발언을 떠올리고 다시

웃었다. 여자아이는 역시 웃는 게 가장 귀엽다.

나츠네에는 강아지가 없었다. 받는다 한들 무슨 도움이 될지는 모르지만, 그럼에도 굳이 사양하는 것만이 예의는 아니다. 웃는 얼굴로 받아들었다.

"고마워. 잘 쓸게."

"네. 일 수고하세요!"

크게 손을 흔드는 아이들에게 미소 짓고 나츠는 그들에게 등을 돌렸다.

그리하여 다시 혼자가 되자 휴우 하고 한숨이 나왔다. 사람을 도운 것은 다행이지만, 마음이 여전히 후련하지 않았다. 바람은 싸늘했고 여기저기 상처는 입었지만, 여전히 카페 피네에 돌아갈 마음은 들지 않았다.

조금 더 정처 없이 거리를 어슬렁대자 싶어서 걷기 시작한 그 순간.

"나츠!"

귀청을 먹먹하게 만든 것은 자신의 이름이었다. 경고하는 듯한 날카로운 외침——하지만 그에 바로 반응하기에 나츠는 생각에 조금 지나치게 잠겨 있었다.

그것은 나츠에게 있어서 무척이나 익숙한 목소리였다.

하지만 그것이 누구의 목소리인지 떠올리기보다 먼저 등에 충격을 받고 나츠는 땅에 넘어졌다.

*

"예쁘네."

무지개처럼 나란히 놓인 알록달록한 구슬에 중지 끝에서 손목 정도 되는 길이의 꼬치가 꽂혀 있었다. ——비녀였다.

하얀 상자 속에 단정하게 나란히 놓인 비녀에 천하의 나츠도 그만 탄성이 나왔다. 보석을 몸에 지니는 습관이 없더라도, 보석에 그다지 흥미가 없는 인생이라도 예쁜 것은 확실히 예쁘다는 생각이 들었다. 희미하게 닿는 빛을 쬐고 아련하게 빛나고 있었다.

자신이 추천하고 싶은 물건이 칭찬받았다는 사실이 기쁜 모양이었다. 클루가 에헤헤, 하고 웃었다.

"이 둥근 건 잠자리구슬이라고 해서요, 천연 보석이 아니라……."

하지만 하던 설명은 그쯤에서 멈췄다.

무슨 일인가 싶었더니 잠시 후에 클루가 "뭐더라" 하고 고개를 갸웃거렸다. 아무래도 잊어버린 것 같았다. 인상을 찌푸리고 생각한 후——이윽고 오른손 검지와 중지로 무언가를 잡는 제스처를 취했다. 그리고,

"……커다란 잠자리를 이렇게 잡아서 눈을 잘라내……."

"유리야, 유리."

진짜 곤충 눈이 아니라는 지적의 목소리가 산더미처럼 쌓인 상자 사이에서 날아왔다. 모습은 보이지 않지만, 이야기는 듣고 있는 모양이었다.

"잠자리구슬은 유리를 녹여서 구슬 형태로 만든 거야. 끈을 통과시켜서 목걸이로 만들거나 팔찌로도 만들어. 그건 비녀에 꽂은 구슬 비녀야."

"그렇다고 해요."

점주의 보충 설명에 고개를 꾸벅꾸벅 끄덕이는 종업원.

천연 보석이 아니라고 해도 확실히 아름다웠다. 다시 상자 속을 쳐다보았다. 나츠는 그중 하나가 유난히 마음에 들었다.

빨강이나 노랑, 초록 속에 파란색 잠자리구슬 비녀 하나가 놓여 있었다. 마치 밤하늘을 둥글게 만 듯한 짙은 파란색 잠자리구슬이 은색 비녀에 꽂혀 있었다. 파란색 속에 드문드문 들어가 있는 작은 흰색은 꽃을 나타내고 있는 것 같았지만, 밤하늘에 비유하면 반짝이는 별처럼도 보였다. 배색이 차분해서 화려하지는 않지만 선명해서 시원스럽게도 보였다.

나츠가 그것을 마음에 들어 한다는 사실을 알아차린 듯했다. 클루가 "이건" 하고 그 파란색 구슬 비녀를 들어 올렸다.

"나츠 씨한테 어울릴 것 같아요."

"그럴까?"

"네."

분명 어울릴 거예요. 하고 고개를 끄덕이는 클루의 표정에서 조금 전에 '보석을 싫어했다'고 말했을 때의 어둠은 사라져 있었다.

"멋지네. 가게가 시작되면 사러 올까봐."

액세서리에 흥미가 없는 나츠조차 마음이 끌릴 만큼 멋진 비녀였기 때문에 나츠가 사러 오기 전에 팔릴지도 모르지만. 그럼에도 나츠가 그렇게 말해준 것 자체를 클루는 기뻐하는 것 같았다. 기쁜 듯한 웃음을 한층 깊이 짓고 "기다릴게요"라고 말해주었다.

그 미소에 나츠 또한 웃음으로 답했을 때——

문득.
——클루의 표정이 그늘졌다.

6

"아, 미안 미안."

"미안하다는 말로 끝날 것 같으면 세탁비는 필요 없거든?"

발밑에서 몹시 즐거운 듯이 장난감을 덥석 무는 골든 리트리버.

나츠는 쑥스러운 듯이 머리를 긁적이는 소꿉친구, 강아지 아저씨——본명이 아니다. 별명이다——에게 싸늘한 시선을 보냈다.

"설마 산책 중에 줄이 끊어질 줄은 생각 못했어."

"그렇게 오래된 걸 사용하니까 그렇잖아, 나 원 참⋯⋯."

조금 전에 나츠의 등에 힘껏 부딪힌 것은 이 골든 리트리버였다.

강아지 아저씨가 일하는 애견숍의 개로 상품이기는 하지만 이미 성견이 된 그 개를 팔 마음이 없는 건지, 사는 사람이 나타나지 않을 뿐인지, 절반은 이 강아지 아저씨가 기르고 있었다. 애견숍에 왔을 무렵에는 작고 귀여웠지만, 건강함과 천진난만함을 유지한 채 사이즈만 커지고 말았다. 일단 교육을 시켜뒀지만, 어릴 적부터 알아서 그런지 이 개는 나츠나 엘사, 강아지 아저씨 앞에서는 거침없었다.

가까운 벤치에 앉아서 여기저기 개의 침과 발자국투성이가 된 코트를 두드렸지만, 더러움은 좀처럼 가시질 않았다. 나츠가 한숨을 쉴 때마다 옆에서 실실 웃으며 "미안" 하고 말하는 그가 얄미워서 그만 노려봤지만 효과는 그다지 없는 것 같았다.

더럽혀진 코트도, 강아지 아저씨의 태도도 포기하고 개를 쳐다보았다. 배를 깔고 엎드려서 조금 전의 장난감을 기쁜 듯이 열심히 물고 있었다.

"맞다, 저거 받아도 괜찮은 거야?"

강아지 아저씨가 지금 깨달았다는 듯이 말했다.

동시에 가리킨 것은 강아지 장난감이었다. 인상을 찌푸리고 걱정스러운 말투로 말했지만, 이 개의 모습을 보아서는 돌려달라고 잡아당겨봤자 놓아줄 것 같지 않았다.

"필요한 거 아니야? 어라, 근데 나츠도 개 키웠나?"

"상관없어. 원래 엘사의 실패작이니까."

"응? 저 장난감, 엘사가 만든 거야?"

"아니 아니. 엄청 단 초콜릿이 차가 됐고, 차가 짜증나는 녀석의 사탕이 됐다가, 사탕이 강아지 장난감이 된 거야."

"무슨 소리야?"

설명으로 인해 더 알 수 없게 되었는지 강아지 아저씨의 미간은 더욱 구겨졌다.

하지만 진심으로 그를 곤란하게 만들고 싶지 않았다. 알기 쉽게 한마디로 답해주었다.

"물물교환을 했더니 이렇게 됐어."

"나츠, 한가해?"

"안 한가해."

단순히 산책의 부산물이었다.

물물교환. 나츠에게 있어서는 무의미한 흐름이었지만, 강아지 아저씨 쪽은 그렇게 받아들이지 않은 것 같았다. 길게 이어진 흐름에 그는 "재미있네"라며 웃었다.

"그럼 나도 뭔가 보답하는 편이 나으려나."

"딱히 필요 없어."

"아니 그렇지만 이어지는 편이 재미있을 것 같잖아. 그래, 이거 줄게."

하고 강아지 아저씨는.

만나고 나서 계속 손에 들고 있던 것을 나츠를 향해 내밀었다.

"끊어진 목줄."

"너, '보답'이라는 말 뜻 알기나 해?"

싱글벙글 미소 짓는 소꿉친구를 싸늘한 실눈으로 노려보았다.

"그야 그 외에 줄 만한 건…… 변 정도밖에 없는걸."

"목줄 받아둘게."

가방 속을 들여다보는 친구의 손에서 끊어진 목줄을 빼앗아 들었다. 변보다는 훨씬 낫지 않을까 싶었다. 이걸 누가 필요로 할지는 잘 모르겠지만.

쳐다보니 목줄 끝, 목걸이가 이어져 있음직한 곳이 쭉 찢어져 있었다. 직업병인지 왠지 벤 자리를 관찰하게 되었지만, 칼로 끊어진 것 같지는 않았다. 끊어진 곳 이외에도 여기저기 실밥이 풀려 있는 것을 보아 그가 말한 대로 노후화가 진행되고 있는 듯했다.

그런 식으로 관찰하고 있다가 나츠는 문득 생각했다.

"……강아지 아저씨."

"응?"

"너네 가게에 클루가 자주 놀러 오지?"

"클루?"

그와 그의 여동생이 절반 정도 취미로 운영하는 애견숍은 동네 아이들에게 좋은 놀이터가 되고 있었다. 동물에게 사료를 주거나 만지기도 하는 등 마치 작은 동물원 같았다.

그리고 그 아이들 중에는 클루도 있다는 사실을 나츠는

알고 있었다.

"응. 그 애도 와. 매일은 아니지만. 안나랑 같이 올 때가 많지…… 그게 왜?"

"아니, 특별히 뭐가 어떻다는 건 아니고…… 저기, 클루는 특이한 애 같지 않아? 넌 어떻게 생각하나 해서."

"특이해? 글쎄…… 특이하다고 하면 특이할지도 모르겠네. 낳아준 부모는 어떻게 지내고 있을까 궁금하기도 하고, 어디 출신인지 궁금하기도 하고. 그리고 맞다, 옛날 일은 잘 모른다는 거 들은 적 있어."

"그렇지?"

"하지만 아무렴 어때. 이것도 저것도 큰일은 아니잖아."

강아지 아저씨는 마치 자신이 재미있는 소리를 했다는 듯 후훗 하고 웃었다. 하지만 나츠는 딱히 그녀의 출신을 신경 쓰는 것은 아니었고, 부모 없는 아이라는 사실을 이러쿵저러쿵 따지는 것도 아니었다. 그래서 그런 건 아니지만 강아지 아저씨의 말 이면에는 아무래도 뭔가 내포된 뜻이 있는 것 같았다.

그 '내포된 뜻'이 뭔지 잘 모르지만 그 사실을 묻는 것도 자신이 둔감하다는 사실을 자백하는 것 같아서 그러지 못하고 나츠는 화제를 바꾸기로 했다.

"……엘사는 엘사대로 짜증나."

"왜?"

"엘사가 '나츠랑 스푸트니크 씨는 닮았다'고 하는 거야.

실례 아냐? 무슨 뜻인지 알겠어?"

이 얼빠진 남자에게 하는 소리니 그다지 기대하지 않지만 의외로 반응이 있었다.

호흡마저 멈춘 거 같은 한순간. 그 후 그의 늘 졸린 듯한 눈이 드물게 크게 떠졌다. 그리고,

"아."

하고 갑자기 큰 소리를 냈기 때문에 나츠는 흠칫했고 또 한 발밑에 엎드려 있던 개조차 장난감을 떨어뜨리고 놀라서 몸을 일으켰다.

"아. 알겠다 알겠어. 알겠다 알겠어. 알겠어 알 것 같아!"

한 사람과 개 한 마리의 반응은 전혀 개의치 않는다는 듯이 강아지 아저씨는 마치 걸작이라고 말하는 양 웃으며 양손을 몇 번이나 치고 있었다. 그 모습에 나츠는 그만 뾰로통해졌다.

"뭐야. 그렇게 재미있어?"

"아니, 그게 아니라……" 눈물마저 글썽한 눈가를 검지로 문지르면서 "것보다 나츠, 너 그거잖아. 이 소릴 듣고 그렇게 생각한 거잖아. 그야 그렇게 생각하겠지. 아마도 내가 나츠라도 그런 소릴 들으면 그렇게 생각할 거야. 하지만 아니야, 그런 게 아냐."

"그렇다는 소리만 자꾸 하지 말고. 무슨 소리가 하고 싶은 거야."

"아아, 그게 그러니까……."

그러네, 하고 중얼거리고 숨을 내뱉었다.

너무 웃어서 흐트러진 호흡을 가다듬은 후 강아지 아저씨는 나츠가 이해할 수 있도록 느릿한 말투로 이렇게 말했다.

"나츠, 너, 엘사한테 '스푸트니크 씨를 닮았다'는 소릴 듣고 '자긴 그렇게 입이 험하지 않다'든지 '난 그렇게 칠칠맞지 않다'든지 그런 식으로 생각하지 않았어? 그래서 '왜 내가 그 인간을 닮았냐'고 생각한 거 아냐?"

"틀렸어?"

"아아, 역시."

큭큭큭, 이번에는 조금 전의 큰 웃음이 아니라 목으로만 웃었다.

"그게 아냐. 그게 아니라. ……좀만 더 생각해보면 돼. 스푸트니크 씨랑 클루에 대해서. 그렇게 어려운 문제는 아니야, 그건."

검지를 흔들면서 말하는 강아지 아저씨의 동작, 그게 그에게 있어서는 아무래도 오만방자하게 보여서 나츠는 독설이라도 퍼붓고 싶어졌다.

"뭐야 그게. 거만하게."

하지만 안타깝게도 독성은 약한 것 같았다. 강아지 아저씨는 전혀 개의치 않고 의기양양한 얼굴로 웃었다.

"그야 내가 연상이잖아. 나이 어린 사람한테 잘난 체하는 건 연상의 특권이야."

"한 살밖에 차이도 안 나면서 무슨 소리야."

"한 살이나 차이 나면 불만 부릴 것도 없이 연상이지. 네가 태어났을 때 난 이유식을 먹고 있었어."

딱 한 살 차이를 자랑스럽게 단언하고 나서——

개의 머리를 쓰다듬고 무언가 생각났다는 듯이 "맞다"라고 말했다.

"아, 참고로 보러 갈래? 우리 딸, 정말 귀여워."

"너랑 안 닮아서 다행이네."

"아니, 그게 눈 같은 데가 날 쏙 빼닮았어. 입가는 아내를 닮은 것 같은데 요즘 들어 날 좀 닮은 것 같아. 아, 하지만 코는…….."

"이제 됐어. 다음번에 또 갈 테니 이야기는 그때 해."

그리하여 절반은 억지로 그의 이야기를 끊어냈다.

이 녀석의 자랑은 매번 똑같이 반복되고 있기 때문에 그리 들을 만한 게 못 되었다. 찬바람이 휘몰아치는 곳에서는 특히 말이다. 뭐니 뭐니 해도 그의 자랑은 '천하의' 스푸트니크도 질려하게 만드니 한층 더 대단하다고 할 수 있었다.

그래서 오른손을 살랑살랑 흔들자 그는 안타깝다는 듯이 고개를 갸웃거렸다.

"그래? 기분 전환에 좋을 거라 생각했는데."

"지금은 생각할 거리가 많아. 이것만 받아둘게."

원치 않던 쓰레기——끊어진 목줄을 느슨하게 흔들고 답했다. 그는 납득한 듯이 "그래?" 하고 빙긋이 웃었다.

"그럼 또 봐. 조만간에 말이야."

"그래."

강아지 아저씨가 가자고 한마디 했다. 그건 나츠에게 내리는 지시가 아니었다.

엎드려 있던 골든 리트리버는 바로 꼬리를 흔들고 일어났다. 산책 재개를 알게 된 그 개는 물고 있던 장난감을 강아지 아저씨에게 바로 내밀었다. 그는 "고마워"라고 말하고 그것을 받아들었다. 그 감사 인사가 장난감을 건네준 개에 대한 것인지, 아니면 원래 주인인 나츠에 대한 것인지 때마침 시선을 돌린 나츠로서는 알 수 없었다.

작별 인사를 한두 마디 나누고 나서 그들은 걸어갔다. 목줄은 하고 있지 않았지만, 교육의 결과인지 골든 리트리버는 얌전하게 그의 곁에 붙어 있었다.

소꿉친구가 사라지고 벤치에 홀로 남겨졌다. 손끝이 시려서 다리 사이에 손을 집어넣었다. 그리고 한숨을 쉬고 하늘을 올려다보았다. 여기서 잠시 혼자서 사색에 잠길까──싶었지만.

"추워."

그 순간 휭하니 불어온 바람이 너무나도 싸늘해서 나츠는 다급히 벤치에서 일어났다. 소매를 잡아당겨 되도록 손을 가리면서 빠른 발걸음으로 걸어가기 시작했다.

이런 곳에서 사색 따위에 잠겨 있다간 감기에 걸릴지도 모른다. 생각을 하는 데 있어서 최적의 장소는, 그래. 따듯하고 온화한 공기와 분위기가 있고, 조용하고── 그리고──

——맛있는 게 있는 곳.

카페 피네로 돌아가자 손님의 모습은 아침보다 드문드문 늘어 있었다. 울린 종소리에 테이블을 닦고 있던 엘사가 돌아서 이쪽을 보았다. 들어온 사람이 나츠라는 사실을 알자 "어서 오세요"라는 말이 도중에 끝나고 "다녀왔어? 나츠?" 하고 이어졌다. "밖에 추웠지……"라고 말을 걸었지만, 그 말도 끊어졌다.

"그 상처, 어떻게 된 거야? 코트도 진흙투성인 데다……."

까마귀와 격투를 벌였을 때 입었던 상처와 강아지 아저씨의 개에게 밀려 넘어졌을 때 더러워진 것이었다. 하지만 그걸 전부 설명하는 것도 왠지 번거로웠다.

"잠시 싸우고 왔어."

"싸웠다고?"

"동물 대 인간."

흐음, 하고 애매하게 대답하는 엘사를 보니 역시 전해지지 않은 것 같았다. 당연한가.

하지만 그럼에도 그녀는 일일이 전부를 물으려고 하지 않았다. 지금 해야 할 일을 생각하고 가능하면 행동으로 옮겼다.

"약, 준비할게."

"괜찮아. 침 바르면 나으니까."

"안 돼. 나츠도 여자니까 흉터가 지면 큰일이야."

설교하듯이 말하고 엘사는 뒤에서 구급상자를 가지고 왔다. 조금 전까지 자리를 차지하고 있던 카운터석에 다시 돌아갔다. 소독약을 묻힌 솜이 상처에 닿아서 "따가워. 아야!" 하고 외치자 엘사가 다시 설교하는 듯한 말투로 "어른이잖아, 참아"라고 말했다.

엘사의 콧노래와 더불어 떠다니는 소독약의 냄새. 그것을 가늘게 들이쉬고 하아 하고 내뿜는 행위는 심호흡이라기보다 한숨이라고 부르는 게 적합할 것 같았다.

그 사실을 헤아린 듯했다. 엘사가 소리 없이 웃으며 이렇게 말했다.

"아직 답이 안 나왔어?"

"안 나왔어."

그렇고말고.

산책하러 나가서 직장에 얼굴을 내밀고, 얄미운 남자랑 싸웠다가, 까마귀에게 쪼이고, 끝내는 개에게 밀려 넘어졌다. ──그렇게까지 했는데도 정작 중요한 답은 나오지 않았다.

어째서 엘사는 나츠와 스푸트니크가 '닮았다'고 했을까. 그 인간의 존재가 어째서 이렇게도 거슬리는 걸까. 답답한 마음이 아침부터 쭉 이어지고 생각하면 할수록 막다른 골목에 다다른 듯한 느낌이 들었다.

"이제 항복이야, 항복. 답 말해줘."

"무슨 소리야. 리아피아트 시가 자랑하는 민완 경위님이 그리 간단히 미궁에 빠졌다고 선언하면 안 되지."

"그야 모르겠으니까 그렇지. 나 그렇게 성격이 안 좋아?"

"그렇다고는 말 안 했잖아. 자아, 소독 끝."

구급상자를 달그락달그락 정리하는 소리를 들으며 나츠
는 천장을 올려다보았다.

빙글빙글 소용돌이치는 나뭇결이 마치 자신의 사고를 본
뜬 것 같아서 다시 한 번 한숨이 새어 나왔다――그러자 동
시에.

"누나!"

그렇게 답답한 마음을 찢어내듯이 점내로 뛰어 들어온 사
람이 있었다.

반사적으로 그쪽을 쳐다보았다. 숨을 헐떡이며 뛰어 들어
온 그는 엘사의 두 남동생…… 중 한쪽이었다. 쏙 빼닮은 두
사람 중 한 사람이었다.

"큰일이야, 누나……. 아, 나츠 누나도 와 있었구나."

"와 있었어. 다녀왔니? 어느 쪽이야?"

"형 쪽이야. 때마침 잘됐어. 나츠 누나도 좀 들어봐."

"무슨 일인데?"

초조한 듯이 빠른 말투로 말하는 그에게 물었다. 그는 배
달 가방을 가까운 테이블에 놓으면서 시선만큼은 나츠에게
고정시킨 채 이렇게 말했다.

"큰일이야. 스푸트니크 보석점을 이상한 남자가 들여다
보고 있어!"

"이상한 남자? 그게 무슨 소리야?"

남동생의 말을 반복하는 엘사의 목소리가 딱딱해졌다.

그와 동시에 조금 전까지 빙글빙글 소용돌이치던 나츠의 사고회로가 현재로 돌아왔다. 그리고 그의 말과 뒤섞여서 순간적으로 조금 전에 들은 직장 후배의 말이, 요즘 들어 이 도시를 근심에 빠지게 만든 화제가, 나츠의 머릿속에 떠올랐다——

"'빈집털이'……."

"저기, 나츠."

나지막하게 억누른 목소리가 나츠를 불렀다.

엘사를 쳐다보니 미간을 찡그리고 있었다. 그녀가 턱에 손을 대고 신음하듯이 한 말은.

"조금 전에 스푸트니크 씨가 우리 집에 예약한 물건을 가지러 왔는데. 그때 누군가의 '병문안을 간다'고 하던데……."

그 가게의 종업원은 한 사람밖에 없다. 점주가 나가 있는 지금, 가게에 있는 사람은 그 '종업원'뿐이다. 빈집털이가 노리는 것은 그 이름대로 평소라면 비어 있는 집일 테다. 하지만 보석점에 있는 것이 지금 작은 여자아이 한 사람이라는 사실을 알아차린다면?

——나츠가 아침부터 끌어안고 있던 망설임이나 고민이 그 순간 머릿속에서 사라졌다.

무의식중에 나츠는 일어섰다.

의자에서 벌떡 일어나 문으로 향하며 코트 소매에 팔을

넣었다. 카페 피네의 종소리가 울렸을 때 빠른 걸음에 지나지 않았던 나츠의 걸음은 길을 걷는 중에 속도를 높여서 이윽고 전력질주에 가까워졌다.

*

몇 개나 되는 비녀를 둘러싸고 지금까지 나츠와 즐겁게 이야기를 나누고 있었던 클루.

하지만 그 명랑한 미소는 갑자기 사라지고 말았다. 그녀는 나츠의 눈앞에서 뭔가 불쾌한지 미간을 찡그리고 있었다.

"왜 그래?"

걱정이 된 나츠가 묻자 클루는 시선만 이리저리 움직여서 곤란한 듯한 망설이는 듯한 모습을 보였다. 어떻게 대답해야 좋을지 모르는 것 같기도 했다.

이윽고 대답 대신에,

──콜록.

클루의 입에서 헛기침이 한 번 나왔고 그녀는 양손으로 입을 감쌌다. 한 번 나오기 시작한 기침은 멈추지 않았고 등을 구부린 채 두세 번 괴로운 듯이 반복했다.

"괜찮아?"

"저, 저기, 저기……."

뭔가 말하려고 하고 있는 듯했지만 먼지라도 목에 걸렸는지 숨을 들이쉬는 것도 괴로운 듯이 기침에 말이 끊어졌다.

그녀는 기침을 하느라 어깨를 떨면서 고개를 들었다. 괴로운 듯한 울음을 터뜨릴 듯한 표정을 짓고 있었다. 그만큼 몸 상태가 나쁜 걸까?

"괜찮아? 클루?"

그 괴로운 듯한 모습에 적어도 문질러주려고 등에 손을 올렸다. 직후에 클루의 눈동자에 곤란한 빛이 깃든 것이 보였지——만 그것은 단순히 한순간뿐이었다.

그녀는 곧장 나츠에게 등을 돌리고 다급히 달려가기 시작했다.

"클루?"

나츠가 불러도 그 걸음은 멈추지 않았다.

기침을 하면서 서둘러 상자를 타 넘더니 점포 안쪽에 있는 문 안으로 사라졌다. 문패도 아무것도 걸려 있지 않은 그 문 안쪽에 뭐가 있는지는 잘 모르겠지만, 안으로 사라진 순간 어째서인지 클루가 돌아보고 슬픈 표정을 지은 것이 조금 신경 쓰였다.

하지만 그런 것보다 그녀의 몸 상태가 걱정이었다. 쫓아가려고 한 걸음 내딛은 순간——

나츠의 시야를 가르고 들어온 사람이 있었다.

"미안하지만."

그리고 들려온 목소리.

거만하고, 고압적이고, 얄미운 목소리. ——점주 스푸트니크가 팔짱을 끼고 서 있었다.

"우리 종업원이 갑자기 몸 상태가 나빠진 모양이야. 돌아가 주지 않겠어?"

"비켜봐! 무슨 소리야 갑자기——."

하지만.

"시, 끄, 러, 워."

항의의 말을 조금도 받아들일 마음이 없는 것 같았다. 내려다보는 눈은 차가웠고 이어진 말은 나지막해서 둘 다 거절의 빛이 짙었다.

"'돌아가'라고 말하는 거야, 이 가게 주인이."

……이 남자한테.

뭔가 혐의가 있다면, 뭔가 범죄 증거가 있다면 그런 제멋대로 뱉는 소리는 일축할 수도 있다. 경찰의 권한으로 저 문 건너편을 조사할 수도 있다. 하지만.

——보석 이야기를 할 때 스푸트니크가 엄청 좋아하니까.

지금 그는.

아무 별다를 것 없는 단순한 보석상이니까.

나츠는 클루가 사라져간 문을 힐끗 쳐다봤다. 몸 상태는 괜찮을까. 스푸트니크를 밀어내고서라도 다시 한 번 그녀의 얼굴을 보고 싶었지만——아마도 이 남자는 절대로 이곳에서 비켜주지 않을 것이다.

그래서.

"클루한테 전해줘."

턱을 들고 팔짱을 끼고 건방지게 나츠를 쳐다보는 얄미운 이 남자를 나츠는 노려보았다.

그리고 나츠는.

작은 친구에게 하는 재회를 위한 인사로서 그에게 한마디 말했다.

"……가게 열면 비녀 사러 오겠다고 전해줘."

7

리아피아트 시(市)는 대륙 동부에 위치한 루카 가도의 역 마을로 번영했던 중소 도시였다.

일 년 내내 온난한 기후 덕분에 각종 과실과 화훼의 산지로 알려진 그 도시는 마녀협회 지부는 없지만, 경찰국의 치안 유지 활동이 상당히 우수하여 미해결 사건은 제로나 마찬가지였기에 무척이나 살기 좋은 땅이었다.

그런 도시 한쪽 구석에 점원 두 사람이 일하는 아담한 보석점이 있었다. ——'스푸트니크 보석점'.

"클루!"

보석점 입구를 난폭하게 열어젖혔다. 종이 끊어져 떨어질 만큼 종소리가 요란하게 울려 퍼졌지만, 신경 쓸 겨를이 없었다.

찾을 것도 없이 바로, 이름을 부른 그녀의 모습을 발견했다. 점내에 한 사람, 카운터에 다부지게 앉아 있는 종업원 클루는 아직 울고 있지는 않았지만 눈을 크게 뜨고 입술을 한일자로 굳게 앙다물고 있었다. 역시 점내를 들여다보는 사람에 대해서 그녀 자신도 알아차리고 있었던 모양이었다. 가게를 뛰어 들어온 사람이 아는 사람이라는 사실을 알아차린 순간, 그녀의 눈에서 눈물이 펑펑 쏟아졌다.

"나츠 씨!"

의자에서 벌떡 일어서더니 양팔을 뻗고서 나츠를 향해 달려왔다. 나츠는 그녀를 받아들고는 밤색 머리카락을 몇 번이고 쓰다듬었다.

"저기, 저기, 가게, 바깥에서, 이상한 사람이, 이쪽을 보고 있어서······."

"들었어. 잘 참고 있었네. 무서웠지?"

"네, 저기."

이야기하기 시작한 동시에 종소리가 울려서 돌아보았다.

하지만 그 사람은 이상한 사람도 점주인 스푸트니크도 아니었다.

"안녕. 클루, 괜찮아?"

"엘사 씨."

나츠의 뒤를 쫓아온 듯한 엘사가 손을 살랑살랑 흔들고 있었다.

"뭐야, 엘사, 왔었어? 위험하니까 돌아가 있어. 빈집털이범이——."

"왼쪽 창문, 봐봐."

지금도 친구를 노리고 있을지도 모르는데. 말하는 나츠를 가로막고 엘사가 소곤거렸다.

"왼쪽? ──."

말하는 대로 그쪽을 쳐다보고──깨달았다. 창문에는 커튼이 쳐져 있지만 그 틈으로 이쪽을 들여다보는 호박색 눈동자가 있었다.

눈동자 주인은 이윽고 나츠가 보고 있다는 사실을 알아차렸는지 모습을 휙 감추었다. 사라졌나 싶었던 것은 한순간뿐이었다. 그 자리에 허리를 굽히고 숨어 있었을 뿐인지 다시 나타난 한 쌍의 눈은 다시 이쪽을 들여다보기 시작했다.

시선이 마주치지 않도록 얼굴을 피하고 엘사가 나지막한 목소리로 말했다.

"나츠, 본 적 있어?"

"없어."

커튼 틈으로 들여다보이는 부분에서 판단하는 수밖에 없지만, 매일 이 도시를 순찰하는 자신도 본 적 없는 낯선 얼굴이었다. 그런 사람이 보석점을 몰래 들여다보고 있었다. 무척이나 수상쩍었다.

"다른 도시에서 온 손님일지도 모르잖아?"

매달려 있는 클루에게 만약을 위해서 물었지만, 클루는 고개를 크게 가로저었다. "오늘은 예약이 없어요" 하고 잠긴 목소리로 답하는 그녀는 상당히 무서웠는지 반복해서 숨을 헐떡이고 있었다. 그건 그렇다, 그녀는 가뜩이나 낯을 가린다. 지금 상태는 상당히 견디기 힘들 것이다.

엘사가 허리를 굽히고 얼굴을 가까이 가져가서 나츠가 생각하는 것과 같은 말을 했다.

"괜찮아?"

나츠의 등에 두른 손에 힘이 꼬옥 실리는 것을 알 수 있었다.

클루의 얼굴은 나츠의 품에 파묻혀 있었고 어떤 표정을 짓고 있는지는 알 수 없었지만, 목소리와 어깨는 안쓰러울 만큼 바들바들 떨고 있었다. 그런 클루를 보고——나츠는. 지금 이 현재 상태와 완전 상관없는 생각을 했다.

——그녀를 만났던 그날, 어째서 그녀는 그렇게 사람을 두려워했던 걸까.

——그날 어째서 보석을 '싫어한다'고 말했을까.

나츠는 그녀에 대해서 아무것도 몰랐다. 모르고서 아는 사이가 되었고 친구가 된 채 지금에 이르렀다. 괘씸한 일이지만 스푸트니크는 분명 알고 있을 테다. 그리고 '경찰관'인 나츠에게는 그 이야기를 할 수 없다며 비웃었다.

하지만. 지금 여기서 자신에게 매달려 떨고 있는 작은 친구를 생각했다. 그녀에 대해서, 그들에 대해서, 아무것도 모르지만. 답답한 감정도 사라지지 않고 자신의 어디가 그 최악의 저질 남자와 닮았는지도 모르겠지만.

분명 지금 이 친구를, 이 도시의 보석점을.

지키고 싶다고는 생각하고 있다.

"……클루를 부탁할게."

그리고 그런 생각을 하자 해야 할 일이 금방 정해졌다. 조금 얕게 한 번 호흡하고 그리고——

나츠는 날카롭게 그 창문을 노려보았다.

그러자 그곳에 있던 눈이 조금 전처럼 다급히 몸을 움츠렸다. 그 틈을 놓치지 않았다. 나츠는 창문으로 달려가서 단숨에 커튼을 걷어내고 창문을 크게 열어젖혔다.

그 자리에 쭈그려 앉아 있던 남자와 눈이 딱 마주쳤다.

"우왓!"

"경찰입니다. 얌전하게——."

하지만 남자는 나츠의 말을 듣지 않았다. 다급히 허리를 펴더니 불안정한 걸음걸이로 겨우 일어나 달리기 시작했다.

하지만 순순히 놓칠쏘냐! 창틀에 다리를 걸고 밖으로 뛰쳐나가 신발을 벗어서 집어던지자 하이힐 부분이 남자의 뒤통수에 멋지게 꽂혔다. 짧은 비명을 지르고 앞으로 푹 고꾸라지는 순간을 놓치지 않고 나츠는 양말을 신은 채 달려가서 그 등에 달려들었다.

"으악, 관둬, 으윽."

"얌전히 있으시지."

올라타서 남자의 양팔을 비틀어 수갑을 채우려다가 알아차렸다.

여느 때의 주머니에 수갑이 없었다.

그만 혀를 찼다. 없는 것은 수갑뿐만이 아니었다. 경찰수
첩도 특수경봉도. 가지고 있지 않은 것은 당연했다. 오늘은
비번이니 말이다.

뭔가 무기가 될 만한 것이, 적어도 상대를 구속할 수 있는
뭔가가——

"나츠!"

순간적으로 이름을 부르는 소리가 들려서 고개를 팍 들었
다.

몸을 비틀어 돌아보자 엘사가 뒤쫓아 오고 있었다. "이
거!"라고 외치고 그녀가 쥐고 있던 무언가가 이쪽을 향해서
날아왔다. 엘사의 손에 들려 있던 그것은 공중을 가르고 하
나의 긴 끈이 되어 나츠의 곁으로 날아왔다. 나츠는 남자를
구속한 채 그것을 한 손으로 받아들었다.

오래된 목줄.

그것을 꽉 쥐자 나츠의 귀에 목소리가 되살아났다. 예를
들어 눈앞의 누군가가 살기 위해서 죄를 진다고 했을 때.

——넌 그걸 지지할 수 있는가.

——그래서 말 안 해.

구역질이 났다. 화가 났다. 언젠가 본 그 보석상의 옅은
웃음과 무엇보다 그런 실없는 소리에 대답할 말이 없었던
자기 자신에게. 그런 일로 이러니저러니 고민하는 자기 자
신에게.

그 분노를 보석점을 엿보던 눈앞의 남자에게 퍼붓는 것은

지나친 화풀이일지도 모르지만, 그것을 제외한다고 해도 친구에게 겁을 준 죄는 무거운 법이었다.

비튼 양손을 목줄로 단단히 동여매었다.

갑작스런 체포에 소란스러운 주변 사람들을 향해서 나츠가 드높게 외쳤다.

"확보!"

원래는 다디단 초콜릿이었던, 지금은 수갑을 대신하고 있는 끊어진 목줄을 보면서 나츠는 생각했다.

경찰관이니까 어떻다는 둥 누가 누구를 닮아서 어떻다는 둥 그런 건 알 바가 아니다.

단지, 단지 자신은——

눈앞에서 우는 '누군가'의 힘이 되고 싶을 뿐이었다.

*

"자아."

"윽."

얌전해진 남자를 이끌고 보석점으로 돌아와서.

팔을 묶고 남은 목줄로 다리도 구속했다. 그리하여 멍석말이 상태가 된 그를 보석점 바닥에 내동댕이치고 그 김에 남자가 가지고 있던 가방도 그의 곁에 내동댕이친 채 나츠는 엘사와 클루를 쳐다보았다.

클루는 엘사에게 안겨 있었지만, 조금 전보다는 차분함을 되찾았는지 눈물도 완전히 그쳐 있었다. 그 모습에 안도하면서 나츠는 두 사람에게 이렇게 말했다.

"난 지금부터 이 빈집털이범을 경찰에 연행할 거야. 엘사는——."

"빈집털이범?!"

스푸트니크가 돌아올 때까지 그녀와 함께 있어달라고 말하려고 했다.

이어질 터였던 말을 가로막고 황당한 목소리를 지른 것은 남자였다. 양손 양발을 묶인 형태로 끌려 다니느라 여기저기 더럽혀진 옷으로 곱슬머리를 마구 흩뜨리고 기분 나쁘게 꿈틀꿈틀거리는 그에게는 아무래도 뭔가 주장하고 싶은 게 있는 듯했다.

"뭐야."

퉁명스럽게 말했다.

세 사람의 시선을 받고 형세 역전이라고 생각했는지 남자는 히죽 웃었다. 그리고,

"나는 이 가게 주인을 찾아온 사람이야. 이런 대접을 받고 여기 주인이 어떻게 생각할지 궁금하군!"

"어."

마치 그 말이 대대로 내려오는 보검이라도 되는 양 내뱉었다. 그에 제일 먼저 표정을 바꾼 것은 이 가게의 충실한 종업원 클루였다.

"스, 스푸트니크의 지인, 인가요……?"

"아무렴. 점주의 귀한 손님을 정말이지 이런 식으로 대접하고. 네 주인은 대체 너한테 무슨 소리를 하려나."

책망하듯이 이어지는 말에 클루의 뺨이 순식간에 새파래졌다——하지만. 정확하게 말하자면 그렇게 표정이 바뀐 것은 클루'뿐'이었다.

잘난 체하듯이 말하는 남자를 무시하고 나츠는 팔짱을 끼고 엘사를 쳐다보았다. 엘사는 난처한 듯이 웃고 있었는데 아무래도 그녀도 그 남자의 이야기에서 모순점을 알아차린 것 같았다.

콧김을 거칠게 내뿜는 멍석말이를 다시 내려다보고 나츠가 답했다.

"아무 말도 안 할걸."

"어."

"그야 이상하잖아. 그 녀석의 지인이라면 애초에 왜 이 가게를 몰래 들여다보거나 도망치는 거야. 설명할 수 있다면 해봐."

"저기…… 그게 그러니까…… 뭐야."

지극히 당연한 사실을 물어보았다.

그러자 재미있게도 남자의 기세가 꺾였다. 웃음도 사라진 그 얼굴로 저기, 저기 하고 시선을 이리저리 헤매었고 이윽고 남자가 한 대답은,

"전직의 습관이라고 할까……."

"연행!"

"잠깐만, 잠깐만 있어봐!"

탐색하듯이 가게 안을 들여다보는 '전직'은 어차피 제대로 된 직업이 아닐 것이다. 남자의 몸을 다시 들어 올리려고 했지만, 남자는 그것을 가로막듯이 다시 소리를 질렀다. 남자가 손을 뻗고 몸을 꿈틀꿈틀 비틀어서 도망치려 했다.

"뭐야."

"잠깐만, 아니 진짜, 이 점주의 지, 지인이라니까……."

우물우물 말하며 도움을 요청하는 얼굴로 세 사람의 얼굴을 차례대로 쳐다보는 남자. 하지만 나츠는 어처구니가 없다는 투로 그 남자를 바라보고 있었고, 엘사는 아무 말 없이 미소 짓고 있었으며, 클루마저도 경멸에 가까운 표정을 짓고 있었다. 클루에게는 아무래도 '점주의 귀중한 고객'이라고 속인 게 결정타였던 모양이었다.

세 사람의 차가운 시선. 자기편이 없는 이 장소에서 그는 다음으로 무슨 말을 할까. 기다리고 있자니——

——갑자기 종소리가 들렸다.

"쿠!"

"꾸엑."

그와 동시에 들린 클루의 이름을 부르는 목소리.

그리고 그 순간 바닥의 남자가 이상한 소리를 지른 것은 별스러운 일도 아니었다. 입구에서 뛰어 들어온 사람이 거침없이 남자의 등을 밟았기 때문이다.

그 사람은 남자를 개의치 않고 클루의 곁으로 달려갔다.

클루가 나타난 사람의 이름을 불렀다. 애타게 기다리고 있었다는 마음이 섞인 목소리였다.

"스푸트니크!"

뛰어 들어온 그의 모습을 보고——안도하는 클루와 반대로 나츠는 조금 놀랐다.

그건 문에서 뛰어 들어온 그가 드물게도 여유가 없는 표정을 짓고 있었기 때문이다. 허리를 굽히고 클루와 시선의 높이를 맞추더니 어깨를 끌어안고 "어디 다친 데는 없어?" 하고 말했다.

"병문안을 마치고 피네로 돌아갔더니 쌍둥이 중 누군가가 가게에 있더라고. 보석점을 이상한 인간이 들여다보고 있다니까…… 단순히 이런 대낮부터 그 빈집털이가 올 거라고는 생각할 수 없잖아. 그렇다면…… 무슨 일이야, 무슨 일 있었어? 설마 피네치카의 녀석들이 이 도시까지——."

그가 빠른 말투로 말하는 '그렇다면' 뒤에 생략된 말, 또한 '그 녀석들'이라는 대명사가 가리키는 게 누구인지 나츠는 알 수 없었다. 관련 있는 뭔가가 두 사람에게 있었던 걸까.

클루는 빙긋이 웃으며 고개를 저었다.

"그 사람들 아니에요. 괜찮아요. 왠지 다른, 모르는 사람인데…… 근데 나츠 씨와 엘사 씨가 구해줬어요. 난 괜찮아요."

"그래?"

클루의 대답에 스푸트니크가 가슴을 쓸어내리고 고개를

숙이고서 긴 한숨을 쉬었다. 그러할 때의 표정은 나츠에게
는——아마 엘사에게도——보이지 않았지만 그건 분명 안
도의 한숨이었던 듯했다.

다시 한 번 "그래" 하고 중얼거리고 잠자코 있었다. 잠시
후 스푸트니크는 자세를 되돌리고 천천히 고개를 들어서 나
츠네 쪽을 쳐다보았다. 그 표정은 여느 때와 다름없는, 뻔
뻔스러운 것으로 돌아와 있었다.

——그는 나츠를 보고 엘사를 쳐다보았다. 그리고 점내를
빙그르 돌아보더니 자신이 조금 전에 밟았던 멍석말이를 보
고,

"이건 뭐야?"

라고 말했다.

자칭 스푸트니크의 지인이었지만, 스푸트니크 본인은 전
혀 모르는 사람이라고 말하는 듯한 말투였다.

엘사가 스푸트니크의 곁으로 한 걸음 다가갔다. 그리고
물었다.

"저기, 스푸트니크 씨. 그분 아세요?"

스푸트니크는 대답하지 않았다. 다만 대신해서 복수인지
"이얏, 이얏" 하고 남자를 짓밟고 있던 클루를 조금 들어 올
려서 남자로부터 떨어뜨려 놓았다. 그리고 다리로 어깨를
차서 남자의 몸을 위로 향하게 하더니 잠시 그 얼굴을 바라
보았다. 그리고 이윽고 인상을 구겼다. 그 표정은 한마디로
하자면 '의아'였다.

역시 아는 사이가 아니라면 연행, 이라고 나츠가 말하려던 그때 스푸트니크가 이렇게 선언했다.

"……우선 이 녀석의 신병은 내가 책임질게."

그렇다면.

"아는 사이인 거야?"

"글쎄…… 일단 아슬아슬한 선에서 아는 사이이긴 한데, 아는 사이 이상의 아무 관계도 아니야. 그리고 아는 사이라해도 이 녀석이 지금 왜 여기에 있는지, 어째서 그런 걸 가지고 있는지는 모르겠군."

"그런 거라니?"

"우리 가게가 소속된 보석상회 문양이 찍힌 봉투를 가지고 있어."

스푸트니크는 바닥에 굴러다니는 가방을 가리켰다. 분명 스푸트니크가 말하는 대로 남자가 가지고 온 가방에서는 문양이 찍힌 봉투 같은 것이 들여다보였다. 경찰관인 나츠로서는 보석상 세계에 대해서는 잘 모르지만, 스푸트니크가 말한다면 틀림없겠지. 이 남자도——일단은——보석상이다.

"그럼 난 이 가게의 주인으로서 어째서 이 녀석이 우리 가게에 왔는지, 어째서 그런 걸 가지고 있는지 확인해야 할 것 같군."

나츠는 다시 남자를 내려다보았다.

"……일단 확인하겠지만. 당신, 이 마을에 언제 왔어?"

"바로 조금 전이야."

그가 가냘픈 목소리로 대답했다. 이 도시에서 빈집털이가 발생하기 시작한 것은 며칠 전부터다——그 발언에 거짓이 없는지 확인은 지금 이 자리에서 불가능하지만, 애초에 자신을 증명하는 물건을 소지한 상태에서 범행을 저지를까 하는 생각이 들자 의문의 여지가 있었다.

그렇다면.

답은 자연스레 나왔다.

"괜히 소란 떨었네."

"내 말이."

휴우 하고 한숨을 쉬면서 말하는 엘사의 말에 편승해서 나츠 또한 어깨를 으쓱했다. 이쪽은 친구가 위험에 빠진 줄 알고, 큰일이 벌어진 줄 알고 간담이 서늘해진 채 달려왔는데 말이다.

……하지만.

나츠의 마음은 조금 전만큼 무겁지 않았다.

"저기 나츠 씨."

나츠가 가게에 뛰어 들어왔을 때 푸른 눈으로 모르는 사람에게 떨고 있던 클루. 지금 스푸트니크에게서 떨어져 나츠의 곁으로 걸어온 그녀의, 머뭇거리며 이쪽을 올려다보는 눈동자에 더 이상 두려움의 기색은 없었다.

올려다본 그녀에게 "왜?" 하고 묻자 클루는 온화하게 진심으로 안심한 듯이 웃었다.

"고마워요."

8

"수고했어."

카페 피네에 돌아와 여느 때의 카운터석에 앉아 미트소스 파스타를 주문했다.

샐러드와 파스타 세트를 내밀면서 엘사가 하는 수고했다는 말에 나츠는 조금 망설이고 나서 "……음" 하고만 말했다.

스푸트니크 보석점에서 일 하나를 마무리 짓고 카페 피네로 돌아오자 엘사를 대신해서 익숙하지 않은 웨이터가 일하고 있었던 탓에 점내 여기저기에는 사용한 접시가 회수되지 않은 채 남아 있었다. 익숙하지 않은 업무——게다가 단골에게 "일솜씨가 영 아니야"라고 비아냥대는 소리까지 들었다고 한다——에 지쳐 주저앉은 동생에게 엘사가 "못 말린다니까"라고 한숨을 짓더니 여느 때의 에이프런을 걸치자마자 빙글빙글 돌면서 바로 온 점내를 정리했다. 엘사는 분명 웨이트리스가 천직일 것이다.

천직.

파스타를 포크로 말면서 나츠는 다시 한 번 더 그 말을 생각했다.

카운터 안에서 접시와 잔 정리를 하는 엘사는 근처에 있는 식기의 양에도 불구하고 그 일이 즐거워서 참을 수 없다는 듯이 콧노래를 부르고 있었다. 준비된 배달물을 가지고 "역시 이쪽이 내 직성에 맞는 것 같아"라고 쓴웃음을 지으며 가게를 나간 쌍둥이 가운데 한쪽도 분명 그 일을 나쁘게 생각하지 않는 듯했다.

……그렇다면.

자신은 어떨까?

"아직도 초조해?"

시야 밖에서 목소리가 들렸다. 카운터 안에서 식기를 정리하는 소리와 함께 들려왔다. 하지만 나츠는 답하지 않고 포크로 만 파스타를 입에 넣고 계속해서 샐러드 안의 감자를 포크로 찍었다. 큼직하게 깍둑썰기로 썰려 있었지만, 부드럽게 간단히 꽂혔다.

답이 나오지 않았다. 물론 기분이 나을 리가 없었다.

……하지만.

뱃속에서 빙글빙글 소용돌이치는 것의 일부가 달라진 것처럼도 느껴졌다.

"그 녀석 말이지."

그리하여 푹 찌른 감자를 먹지도 않고 그냥 바라보면서 시야 밖을 향해 중얼거렸다. 듣고 있어도, 듣고 있지 않아도 상관없었다. 그런 생각으로 뱉은 말이기 때문에 '그 녀석'이 누구인지도 명확하지 않았다.

엘사는 정리하는 손은 멈추지 않았지만 시선은 이쪽을 향하고 있었다. 그리고 그 표정에 따르면 나츠가 말하는 인물이 누구인지도 그녀는 알고 있는 것 같았다.

"전에 말했어."

"뭐라고?"

엘사가 여느 때와 다름없는 어조로 묻자 조금 망설여졌다. 어디서부터 말해야 잘 전달될까.

잠시 생각하다 나츠는 입을 열었다.

"클루, 특이한 애지."

오늘 오전 중 처음 그 이야기를 꺼냈을 때. '그들을 어떻게 생각하는가' 하는 나츠의 물음에 엘사는 '특이한 사람들'이라고 평가를 내렸다. 물론 엘사도 그 사실을 잊지 않은 것 같았다. "응" 하고 고개를 끄덕였다.

"그래서 나, 전에 말이야, '만약 무슨 일이 있으면 이야기해달라'고 스푸트니크한테 말했어. 내가 힘이 돼줄 수 있을지도 모른다고 했거든."

"응."

"그런데도 말해주지 않았어."

"응."

"'넌 경찰관이니까'라면서 말이지. 클루가 감추고 있는 게 설령 자신의 범죄 이력이라고 해도, 만약 곤란해하는 일이 법률에 저촉되는 일이라고 해도 클루를 지킬 수 있냐……얼마 전에 그런 질문을 받았던 걸 오늘 아침에 꿈으로 꿨어. 그래서 마음이 답답했어."

정확히는.

질문이 아니었다. 지킬 수 있을 리가 없잖아? 하고 단정 지었으며——비웃었다. 오늘 아침에 꾼 꿈의 그 꿈속에서 본 웃음. 머리 가장자리에 들러붙은 얄미운 표정.

나츠의 말에 엘사는 다시 "응"이라고 말했다. 마치 그 남자라면 그런 대답을 하겠지라고 알고 있는 듯한 말투였다.

"그 말에 나츠 뭐라고 답했어?"

"아무 말도 못했어. ……그야 잘 모르겠더라고."

정확히는.

모르지는 않았다. 답하지 못했던 것이다. 한순간이라도 그럴지도 모른다고 입을 다물고 만 이상 아무 말도 할 수 없었던 그 질문. 몇 번이나 거듭 역설해도, 아무것도 말로 할 수 없었다——

"……그렇지만 나는."

자신은.

나츠가 중얼거리고 그 이어지는 말을 주저해 입을 닫았을 때.

그 말을 교대하듯이 엘사가 이런 말을 했다.

"나츠가 스푸트니크 씨를 싫어하는 건 동족 혐오야."

동족 혐오.

자신의 미간이 구겨지는 것을 자각했다.

"닮았잖아."

하지만 엘사는 나츠의 불쾌한 표정에도 자신의 말을 철회하지 않았다. 물방울이 달라붙은 잔을 닦으며 거침없이 이어서 말했다. 아무리 나츠가 싫어해도 그 미소를 그치지 않고.

"조금 전에 스푸트니크 씨 봤어?"

"응."

"'이상한 인간이 가게 주위를 어슬렁대고 있다'는 소리를 들은 스푸트니크 씨, 다급히 가게로 돌아와선 우선 클루가 무사한지를 확인했잖아."

"응."

"가게 물건이 아니라 우선 클루를 확인했잖아."

"······응."

그것은 나츠도 알고 있었다.

모를 리가 없었다.

"스푸트니크 씨는 클루를 열심히 지키려고 하고 있어. 언제였더라, 그때도 그랬잖아? 거리에서 유괴당한 클루를 혼자서 구하러 갔을 때. ······특이한 여자아이인 클루를, 그 애가 뭘 끌어안고 있는지를, 그 애의 친구인 나츠한테도 물론 나한테도 말하지 않고서 말이지. 스푸트니크 씨는 그 애의 단 한 사람뿐인 고용주로서 홀로 그 애를 지키려고 하는 거야."

──난 그 녀석을 위해서 죽을 수도 있어.

클루를 납치한 거리의 불량배를 혼쭐을 내주고 유괴당한 클루를 구하는 바람에 결과적으로 경찰국에 사흘이나 구류되었던 그날.

나츠에게 그렇게 말했던 그 망설임 없던 눈을 떠올렸다.

"나츠도 그렇잖아. 자신이 구하고 싶다고 생각한 사람을 열심히 도우려고 하는 거. 조금 전에도 그랬잖아? 클루를 특이한 여자애라고 생각하면서, 뭐더라. '법에 저촉되는 존재'였나? 그런 존재일지도 모른다는 말을 들었으면서도 눈앞에서 떨고 있는 그 애를 내버려 두지 못하고 구하려고 움직였잖아."

──그게 어째서.

어떤 전제 조건이 주어져도 눈앞에서 곤란해하는 사람이 있으면 모든 고민을 내던지고 수상한 사람을 잡으러 움직이는 자신의 행동 원리란.

자신과 그 남자는.

"나츠는 스푸트니크 씨랑 쏙 빼닮았어. ……우훗훗. 뭐어 간단히 납득할 수 없을지도 모르지만. 그래서 부딪치는 걸지도 모르지. 구하기 위해서 잠자코 있는 스푸트니크 씨랑 구하기 위해서 알고 싶어 하는 나츠랑."

조금 전에 광장에서 클루에 대해서 물은 나츠에게 말한 강아지 아저씨의 말을 떠올렸다. "이것도 저것도 큰일은 아니잖아". 그것은 분명 설령 태생을 몰라도, 과거를 몰라도 자신을 지키고 구해주는 사람이 있다는 것.

……할 말을 잃은 체하는 나츠에게 엘사는 손으로 시선을 떨어뜨린 채 그렇게 말했다.

"나머지는 뭐더라. '경찰관이니까'였던가? 사람을 지키기 위해선 집단에 소속되어 있어야 하든가 개인이어야 하든가. 어느 쪽이 나은지는 상황에 따라서 다르니까 지금은 나츠가 타당하다고도 스푸트니크 씨가 타당하다고도 할 수 없잖아. 하지만 나츠도 스푸트니크 씨도 언젠가 어딘가에서 분명 고민할 거라고 생각해. 그야 둘 다 비슷한걸. ——그러니까."

그러니까.

엘사가 웃었다. 비웃는 게 아니라 보는 사람이 자애로움을 느끼게 하는 미소였다.

"그래서 두 사람이 언젠가 어디에서 고민하고 있을 때 서로 보완해줬으면 좋겠어."

"……그건 뭐야, 미래 예언이야?"

"뭐야아. 그냥 적당히 말한 거야."

신음하듯이 말하자 그녀는 웃으며 오른손을 살랑살랑 흔들었다. 해야 할 말은 다 했다는 듯이 엘사의 콧노래가 다시 시작됐다. 장조에 조금 업템포의 노래는 어딘가에서 들어본 것 같았지만 곡명까지는 생각나지 않았다.

——뭐든 간파하고 있는 듯한 소꿉친구의 그 모습에, 말에.

나츠는 왠지 모르게 못된 소리를 하고 싶어졌다.

"왠지."

"응?"

"엘사 잘난 척이야."

갑작스런 불만에 엘사는 침묵했다. 그리고——풋 하고 웃음을 내뿜었다.

나츠의 그 말은 단순한 화풀이였지 진심으로 화를 내며 항의한 것은 아니었다. 그리고 엘사도 그 사실을 알고 있는 듯했다. 그 말투는 토라진 모습을 전혀 숨기지 않았기 때문이다.

"……'잘난 체할 수 있는 건 연상의 특권'이라고 강아지 아저씨가 말했는데."

"어머나, 무슨 소리야. 나이가 어리니까 잘난 듯이 말할 수 있는 거지."

하지만 엘사는 나츠의 불만은 전혀 개의치 않고 단지 어깨를 으쓱했다.

한쪽 눈을 감고 빙긋이 웃는 그녀가 마치 격언처럼 한 말은──

"난 태어났을 때부터 쭉 나츠의 등 뒤를 보고 있는걸."

많이 좋아하는 사람에 대해서는 뭐든지 알아두고 싶은 법이지. 엘사는 더욱이 그렇게 이어서 말해 마치 자신이 한 말이 걸작이라도 되는 양 우후후 하고 웃었다.

그리고 "서비스야"라며 차를 한 잔 내주었다.

어제 나츠가 맛있다고 말했던 그 차였다.

*

나츠가 온통 상자투성이인 스푸트니크 보석점에서 내쫓

기고 며칠 후.

보석점이 마침내 오픈했다는 이야기를 듣고 순찰을 핑계로 근처까지 가보니 소문대로 '스푸트니크 보석점' 주변은 화환으로 둘러싸여 있었다.

열려 있는 입구로 안을 들여다보자 그곳에는 신기함에 달려온 도시 사람들과 담소를 나누는 점주의 모습이 보였다. 스푸트니크가 나츠를 만났을 때 매번 씁쓸한 표정을 지은 것은 이미 그 나름대로의 인사라고 생각하기로 하고 나츠는 상품을 잠시 보기로 했다.

──딱히 찾는 것은 없지만.

점내를 가볍게 둘러보고 있는데 비녀가 놓인 선반이 눈에 들어왔다. 단정하게 나란히 놓인 물건 중에 그 파란색 구슬 비녀는 이미 없어서 역시 팔렸구나 싶었다.

그와 동시에 나츠가 보고 있던 선반을 그림자가 뒤덮었다. 어느새 곁에 와 있던 스푸트니크가 위협하듯이 나츠를 노려보고 있었다.

"너도 왔냐?"

"지나가던 길일 뿐이야."

팔짱을 끼고 말하는 그에게 이쪽 또한 팔짱을 끼고 답했다. 하지만 오늘의 그는 나츠에게 싸움을 걸 마음은 없는 모양이었다.

"뭐 됐어. 지금 한가해?"

"딱히 한가한 건 아니야. ……왜?"

"잠깐 저기 들어가 봐."

하고 그의 엄지가 가리킨 것은 요전번에 클루가 달려 들어갔던 것과 같은 문으로 지금은 '보석 가공실'이라는 팻말이 걸려 있었다.

당황해하고 있자 얼른 가라는 듯이 그가 턱을 움직였다. "특별히야. 3분 줄게"라는 말에 나츠는 의아하게 생각하면서도 문에 다가가서 문손잡이에 손을 갖다 대고——정말로 부외자가 들어가도 되는지 만약을 위해 다시 한 번 더 돌아보았다. 하지만 그는 이미 접객을 하느라 원래 자리로 돌아가 있어서 나츠를 보고 있지 않았다.

정말이지 제멋대로인 남자라는 생각을 하면서 문을 열었다. 그러자.

"어머나."

그곳에서는 클루가 이쪽에 등을 돌리고 앉아 있었다.

무엇을 하고 있나 싶어서 손을 살짝 들여다보니 그녀는 지난번의 머리핀과 같은 저렴한 액세서리에 실로 가격표를 동여매고 있었다. 아무래도 사람 앞에 나서지 않아도 되는, 그녀도 할 수 있는 간단한 작업을 맡고 있는 것 같았다.

간단한 작업. 그럼에도 클루는 그 작업에 보람을 느끼고 있는지 가격표를 하나씩 달 때마다 자신이 손수 가격표를 붙인 액세서리를 기쁜 듯이 웃는 얼굴로 햇볕에 치켜 올렸다.

"수고하고 있네."

몇 개의 상품에 가격표를 다 달았을 무렵, 나츠는 클루에게 말을 걸었다. ──하지만. 그 목소리는 클루에게 있어서 예상 밖의 것이었던 모양이었다.

"꺄, 꺄악."

"위험해!"

갑작스러운 목소리에 당황한 클루가 의자 위에서 균형을 무너뜨렸다. 클루의 키에 맞지 않은, 다리가 닿지 않는 의자에서 하마터면 떨어질 뻔한 그녀를 나츠가 간신히 간발의 차이로 지탱했다. 놀라움에 놀라움이 이어져서 참을 수 없었는지 허억 허억 하고 과호흡을 하는 클루의 등을 몇 번인가 쓰다듬어주었다.

"아, 아, 저기…… 그러니까, 나, 나츠 씨?"

"그래. 내 이름 기억하고 있어줬네. 고마워."

감사 인사를 하자 클루가 고개를 크게 세로로 두 번 끄덕였다.

그리고 가슴 앞으로 손을 모으고 가냘픈 목소리로 "저기" 하고 말했다. 그 목소리도 어깨도 눈에 보일 만큼 떨고 있는 건 어째서일까. 그녀는 잠시 아무 말도 없던 후 이렇게 이어서 말했다.

"저기, 저기, 요전번에는, 갑자기 죄송했어요. ……몸 상태가, 갑자기, 나빠져서…… 미안해요…….."

쭈뼛거리며 기어들어가는 듯한 사과의 목소리. 나츠는 과도하다고 생각했다. 그 정도 일로 그렇게까지 위축될 필요는 없는데 말이다.

"괜찮아. 신경 쓰지 마. 클루는 지금까지 쭉 여행하는 생활을 해왔잖아? 환경이 달라져서 조금 지쳤을지도 모르지. 가게가 시작돼서 바쁜 건 알지만 너무 무리하면 안 돼."

몸이 약해졌을 때 좋은 음식은 뭘까 하고 나츠는 이런저런 생각을 했다. 죽이라든가 야채를 푹 삶은 수프라든가 소화에 좋은 음식…… 아니, 정신적인 피로라면 케이크나 쿠키나 푸딩이나 젤리처럼 달콤해서 한숨 돌릴 수 있는 맛있는 것이 낫지 않을까. 카페에서 웨이트리스 일을 하고 있는 소꿉친구에게 부탁해서 병문안용 케이크라도 만들어달라고 할까. 그런 생각을 하고 있는데 클루가 다시 "저기" 하고 말했다.

"……안 때려요?"

"왜 때려?"

아무 잘못도 하지 않았는데——하고 생각하다 설마 하고 꺼림칙한 상상이 스쳐 지나갔다. 하지만 그 인간이라면 그런 짓을 한다고 해도 이상한 일이 아니었다.

"……스푸트니크가 때리니?"

"아, 안 그래요. 그런 심한 행동, 스푸트니크는 안 해요."

머리를 이번에는 좌우로 흔들었다. 기다란 밤색 머리카락이 따라서 살랑살랑 움직였다.

"그럼 안 그래. 그 녀석조차 하지 않는 행동을 내가 할 리가 없잖아."

그러자 클루가.

잠시 무언가를 생각하듯이 고개를 숙인 후——한숨을 휴우 쉬었다. 그러고 나서 고개를 숙이고는 있었지만, 경직된 뺨을 누그러뜨리고 미소를 지어주었다. 그리고,

"저기, 저기, 나츠 씨."

"왜에?"

"저기, 그게, 그러니까…….'

뭔가 하고 싶은 말이 있는 듯했지만, 적당한 말이 생각나지 않는 것 같았다. 양팔을 파닥파닥 움직이면서 말을 찾다가 결국 생각나지 않아서 행동으로 나타내려고 하는지 의자에서 폴짝 뛰어내렸다. 떨어져 있는 선반으로 달려가서 여기저기를 뒤진 후에 돌아왔다. 그 손에 종이 재질의 길고 가느다란 상자를 들고 있었다.

"저기 말이에요."

자그마한 손이 뚜껑을 들어올렸다. 상자에서 뚜껑이 멀어진 순간, 달그락 하는 작은 소리가 들렸다. 상자 안에 하나 가지런히 놓여 있는 것은——

"……어머나. 이거."

은색 비녀에 꽂힌 반짝반짝 빛나는 파란색 구슬. 마치 밤하늘을 작게 도려낸 것처럼 본 적 있는 구슬 비녀가 상자 속에서 나츠를 기다리고 있었다.

클루를 쳐다보았다. 그녀는 나츠가 무슨 말을 하고 싶어하는지 아는 것 같았다. 온 얼굴에 미소를 짓고 고개를 크게 한 번 끄덕여주었다.

"스푸트니크가 가게에 진열하려고 했는데, 부탁해서 가게에 내놓는 걸 기다려달라고 했어요. ……나츠 씨가 말해줬으니까요."

사러 오겠다고.

──그게 클루에게 있어서 얼마나 소중한 말이었는지 나츠는 몰랐고 애초에 알 방법이 없었다. 어쩌면 그녀가 매일 하는 하잘 것 없는 단순한 약속에 지나지 않았을지도 모른다.

하지만. 한 소녀가 나츠와의 약속을 지키려고 해준 것이.

나츠로서는 무척이나 기뻤다.

"그거 살게."

"네."

나츠가 구입 의사를 나타내자 클루는 상자를 손에 쥔 채 고개를 크게 끄덕였다.

그리고 그 통통하고 보드라운 뺨을 상기시키고.

누군가를 닮은 듯한 말투로 이런 말을 했다.

"이번에 스푸트니크 보석점을 이용해주셔서 감사합니다."

사족

그리고 이튿날 아침.

"좋은 아침입니다."

휴일을 끝내고 다시 오늘부터 일. 경찰국 리아피아트 지

부에서 여느 때처럼 자신의 부서를 향해 나츠는 복도를 걸었다.

'순찰형사부'. 자신이 소속된 부서명이 걸린 공간 안, 자신의 책상에 짐을 놓고 코트를 의자에 걸고 앉자, 먼저 옆자리에 앉아 있던 후배 폴이 마치 그녀의 출근을 애타게 기다리고 있었다는 듯이 빙긋이 웃으면서 이쪽을 향했다.

"오셨어요?"

"안녕?"

"선배 들어보세요. 어제 마침내 그 빈집털이범을 잡았어요!"

"어머나. 그래?"

뭔가 이야기하고 싶었던 이유는 그건가 하고 납득이 갔다.

어제 자신이 잡은 그 사람은 결국 '오인'이었다. 그래서 빈집털이범 사건에 관해서는 나츠 자신은 관여할 수 없는 입장이었지만, 해결됐다면 기쁜 일이었다. 어깨를 들썩이며 즐겁게 웃는 폴. 속이 시원한 하루였던 모양이다.

"선배, 들어보세요. 저, 어제 수사를 하고 있는데 그 근처에서 큰 가방을 가진 거동이 수상한 남자를 발견했지 뭐예요. 수상쩍다 싶어서 보고 있었더니 그 녀석 주변을 슬쩍 둘러본 후에 빈 집 부지에 들어가더라고요. 그래서 말이죠."

"응."

"경찰입니다, 하고 말을 걸었더니 그 녀석 갑자기 도망치기 시작해서…… 저도 다급히 쫓아갔는데 다리가 빨라서 좀처럼 잡히질 않더라고요. 어쩌나 싶었는데 그 녀석, 어지간히 주변이 안 보였는지 도망가던 중에 개의 꼬리를 밟았지 뭐예요."

"정말?"

"그 녀석 거기서부터 참담했어요. 화가 난 개가 쫓아오고 심기가 불편했던 까마귀한테 머리를 쪼였어요."

"……어머나."

"결국 개한테 물리고 굴러서 부딪친 끝에 우연히 그 보석점 점주가 있었는데, 그 범인이 보석점 점주에게 '뼈가 부러진 것 같다. 가지고 있던 요리도 조금 흘린 것 같다. 그러니 위자료와 요리 변상을 해달라'고 멱살을 잡혀서 짐 안의 지갑을 빼던 차에 제가 따라잡아서 마침내 체포했지요."

"…………"

목줄이 없는 개. 광장의 까마귀. 먹을거리를 가지고 있던 건달 같은 보석상──

짚이는 바가 있었지만 나츠는 그에 대해서는 아무 말 하지 않기로 했다. 대신에서 그의 범인 체포에 대해 평가했다.

"……원래라면 처음에 말을 건 시점에서 도망치게 둬선 안 되지 않아? 개랑 까마귀랑 스푸트니크가 없었더라면 너 지금쯤 경위서 썼을 거야."

그렇지만 어제 자신이 '확보'한 상황을 따지면 남 말할 처지는 아니지만 말이다. 하지만 나츠의 '오인 체포'를 모르는 후배는 그 지적에 시원스럽게 웃었다.

"뭐어 그렇긴 해요. 그래도 어쨌든 체포했으니 됐잖아요.

결과가 좋으면 만사 오케이예요."

하고 결론을 내세우는 후배를 보고——나츠는 어제 자신의 주변에 있었던 일들을 다시 떠올렸다.

자신을 고민하게 만들었던 문제에 대한 타개책을 왠지 모르게 이 후배에게 묻고 싶어졌다. 이렇게 낙천적인 그였다면 대체 어떻게 그 문제를 해결할까.

"저기, 폴."

"네?"

"너한테 만약 여자 친구가 생긴다면 말이야."

"놀리시는 거예요?"

"아니야."

"예쁜 사람 소개시켜주는 거예요?"

"예를 바꿀게."

이야기가 진행되지 않았다.

"네 친구가 뭔가 나쁜 짓을 했다고 치고 말이지."

"네에?"

"그 친구가 그 범죄 사실을 너한테만 고백했을 때 너라면 어떻게 할 거야? 예를 들어 그 나쁜 짓이 그가 살아남기 위한 유일한 방법이었다고 해도, 넌 경찰관의 직무를 완수할 거야? 아니면 눈 감고 도와줄 거야?"

그러자.

그는 눈을 감고 팔짱을 끼고 등받이에 체중을 실어서 몸을 뒤로 젖혔다. 그리고 인상을 구기고 이를 드러내고 진심으로 불쾌한 표정을 지었다.

"어. 그거 그거예요? 경찰관 윤리에 관련된 민감한 질문 말이에요."

"아니야. 그냥 세상 돌아가는 이야기야. 폴이라면 어떻게 하려나 싶어서."

"그렇다면 좀 어려운 질문이네요……. 말뿐이라면 교과서에 쓰여 있는 대로 읊어대겠지만요."

그런 걸 듣고 싶어서 한 질문이 아니라는 사실을 그도 알고 있을 테다. 상사를 납득시키기 위한 듣기 좋은 소리를 이제 와서 후배에게 묻지 않아도 나츠 자신이 몇 번이라도 생각할 수 있을 테니 말이다.

폴은 글쎄요, 라고 중얼거리더니 팔짱 낀 팔을 한 손만 풀고 그 손으로 앞머리를 꼬았다──곤란할 때 나오는 그의 습관이다──하지만 그가 그렇게 고민하는 것은 그리 긴 시간이 아니었다.

"아니, 그거 꼭 그 두 가지 중에서 한 가지만 선택해야 해요?"

"응?"

"그 외에도 여러 가지가 있을 것 같아서요."

여러 가지.

"예를 들어서?"

"글쎄요. 나라면 우선 선배한테 말할 것 같아요."

"왜 나한테?"

"그야 저는 잘 모르겠으니까요. 아이고오. 게다가 선배, 말 안 하면 또 화낼 거잖아요? '왜 나한테 상담 안 하냐'면서."

"……그러려나?"

"그래요."

시치미를 뗐지만 당연하다는 듯이 폴은 긍정했다.

"뭐 어쨌거나 그런 일이라면 양자택일이라든지 딱딱하게 생각하지 말고, 좀 더 선택지를 늘려서 누구 다른 사람을 의지하면 좋을 것 같아요. 그러면 해결책을 가르쳐준다든지 그렇지 않더라도 같이 고민해주거나 정신 차리라고 혼을 내줄 사람이 어딘가에 있지 않을까요…… 저기, 그러니까…… 저는 어려운 이야기는 잘 못하지만. 뭐라고 할까요, 즉."

그리고 폴은 시원스럽게 웃으며 이렇게 말했다.

"너무 어렵게 생각하지 말고 곤란할 때는 누군가를 의지하는 게 좋다고 생각해요."

그건 굳이 듣지 않아도 당연한 이야기였다.

"그런데 솔직히 그런 일이 있으면 친구랑 담배라도 한 대 피우면서 '진짜냐? 큰일이네'라고 말하다 보면 말하는 동안에 어떻게든 될 것 같긴 해요. 아, 근데 선배는 담배 안 피우죠? 그럼 커피라도 마시세요. 제가 사지는 않을 거예요."

"필요 없어."

"아니, 선배, 그런 것보다 말이죠."

폴이 갑자기 눈을 치켜떴다.

"왜?" 하고 묻자 자신의 허벅지에 탁 하고 손을 얹고 등을 웅크리고 눈을 치켜뜨더니 무시무시한 태도로 말했다.

"조금 전에 제 친구를 '그'라고 했죠? '그가 살아남기 위한 유일한 방법'이라고."

"그랬었지."

"선배, 저한테 여자 친구가 없다는 걸 너무 단정 짓는 거 아니에요?"

"있어?"

무언.

"슬슬 일이나 할까?"

"⋯⋯⋯⋯네."

상황을 파악한 나츠의 말에 폴이 죽은 물고기 같은 눈으로 서류를 펼치는 것을 보고, 나츠는 자리에서 일어났다.

"그럼 나는."

소지품은 지갑과 경찰수첩과 특수경봉.

여느 때처럼 정장 위에 방한용 코트를 걸쳐 입었다.

"순찰, 다녀올게."

*

경찰국이란 이 대륙에 있어서 치안 유지 조직의 명칭이었다.

본부를 수도에 두고 지부에서 각 지역의 치안 유지 활동을 펼치고 있는데, 지역에 따라 지부의 색깔은 다양했다. 그 중에서도 지역 주민과의 연계를 돈독히 한 범죄 방지 대책이나 순찰, 또는 신속한 수사 활동으로 훌륭한 치안을 자랑하는 대단히 우수한 성적을 거두고 있는 지부가 존재했다. 대륙 동부 도시를 다스리는 경찰국 리아피아트 지부였다.

그 지부에 온 대륙을 뒤져도 흔치 않은 여성 경위가 한 사람 재적하고 있었다.

──이건 경찰국 리아피아트 지부의 직원이자, 순찰형사부에 소속되어 있으며, 계급이 경위인 나츠라는 여성 경찰관에 대한 이야기다.

끝.

1

대답하지 못하는 자신 앞에서 그 사람은 웃었다.

"괜찮아."

고요하게 미소 지었다.

그리고 그것이 물음에 대한 그녀의 대답이었다.

——하지만. 그렇지만.

머릿속에서 역설이 돌았고 필사적으로 반론을 생각했다.

하지만 그녀에게 전할 말을 생각해내기보다 그녀가 말하는 쪽이 빨랐다.

"고맙습니다."

뺨이 간지러워서 의아한 마음에 건드리자 물방울이 손바닥에서 손목으로 타고 내려왔다.

자신이 울고 있다는 사실을 그때 처음으로 알아차렸다.

2

리아피아트 시(市)는 대륙 동부에 위치한 루카 가도의 역마을로 번영했던 중소 도시였다.

일 년 내내 온난한 기후 덕분에 각종 과실과 화훼의 산지로 알려진 그 도시는 마녀협회 지부는 없지만, 경찰국의 치안 유지 활동이 상당히 우수하여 미해결 사건은 제로나 마찬가지였기에 무척이나 살기 좋은 땅이었다.

그런 도시 한쪽 구석에 점원 두 사람이 일하는 아담한 보석점이 있었다. ——'스푸트니크 보석점'.

클루는 달려서 자기 방으로 돌아가더니 망설이지 않고 부엌으로 뛰어들었다.

그리고 조리기구 중에서 프라이팬 하나를 집어 들었다. 손잡이에 매어둔 빨간 리본과 동여 매어 있는 손으로 쓴 이름표는 그 프라이팬이 특별한 것임을 나타내기 위해 클루 자신이 붙인 것이었다.

집어 들어 올리고 두 번 위아래로 움직여서 손에 익었다는 사실을 확인했다.

"그래."

고개를 끄덕이더니 얼른 그 프라이팬을 불에 달구지—— 않고 손잡이를 꼭 쥔 채 다시 달려서 방을 뛰쳐나왔다.

공유 스페이스인 복도를 뛰어서 계단을 내려가 가게로 이어지는 문을 열었다.

그리고 고개를 크게 휘두르더니 이쪽으로 등을 진 채 소파에 앉아 있던 그 사람의 머리에——

"전벌!!"

그의 사각에서 내리쳐진 프라이팬 일격은 탕 하는 큰 소리를 냈다.

허리에 손을 갖다 대고 흥 하고 콧김을 내뿜고 다시 한 번 "천벌이에요!"라고 말했다. 갑작스러운 충격에 비명도 지르지 못하고 상반신을 기울어뜨린 그 남자를 보면서 점주 스푸트니크는 클루를 향해 이렇게 덩그러니 말했다.

"천벌이겠지."

"냉정하게 정정하지 마!"

*

소파 건너편에서 '손님'이 클루에게 맞는 광경을 바라보면서 클루가 갑자기 자리를 비운 것은 그 때문인가 하고 스푸트니크는 묘한 납득을 했다.

클루가 쥔 프라이팬의 손잡이, 리본으로 묶어놓은 꼬리표에는 익숙한 글자체로 '호신용'이라고 쓰여 있었다. 아무래도 이 남자가 그를 구속한 인간──즉 경찰관 나츠 말이다──을 '뭐야 이 난폭한 여자는!' 하고 매도한 것을 클루는 도무지 참을 수 없었던 모양이다. 계속해서 프라이팬에 탕탕 맞으면서 손님인 그는 외쳤다.

"대체 뭐야, 이 도시 인간들은! 손님을 덮치질 않나, 멍석말이를 하질 않나, 끝내는 갑자기 때리질 않나."

"나츠 씨를 나쁘게 말하면 못 써요!"

외치고 다시 한 번 더 탕.

노려본 것이 오싹했는지 아니면 반격을 당하지 않기 위해서인지 그녀는 그 한 방을 마지막으로 스푸트니크 쪽으로 달려오더니 뒤로 얼른 숨었다. 그리고 스푸트니크의 어깨 너머로 상대를 노려보기 시작했다. 스푸트니크의 건너편에 앉은 손님 또한 어른스럽지 않게 클루를 노려보고 있었지만 말이다.

"애초에 이 무례한 사람은 누구예요? 스푸트니크의 지인이에요? 안 타는 쓰레기 날에 내놔도 돼요?"

바람직하지는 않다고 생각한다. 아마도.

하지만 스푸트니크가 바로 답하지 못한 것은 그에 대해 어떻게 설명해야 할지 즉각 떠오르지 않았기 때문이다.

"손님한테 안 타는 쓰레기라니 뭐야, 사과해!"

"미안하게 됐네요."

"알면 됐어."

"인간은 불에 타죠."

"그런 말을 하자는 게 아냐!"

조금 전부터 클루와 어른스럽지 않게 싸움을 펼치고 있는 남자. 스푸트니크를 방문하러 이 도시에 온 것까지는 괜찮지만, 착각에 의해 '난폭녀'에게 쫓기고 구속당하고 멍석말이를 당해서 굴러다니다 끝내는 등을 짓밟힌──마지막 건 불가항력이었다. 자신이 발 내딛은 곳에 우연히 그의 등이 있었던 것이 잘못이다──그는 유심히 보면 확실히 스푸트니크의 지인이었다.

뇌리에 간신히 각인되어 있는 이름. 스푸트니크는 그것을 불렀다.

"어이, 랏슈."

랏슈. ──란 얼마 전에 피네치카라는 도시에서 보석상 스푸트니크를 속이려고 한 남자였다. 피네치카 시에서 일어난 보석상 관련 트러블에 피해자로 가장해서 스푸트니크로부터 고가의 반지를 뜯어내려고 했던 그 남자.

……하지만 지금 그다지 분노가 솟구치지 않는 것은 자신이 그만큼 어른이 되었다는 뜻이 아니라, 그때 스푸트니크의 '누나'에 의해 그 이상의 징벌을 받았기 때문이다.

그런데 그 남자가 어떤 연유로 이 가게에 온 걸까. 엿보고 있었다고 들었는데, 그게 스푸트니크에게 보복하기 위한 어떤 행동이라고 하기에는 클루와 꺄악꺄악 떠들어대는 그 모습을 보고 있자니 악의나 살의가 지나치게 없었다. 애초에 이 남자는 그 한 사건으로 경찰국에 구속된 게 아니었나?

게다가 남자의 가방에서 들여다보인 봉투에 각인된 문양은 확실히 클루롤 보석상회의 것이었다. 이 남자가 어째서 그런 것을 가지고 있는 걸까. 상회가 이 남자 정도 되는 실력으로 도둑질을 할 수 있는 장소라고는 도무지 생각할 수 없지만──

어쨌거나 묻지 않으면 이야기는 시작되지 않는다. 그렇게 생각해서 이름을 부르자 그 순간 분노에 충혈돼 있던 랏슈의 눈이 빙그르 움직여서 스푸트니크를 쳐다보았다.

"이 가게는 종업원 교육을 대체 어떻게 시키는 거야?!" 하고 거친 소리를 내는 그에게 클루는 손을 입가에 대고 훙 하고 코웃음 쳤다.

"이 사람, 랏슈라고 해요? 이름이 이상해요."

"이상하다니⋯⋯."

사람을 우습게 보는 게 능숙해졌구나 누구의 영향일까라고 생각하며 듣고 있으니, 이윽고 참을 수 없었던 랏슈가 "나한테 그렇게 말해도 될 것 같아?!"라고 외쳤다. 역시 네 정체가 뭐냐고 스푸트니크가 말에 끼어들려 하자,

그 말을 가로막고 랏슈가 클루에게 외친 말은 클루는 물론 스푸트니크조차 전혀 예상하지 못한 것이었다.

소파에서 일어나 "나는" 하고 한 박자 쉬고 그리고.

랏슈는 이런 말을 했다.

"나는, 이 사람 누나의 연인이라고!"

"⋯⋯뭐?"

그 의미 불명의 선언에.

그만 얼빠진 소리가 나온 것은 말한 상대와 한창 싸우던 클루가 아니라 그가 말한 '자신의 연인의 동생'──스푸트니크였다.

"연인? ⋯⋯스푸트니크 누나의?"

"아무렴."

"아냐 아냐. 아냐 아냐 아냐."

클루의 의아한 시선을 받으며 또 어째서인지 자랑스럽게 가슴을 내밀며 고개를 끄덕이는 랏슈를 바라보며 스푸트니크는 진지한 얼굴로 오른손을 흔들었다. 이 남자가 누구의 뭐에 뭐라고?

무슨 소리람. 그 여자의 연인이라고? 그 여자에게 '사랑'이라는 인간다운 감정이 있단 말인가? 그것도 상대는 이 건달 나부랭이? 아니 아마도 그건 아닐 테다, 아니 어쩌면 자신의 공부 부족일 뿐, 요즘 사전에는 '연인'이라는 말에 다른 뜻이 추가되어 있을지도 모른다. 예를 들어 노예라든지, 하인이라든지, 샌드백이라든지——라고 생각하다 갑자기 알아차렸다. 전에 피네치카에서 만났을 때는 없었던 이 남자의 눈에 깃든 반짝임.

야심에 이글이글 끓고 있던 것과는 전혀 다른 빛이었다. 그는 "아, 맞다" 하고 중얼거리더니 그 상쾌할 만큼 맑은 눈동자를 스푸트니크에게 향했다.

"스푸트니크. 그때는 너한테 심한 짓을 하려고 해서 미안했어. 나는 그날 유키 씨의 사랑으로 인해 눈을 떴어. 용서해줬으면 좋겠어."

"뭐, 뭐어?"

——그날?

건성으로 대답하면서 스푸트니크는 그가 말하는 '그날'을 생각했다. 그건 아마도 악행을 저지른 그를 스푸트니크와 유키가 붙잡았던 날을 말하는 걸 테다.

그날 다른 사람이 다 나간 전당포에서 본성을 드러냈던 유키는 이 남자를 정말이지 거뜬하게 내동댕이쳤고 그리고 화분, 항아리, 저울 등 가까운 곳에 있던 물건으로 가차 없이 폭행을 가했다. 어쩌면 그중 한 방에 그는 바람직하지 않은 곳을 맞았을지도 모른다.

그는 가슴에 손을 갖다 대고 마치 잠꼬대를 하듯이 거듭 말했다.

"유키 씨. 그녀는 아마도 신이 만나게 한 구세주…… 아니, 아니지. 그녀는 신의 대리인 따위가 아니야. 분명 그녀야말로 여신 그 자체겠지."

그 인간이 여신이라면 이 세상에 악마는 없을 것이다.

"안경 안에 감춰진 부드러운 눈길. 불가사의한 날카로움을 숨긴 시선. 듬직한 자태, 그리고 무엇보다…… 악을 용서치 않는 엄격한 모습."

랏슈는 고개를 숙이고 조금 나지막한 소리로 그렇게 한숨처럼 속삭였다.

"나쁜 짓을 저지른 나를 그렇게까지 진심으로 꾸짖어준 사람은 처음이었어."

"꾸짖었다라."

"꾸짖었지."

폭행이 아니고 말이지.

의심스러워서 그의 말을 언급하는 스푸트니크를 보고서도 그는 동요하지 않고 고개를 끄덕였고 다시 한 번 강조하듯이 조금 전에 한 말과 똑같은 말을 반복했다. 그리고,

"그리고 누군가가 발끝으로 내 뺨을 쓰다듬어준 건 처음이었는데 의외로 괜찮았어."

"네 페티시즘은 아무래도 상관없어."

진심으로 말이지.

"그날 현세에 내려온 여신 유키 씨의 사랑의 매로 인해 눈을 뜬 난 경찰국 구치소에서 유키 씨에게 편지를 썼지. 당신과 그 보석상에게는 정말 미안한 짓을 했다고, 당신을 만나서 나는 처음으로 자신의 어리석음을 깨달았다고. 사과해도 용서해주지 않을 거라는 건 뼈저리게 알고 있지만, 죄를 뉘우치는 나날 동안 하루에 다섯 번, 아니 열 번, 당신에게 편지를 쓰겠노라고."

"그래서?"

"닷새 후 석방 통지가 날아왔어."

천하의 유키도 참기 힘들었던 모양이다.

"어떤 이야기가 오갔는지 모르지만, 경찰국에 내가 '도주우려 없음'으로 판단된 모양이야. 석방된 나는 클루롤 보석상회에 바로 달려가서 유키 씨를 만났어. 그리고 구두닦이든 뭐든 할 테니, 하인이든 뭐든 될 테니, 부디 당신 곁에 있게 해달라고 애원했지. 바닥을 핥을 기세로."

본성을 숨기고 내숭을 떨면서 사는 그 여자에게 그 소행

은 당연히 스트레스였을 테다.

"접수처에서 고개를 숙이는 나한테 유키 씨는 군중의 시선을 모으고 말았다는 사실이 부끄러웠던가봐. '잠시 뒤로 따라 와보라'며 나를 인적이 없는 장소로 이끌더니 나를 향해 '무슨 짓이냐, 네 이 녀석 또 처박히고 싶느냐'고 당황한 모습으로 물었지."

"당황한 모습이라."

"당황한 모습이었지."

위협이 아니라?

"난 그녀 덕분에 자신의 부끄러운 행동을 알아차렸다며, 속죄하기 위해 부디 곁에 있게 해달라고 말했어. 내 이야기를 끝까지 들어준 그녀에게 내 생애를 바쳐 충성하겠노라고 생각했지. 그 사실도 전하자 그녀는 역시 '됐어. 관둬. 알겠다고 알겠어. 당신 뭐야, 정말 짜증나는 인간이네'라며 어색하게 웃어줬어."

유키의 그 표정이 '미소'라고는 도저히 생각할 수 없지만——

어찌 되었든 간에 이걸로 이야기는 이어졌다. 스푸트니크의 어깨 너머로 '바아보, 바아보'라고 말하는 클루의 목소리를 들으며 랏슈가 하고 싶은 말을 정리했다.

그는 즉 유키의 연인이라기보다.

"그래서 '자칭' 연인이로군."

"아아, 그래. 확실히 나는 아직 그녀에게 인정받을 정도의 남자는 되지 못했어. 하지만 언젠간 반드시 그녀의 마음을 내 것으로 만들 생각이야. 그 생각을 하면 '지금은 아직' 연인이 아닌 사실에 무슨 의미가 있지?"

의미도 문제도 여러모로 있는 듯한 느낌이 들지만——.

사고가 따라가지 않아서 경직된 스푸트니크. 랏슈는 주먹을 무릎에 놓더니 그런 그를 향해 고개를 깊숙이 조아렸다.

"스푸트니크. 그때는 너한테 정말 나쁜 짓을 했어. 아무쪼록 용서해주길 바랄게."

"아니. 이젠 신경 쓰지 마."

라고 말한 것은 정말 진심으로 그를 용서해서가 아니라 단순히 이 남자와 더 이상 엮이고 싶지 않았기 때문이다.

——하지만 랏슈는 그렇지도 않은 것 같았다.

'사랑하는 사람의 남동생'인 스푸트니크를 앞에 두고 그는.

"그리고 아무쪼록 나를——."

자신의 가슴에 손을 갖다 대고 살짝 미소 지으며 눈을 내리깔았다.

그리고 속삭이듯이 이렇게 말했다.

"——매형이라고 불러다오."

오싹.

"아니…… 그건……."

"'자형'이라고 불러도 돼."

더 꺼림칙했다.

"스푸트니크. 스푸트니크. 스, 푸, 트, 니, 크."

스푸트니크는 오싹함에 정신을 잃을 것 같았지만 어느새 옆에 앉아 있던 클루가 팔을 잡아당겨서 제정신으로 돌아왔다. 클루의 불만스러운 모습에서 보건대 아무래도 그녀는 도중부터 이야기를 이해하지 못한 것 같았다.

스푸트니크도 지나치게 엉뚱한 모든 전개를 이해한 것은 아니지만 어쨌거나.

오른손으로 건너편의 그를 가리키더니 클루에게도 그를 소개해주었다.

"이 사람은 랏슈. 아…… 종합해서 말하자면…… 즉……."

예전에 자신을 사기 타깃으로 삼으려고 했던 인물이었다. 아니, 그런 소리를 하면 또 이러쿵저러쿵 시끄러워질 테다. 이야기하지 않기로 했다.

그렇다면 뭐라고 해야 하나? 누나의 연인? 자신의 매형? 아니 틀렸다. 들어본 바 자칭인 데다 무엇보다 그 누나가 ──'그' 유키가 그렇게 간단히 사랑에 눈뜰 인간일까. 관자놀이를 엄지손가락으로 꽉 누르면서 생각하고 그다음에 떠오른 단적인 한마디를 입에 담았다.

즉 그는.

"우리 누나의 똘마니야."

"그렇군요."

"유감스럽군."

더할 나위 없이 적절한 소개에 고개를 깊이 숙인 클루와 팔짱을 끼고 인상을 구기고 있는 랏슈.

"똘마니가 아니라 미래의 연인이랬잖아. 어째서 넌 이해 못하는 거야?"

"아니, 그야, 이것 봐."

"소중한 '누나'를 빼앗겼다는 사실에 질투하는 거야?"

"아니, 그렇진 않아."

완벽하게 아니다.

그리고 클루는 클루대로 이 남자에게 여전히 좋은 인상을 가지고 있지 않은 것 같았다. 프라이팬을 휘두르면서 그의 항의를, 또한 스푸트니크의 소개를 "뭐어 아무래도 상관없어요"라는 한마디로 잘라버렸다.

"그래서 그게 그러니까. 뭐였더라…… 그래, 똘마니가 오늘 찾아와서 엿보는 행위를 했는데도 불구하고 경찰서에도 가지 않고, 죄도 되지 않고, 형무소에도 들어가지 않은 채 반성의 기색도 없이 우리 가게 소파에서 느긋하게 차를 마시고 있는 건 어떤 사정이 있어서죠?"

"너도 꽤 깐깐하게 나오는구나."

"흥."

무리도 아니었다. 들은 바에 의하면 수상쩍은 인물처럼 가게를 들여다보고 있던 이 남자의 모습에 실컷 겁을 먹었으니 그리 간단히 화가 풀리지는 않을 테다. 그녀는 스푸트니크가 있는 데서 다른 쪽을 보고 반성 따위 하지 않는다는 듯한 얼굴을 하고 있었다.

그리고 말투는 그다지 바람직하지 않지만, 그 점은 확실히 스푸트니크도 알고 싶었다. 이번에 그가 경찰에 연행되지 않았던 것은 피네치카에서 일어났던 사건과 달리 단순히 스푸트니크가 일을 소란스럽게 만들지 않았기 때문이지만──스푸트니크는 랏슈를 향해 방향을 다시 틀더니 팔짱을 끼고 다시 물었다.

"그래서 당신, 오늘은 어째서 이 도시에 온 거지?"

그러자 그는 소파에 다시 깊숙이 앉더니 양다리에 손을 얹고 "그거야"라고 말했다.

"유키 씨한테 부탁받은 편지를 가지고 왔어."

"편지?"

"우체국 배달로는 시간이 너무 걸려서 누가 상대편에 서둘러 배달해줄 사람이 없는지 찾고 있다고 해서 내가 흔쾌히 받아들였지. 직접 가는 것도 생각한 것 같지만, 유키 씨처럼 가련하고 아름다운 사람의 발걸음을 이런 시골 리아피아트 변두리까지 옮기게 할 순 없지. 처남, 자넨 정말 좋은 누나를 가지고 있어."

"그런가요?"

'가련하다'에서 목에 두드러기가 났고 '아름답다'에서 오글거렸으며 결정타인 '처남'에서 웃는 얼굴이 경직되었다.

시골이라는 말에 한층 더 화가 난 클루가 "끄응" 하고 돼지 울음소리 같은 목소리를 냈지만, 랏슈 쪽은 개의치 않고 단순히 스푸트니크가 띤 표정을 보고 웃었다.

"아아, 그래. 그 미소."

"무슨 소리야?"

"역시 옛 소꿉친구는 미소도 닮나보군. 그녀의 손을 잡고 내가 서류를 배달하겠노라고 전했을 때, 지금의 너와 마찬가지로 인상을 구기고 어색하게 웃고 있었어. 정말이지 사랑스러운 사람이야."

....

"그래그래. 악수 후 유키 씨는 '감염된다'고 한마디하고서 소독용 알코올을 정성스럽게 자신의 손에 뿌리고 있었지. 그건 분명 감기라도 걸려서 나한테 옮지 않도록 신경 써준 걸 테야. 감기로 몸이 약해져 있을 텐데도 날 생각해주다니 그녀는 정말 친절한 사람이야!"

"악수 후라는 건 당신 손이 닿은 게 기분 나빠서일 텐데요."

"그냥 있어."

"윽."

역시 클루도 알아차린 것 같았지만 번거로워서 입을 막았다.

——어쨌거나. 스푸트니크의 구속에서 어떻게든 빠져나오려고 그의 손에 장난을 거는 클루를 적당히 대하고는 옆 길로 샌 랏슈의 이야기를 되돌렸다.

편지.

"그래서. 누나가 보낸 편지라고?"

"응. 이거야."

긍정과 더불어 그의 가방에서 나온 것은 커다란 봉투였다. 유키가 늘 관리담당으로서 보내던 편지와 마찬가지로 가장자리에는 클루롤 보석상회의 문양이 박혀 있었다.

아마도 그가 멍석말이를 당했을 때 가방에서 조금 들여다보인 것과 같은 것인 듯했다. 조금 전부터 반복하고 있던 '편지'라는 말에서 작은 것을 상상했지만, 실제로 꺼낸 것은 대형 서적 정도 되는 크기의 서류 봉투라서 스푸트니크는 조금 놀랐다. 받아드니 묵직하고 두께도 있었다. 안에 대체 편지지가 몇 장이나 들어 있는 걸까. ——아니, 내용물은 정말로 편지지일까.

동봉된 것의 정체. 그것을 생각하자 지금 여기서 열어야 할지 말아야 할지 난감했다. 하지만 이 방문자는 스푸트니크의 그런 당혹감도 망설임도 헤아리지 못하고 자신도 마치 관계자라는 양 고개를 뻗어 왔다.

"안에는 뭐가 들어 있어?"

"너랑은 관계없는 거야. 이제 용건 끝났지? 돌아가."

입구는 저쪽이야, 라고 문을 가리켰다. ——그러자.

"아니면 뭐지."

랏슈의 표정이 갑자기 험상궂어졌다. 미간에 주름이 생겼고 목소리가 급격하게 나지막해졌다. 그리고 그 위협적인 목소리로 그가 한 말은,

"'타인에게 보여선 안 되는 거'라도 쓰여 있는 거야?"

……그 말을 듣고 스푸트니크의 인상은 자연스레 구겨

졌다.

어릴 적부터 지인이던 그 여자는 자신에게 있어서 누나와 같은 존재라고 스푸트니크는 늘 생각했다. 또한 그건 그 여자 쪽도 마찬가지라서 그쪽도 스푸트니크를 종종 '동생'이라고 불렀다. 하지만 피가 섞인 건 아니다. 따라서 두 사람의 관계는 정확하게 말하자면 단순한 '소꿉친구' '옛 친구'라고 할 수 있다.

그리고——여기서부터가 중요하고 귀찮은 사실이다——남들은 때로 자신과 그 여자의 오랜 친구로서의 관계성을 중시한다. 스푸트니크는 세상 이야기에 소꿉친구인 남녀가 이어지는 경우가 많은 것이 바람직하지 않다고 생각했다. 실제로 소꿉친구는 어릴 적부터 서로에 대해서 너무 잘 아는 탓에 두려움의 대상은 되어도 연애 대상은 되기 힘들지만, 당사자가 아닌 사람에게는 어지간해서 전해지지 않는 것 같았다.

설득하는 건 대단히 번거롭지만 이 봉투는 그 여자가 우편 이외의 수단을 사용해서라도 얼른 전달하고 싶은 '정보'이다. 내용물을 한시라도 빨리 보고 싶었다.

스푸트니크는 마음속으로 한숨을 쉬고 잠시 생각했다.

그리고 고개를 퍼뜩 들었다.

"그런데 랏슈. 누나는 건강하게 잘 지내고 있어?"

"그래, 건강히 지내고 있어. 특히 '적당히 하지 않으면 목이 몸통이랑 분리될지도 모른다'며 내 멱살을 쥐는 팔의 힘은 건강 그 자체였어."

"…………그렇군."

지적하고 싶었지만 이야기가 진행되지 않을 것 같아서 꾹 삼켰다. 그리고,

"아아, 그런데 '건강'하다고 하면 걱정이네."

표정을 일부러 우울하게 지어 보이자 랏슈는 우스꽝스럽게도 예상대로 미끼를 물었다.

"왜 그래?"

"아니, 누나는 옛날부터 지기 싫어하는 면이 강했거든. 예전에 피가 섞인 부모를 잃고 먼 친족인 클루롤 씨에게 맡겨졌을 때도 눈물 한 방울 안 보였어."

이 남자가 유키의 과거를 이미 알고 있는지 모르는지는 확실하지 않지만, 클루롤과 유키가 혈연관계가 아니라는 것은 상회 내에서도 다들 아는 사실이었다. 그녀에게 이만큼 마음을 빼앗겨 있으니 지금 여기서 스푸트니크가 가만히 있는다 한들 금방 알게 될 사실이었다.

"당시엔 역시 누나는 강하다——고 의심치 않았지만, 지금 생각해보면 아직 열 살도 채 되지 않은 소녀가 부모와 죽어서 헤어졌는데 태연했을 리가 없지. 분명 엄청 강한 척하고 있었을 거야."

어릴 적 그녀의 고통을 어째서 알아차리지 못했냐는 듯이 고개를 가로저었다.

익숙하지 않은 말에 더듬거리지 않도록 벅찬 바람에 거동

이 어색했지만, 스푸트니크의 말에 랏슈가 "유키 씨……"
하고 말문이 막혀하는 모습을 보니 아무래도 그 연기는 성
공한 것 같았다.

내심 '의기양양'하게 주먹을 쥐면서 목소리와 표정으로는
드러내지 않고 이어나갔다.

"그래서 누나가 씩씩하게 행동하고 있다는 소리를 들으면
나는 늘 불안해져. 어쩌면 널 보낸 누나의 '씩씩함'은 여느
때와 마찬가지로 허세가 아닐까 하고 말이지. 저기 랏슈. 이
런 곳에서 시간 낭비 하지 말고 괜찮다면 빨리 누나의 곁으
로 돌아가 주지 않겠어? ……누나가 슬퍼하는 모습은 그다
지 보고 싶지 않아."

얼굴 근육이 경련하려는 것을 참고 그렇게 말했다.

돌아가 주지 않겠어? ──굳이 '가라'고 말하지 않고 의식
적으로 그런 말투를 썼다. 그리고 더욱이 그 부분만 알아듣
기 쉽도록 전해줬다. 그러자,

"그렇구나!"

아무래도 랏슈는 납득했는지 양다리에 손을 놓고 고개를
크게 끄덕였다. 펑펑 흘리기 시작한 눈물을 주머니에서 꺼
낸 손수건 가장자리로 닦으며,

"유키 씨……! 그래, 그녀를 혼자 두다니 난 어쩜 이렇게
어리석을까! 유키 씨, 당신의 마음은 분명히 받아들였어.
미안하지만 스푸트니크, 이 몸은 그녀의 곁으로 서둘러 갈
까 해. 그럼 또 봐!"

"장미라도 가져가서 달콤한 말을 충분히 속삭여줘. 그럼 잘 가."

랏슈는 일인칭조차 바꾸고――아니 바꾼 게 아니라 돌아온 건가――여세를 몰아 한탄하더니 일어나서 입구에서 바람처럼 뛰쳐나갔다. 살랑살랑 손을 흔드는 스푸트니크의 말을 듣고 있는지도 확실하지는 않았지만 그건 별반 이렇다할 문제는 아니었다.

종이 딸랑딸랑 크게 흔들리며 닫히는 문을 배웅하며 소금이라도 뿌려둘까 멍하니 생각했다. 정말이지 영문을 알 수없는 남자다. 아니, 초면일 때부터 대단히 마음에 들지 않는 남자였지만 이번에는 다른 의미에서 영문을 알 수 없는 남자가 되어 있었다.

하지만 그 존재가 사라진 지금은 아무래도 상관없는 일이었다. 나중에 유키에게 당할 보복을 생각하면 두렵기는 하지만 그것도 지금은 생각하지 않기로 했다. ――지금 신경써야 하는 것은.

이쪽이었다. 스푸트니크는 응접 테이블 위에 방치된 봉투를 쳐다보았다.

정확하게는 봉투 가장자리에 새겨진 문양을.

스푸트니크는 봉투를 왼손으로 들어 올려서 소파 등받이에 중심을 기울였다. 폐에 연기가 필요했지만 옆에 있는 종업원이 그것을 용납하지 않을 터였다.

그리고 클루를 쳐다보았다. 그녀는 조금 전부터 계속 자신의 뺨을 말랑말랑 꼬집는 스푸트니크의 오른손에 "꺅, 꺅"대며 즐겁게 장난 치고 있었다. 하지만 그 남자도 사라졌으니 그녀의 마음을 어수선하게 만들 필요는 더 이상 없었다.

"돌아갔어, 쿠."

"앗."

오른손을 떼고 말을 걸자 즐거운 듯이 누그러들어 있던 표정이 순간적으로 경직되었다.

어느새 내팽개치고 있던 프라이팬을 다시 집어 들고 일어나서 주변을 둘러보고 얄미운 손님이 사라졌다는 사실을 확인했다. 그리고서 허리에 손을 대고 뾰로통한 표정으로 삐죽삐죽 화가 난 것 같은 모습을 보였다.

"정말이지, 조금 전 사람은 뭐예요. 예의를 모르는 남자예요!"

"우편배달부의 아종이라고 생각해."

"우편배달부는 그렇게 무례하지 않아요!"

동시에 부웅, 하고 바람을 가르는 소리가 들렸다. 고함치는 것은 그렇다 쳐도 프라이팬을 휘두르는 것은 위험하니 관두길 바랐다.

"다음에 그 사람을 만나면 이 각도에서 이렇게!" 하고 외치며 두세 번 흔든 후 클루는 팔이 피곤해졌는지 소파에 프라이팬을 내려놓았다. 그리고 이쪽을 보고 고개를 갸웃거렸다. 스푸트니크의 손에 있는 커다란 서류 봉투에 마침내 흥미를 가진 것 같았다.

"그래서 그 이상한 이름을 한 사람이 뭘 가지고 왔어요?"

"편지야. 관리담당자한테서 온 편지."

카운터 아래에 있는 문구 도구 중에서 가위를 가져와 봉투를 자르고 안에 손가락을 집어넣기──직전.

스푸트니크는 갑자기 이상한 예감이 들어서 팔을 움츠렸다.

"……어쩌면."

신중하게 입구를 벌려서 안을 들여다보자 개봉한 봉투 입구에 반짝반짝 빛나는 면도칼의 칼날이 있었다.

스푸트니크가 말문이 막혀하는데 안에서 종이가 한 장 팔랑 미끄러져 떨어졌다. 봉투를 절반으로 접은 것보다 작은, 메모 용지 같은 것이었다.

바닥에 떨어진 그것을 클루가 주워서 읽어나갔다.

"'랏슈가…… 엄청 짜증나…….'"

"화풀이잖아!"

보석 가공에 손끝 감각이 얼마나 중요한지 모르는 것도 아니면서. 유키도 역시 그 남자의 그 모습에 상당히 질렸나 보다.

평소에도 이러하니 조금 전에 랏슈를 보내기 위해 한 말이 알려지는 날에는 어떻게 될지──아주 잠깐 미래의 자신을 위해 기도했다. 그 여자조차 질리게 만드는 그 랏슈라는 남자, 어쩌면 보통 인물이 아닐지도 모른다는 생각이 들었다.

신중하게 면도날을 제거하고 내용물을 꺼냈다. 안에서는 두꺼운 서류 다발 하나와 '당신의 사랑스러운 나로부터'라고 구석에 작게 쓰인 봉투가 나왔다. 여느 때 그 여자가 스푸트니크에게 편지를 보낼 때 쓰는 문장이었다.

서류 다발을 테이블에 내버려 두고 봉투 쪽을 열려고 했던 그때.

클루의 목소리가 들렸다.

"……프랑소와즈?"

어리둥절한 얼굴을 한 그녀는 서류 다발을 응시하고 있었다. ——그리고 그 첫 번째 장에는.

아뿔싸. 서둘러 서류를 챙겼지만 때는 늦었다. 그녀는 이미 서류에 적힌 이름을 보고 말았다.

그녀는 표정이 경직된 채 굳은 목소리로 스푸트니크에게 이렇게 말했다.

"프랑소와즈라면…… 혹시…… 팡숑 씨…….."

"잘못 봤어. 잊어버려."

"잊어버릴 수 있을 리가 없잖아요. 팡숑 씨는…… 피네치카의 그 사람인 데다 스푸트니크의 고향 야채가게 주인의 친구 딸의 은사의 사촌 옆집에 살던 바둑이의 새끼를 키우던 사람의 숙모 이름이랑 같잖아요."

"……잘도 기억하고 있네."

"어째서 그 사람의 이름이 거기에 적혀 있는 거예요?!"

묘한 부분에서 기억력을 발휘하는 녀석이라며 어처구니가 없었지만, 그녀에게 있어서 중요한 것은 그 점이 아닌 모양이었다. 스푸트니크의 말은 듣지 않고 프라이팬을 쥔 손을 바들바들 떨면서 눈에 눈물마저 고인 채 비명처럼 외쳤다.

"진정해."

"진정할 수 있을 리가 없잖아요! 그야, 그야."

"전에도 말했잖아, 그 녀석은 내 약혼자가 아니야."

"하지만 그러면 왜⋯⋯."

"가령 그렇다고 해도 널 길거리에 나돌게 하는 일은 없을 거야."

괜찮다. 머리를 쓰다듬으면서 그렇게 말하자 클루는 뺨을 뾰로통하니 만들면서도 조용해졌다. "그게 아닌데" 하고 작은 목소리로 한 말에 담긴 진의는 스푸트니크도 알 수 없었지만, 그 이상 아무 말도 하지 않는 것을 보아하니 대수롭지는 않다고 판단했다.

조용해진 것을 좋은 기회로 삼아 스푸트니크는 서류 다발을 다시 보았다. 나란히 쓰인 글자는 유키가 쓴 것일 테지만, 내숭을 떠는 동글동글한 글자도, 본성을 나타내는 조잡한 글자도 아니라 뭔가의 견본처럼 똑바로 단정하게 쓴 것이었다.

이것은.

작은 봉투를 재빨리 열었다. 안의 편지 다발에는 앞으로 보내는 사람 이름도 서명도 없었다. 단지 처음 첫 번째 장에 한 줄 적혀 있었다.

'스푸트니크. 전해줘.'

이쪽이 의뢰한 일인데 그런 말투로 적혀 있었다. 마치 이쪽이 심부름을 하는 것 같았다. 문득 자신이 랏슈와 마찬가지로 한 패거리 같아서 쓴웃음이 나왔다.

스푸트니크는 자리에서 일어났다.

"어디에 가요?"

곧바로 불안한 소리가 쫓아왔다. 됐으니 넌 가게를 지키라고 답하다가 무언가가 입을 덮었다. 마음속에 솟구친 무언가가 스푸트니크의 입에 손을 뻗었던 것이다.

팡숑. 약혼자.

누구의?

"……너도 가는 편이 나을지도 모르겠군."

그건 단순한 보험이었다.

3

똑똑똑.

"소아란 님."

리아피아트 시의 어느 숙소에서.

종이봉투를 끌어안은 마법사 일라쟈는 자신이 숙박하는 방 옆에 있는 문을 세 번 노크했다. 그와 동시에 방 안을 향해서 상사 이름을 불렀다.

"소아란 님. 식사 가져왔습니다."

종이봉투의 내용물은 식료품이었다. 몸 상태가 나빠진 상사를 위해서 식사를 날라 온 것이었다. 조달한 것은 자신이 아니지만, 신뢰할 수 있는 사람이었다. '내용물은 요린데 맛은 보증할 수 있어. 안심하고 먹여도 좋아'라고 가져온 그는 말했다.

——하지만.

어째서일까, 아무리 기다려도 답이 없었다.

"소아란 님?"

들리지 않는 걸까? 다시 한 번 노크를 하려고 하다 손이 멈칫 멈추었다. 핏기가 가시는 것을 느끼며 일라쟈는 생각했다——설마.

꺼림칙한 예감과 더불어 문손잡이를 돌리자 문은 잠겨 있지 않았다.

설마.

"소아란 님!"

방에 뛰어들었다. 자신이 묵고 있는 방과 완전히 같은 구조로 이루어져 있어서 침실 장소는 알고 있었다. 가져온 식사는 근처 테이블 위에 내팽개치고 침실 문에 달려들더니 곧바로 문을 열어젖혔다. 이번에는 노크를 하고 있을 마음의 여유가 없었다.

——침대에 누워 있는 상사의 모습을 발견했다.

"설마……."

비틀거리며 불안정한 걸음걸이로 침대 곁으로 가서 그 자리에 주저앉았다. 눈물이 뺨을 타고 흘러내렸다. 설마 그럴 리가. 하지만.

북받쳐 오르는 감정을 일라쟈는 큰 소리로 외쳤다.

"소아란 님! 소아란 님, 죽지 마세요——!!"

그러자.

이불 안에서 팔이 천천히 나타났다. 그 손이 부드럽게 움직여서 일라쟈의 머리에 놓였고 그녀는 고개를 퍼뜩 들었다. 쳐다보자 페리도트와 같은 색을 한 한 쌍의 눈동자가 일라쟈를 비추고 있었다.

"소아란 님……."

"……일라쟈."

그의 입술이 움직여서 그녀의 이름을 아련하게 불렀다.

일라쟈의 눈물에 번진 세계 속에 그의 온화한 목소리가 울려 퍼졌다——…….

"나 바로 조금 전에 '잠시 잘게'라고 했잖아?"

*

말이 나온 김에 얘기하자면 같은 대화를 이미 일곱 번이나 나눴다.

──정말이지. 침대 옆에서 훌쩍훌쩍 훌쩍훌쩍 눈물이 글

썽한 부하를 보면서 소아란은 한숨을 살며시 쉬었다. 몇 번이나 같은 행동을 반복해야 직성이 풀릴까……라고 생각하면서도 그녀에게는 상당한 충격과 정신적인 피로를 가했겠다 싶었다. 그런 생각을 하자 그다지 강하게는 말할 수 없었다.

자아, 무슨 일이 있었더라. 소아란은 뺨에 손을 갖다 대고 생각했다.

자신이 쓰러진 것은 바로 어제 있었던 일이다. 그 보석점에서 한창 대화를 나누던 도중에 현기증이 났고——테이블에 손을 짚었지만 그 팔에 힘이 들어가지 않은 데다 동시에 다리가 꼬여서 우습게도 굴러 넘어졌다. 시야가 깜깜해져서 못 말리겠군 나이 때문인가, 라고 생각하며 눈을 뜨자 자신은 그 점주에게 짐짝처럼 들려 있었다.

아무래도 정신을 잃은 것 같았다. "키만 멀대 같이 커가지고!"라고 한 소리 듣고 나서부터의 기억은 드문드문 있었다. 험한 대우를 받아서 소파에 내동댕이쳐졌을 때 느꼈던 충격, "점주님!" 하고 일라쟈가 항의하던 목소리, 차가운 청진기, "피로 누적이야"라며 어처구니가 없다는 듯한, 의사로 보이는 노인의 목소리. 대화. "정말이지 자넨" "내가 뭘 어쨌다고 그래" "이런 동쪽에 마법사를 불러들여서는 매번 무슨 짓이야" "나 때문이 아니야. 이 녀석들이 매번 마음대로 쓰러지는 거지" "……부끄러운 일이군" ……비몽사몽인 가운데 본 백의가 '그녀'의 것이 아니라는 사실은 기억하고 있지만, 그건 그렇다 치고.

그러고 나서 일라쟈는 소아란의 의식이 돌아올 때까지 계속 소파 옆에 있었던 모양이고 밤이 되어서 그녀의 이름을 불렀을 때 그녀는 지금 이상으로 울면서 기뻐했다. 숙소까지 오는 길에 걱정스러운 모습으로 걸어와 준 것도 그녀였거니와 이따금 상태를 확인하러 와준 것도 그녀였다. 그런 의미에서는 고개를 들 수 없었다.

눈물을 흘리는 와중에 새어 나오는 "다행이다"라는 말에 죄책감을 느끼면서 소아란은 반신을 일으켰다. 침대에서 내려와 신발에 발을 넣으려고 했다.

"일라쟈, 너 슬슬 그만 울어. 난 이제 괜찮으니까……."

"아, 앗, 소아란 님, 안 돼요."

침실에 부하가 있는데──아니 부하를 침실에 들인 시점에서 여러모로 문제지만 그건 불가항력이라고 판단했다──누워 있는 것도 좋지 않을 듯했다. 그렇게 생각해서 취한 행동이지만, 일라쟈는 그것도 용납하지 않았다. 신발 뒤축에 손가락을 건 소아란에게 다급한 모습으로 양손을 내밀어서 저지했다.

"왜?"

"자야 해요. 피로가 누적됐으니까요."

"아니, 하지만, 너."

"안 돼요."

"……알겠어."

아무래도 여성이 강하게 말하면 따르지 않을 수 없는 것은 자라온 환경 탓일까 아니면 약혼자에게 휘둘렸던 경험 때문일까. 상사인데, 라고 생각하면서도 말하는 대로 침대로 돌아갔다. "됐어요"라며 기쁜 듯이 빙긋이 웃는 일라쟈를 보고 못 이기겠다고 생각했다.

그와 동시에 문득 자신의 복장이 신경 쓰였다. 자신이 존경할 만한 상사라고는 눈곱만큼도 생각하지 않지만 경멸당하고 싶지도 않았다. 로브는 이 방에 돌아왔을 때 벗었다. 이 방에 돌아오고 나서도 몸 상태는 여전히 온전치 않았던 데다 누웠다 일어났다를 반복했는데 머리는 어떨까.

가볍게 주변을 둘러보자 아무렇게나 놓여 있는 거울이 보였다. 이건 멀리 떨어진 인간과 대화를 나누는 마법을 사용하기 위한 도구다. 마법 효력이 상당히 약한 리아피아트 시에서는 이 마법의 효력도 상당히 약해지지만, 소아란 정도쯤 되는 마력이 있으면 잡음이 많은 음성 정도라면 간신히 전달할 수 있——는 걸로 알려져 있었다——.

새벽에 협회에 연락하기 위해 사용했던 마법도구를 그대로 방치하고 있었다. 마법이 끊어진 거울은 아무 말도 하지 않고 본래의 용도대로 그 자신을 비추고 있었다. 물론 머리카락은 여기저기 뻗쳐 있었고, 눈은 움푹 패여 있었으며, 뺨은 해쓱했다. 그러고 보니 어젯밤에는 샤워도 하지 않고 잠이 들었고 오늘은 아직 턱수염도 깎지 않았다. 엉망이었다. 깊은 한숨이 나왔다.

"왜 그러세요?"

"아니. ……몰골이 정말 말이 아니라서."

"그, 그렇지 않아요!"

쓴웃음을 지으면서 답하자 일라쟈가 고개를 크게 내저었다.

원래부터 이목구비가 오목조목하고 단정하고 키가 큰 편인 것도 멋지고 조금 피곤해 보이는 것 정도로는 전혀 뒤떨어져 보이지 않고, 아니 오히려 금방 일어난 느낌이랑 자연스러운 수염에서 엿보이는 와일드함이 평소에 볼 수 없는 특별한 느낌이라서 전혀 문제가 없다고 할까 어느 쪽이냐고 할 것 같으면 이쪽으로서는 확실히 유익할 정도——라며 일라쟈로서는 흔치않게 유창하게 토하던 열변은 아마도 칭찬하고 있는 것 같았다. 몸 상태가 좋지 않은 상사에 대한 배려인지 그녀의 행동이 실로 우스꽝스러워서 그만 웃음을 뿜었다.

"게, 게다가 저기 저는…… 저는 설령 소아란 님의 배가 약간 볼록해진다고 해도 머리카락 숱이 약간 적어진다고 해도…… 그러니까 저는, 저는."

"그래서 이번엔 뭘 하러 온 거야?"

"앗, 네!"

뺨에 양손을 갖다 대고 할 말을 찾지 못하는 것을 칭찬거리가 슬슬 다 떨어졌다고 판단. 다른 이야기를 꺼내자 자신의 사명을 떠올렸다는 듯이 일라쟈는 고개를 퍼뜩 들었다.

자리에서 일어나 방을 나갔다. 시간이 그다지 걸리지 않고 종이봉투를 가지고 돌아왔다. ──내용물은 뭘까?

일라쟈는 의자에 되돌아오더니 종이봉투 안에 손을 넣었다.

나온 것은 뚜껑이 달린 깊은 사발. 즉,

"식사를 가져왔어요."

배가 고프겠다 싶어서요, 라는 말을 듣고 그러고 보니 어제부터 아무것도 먹지 않았다는 사실을 떠올렸다. 일부러 사다준 건가, 돈을 줘야겠다 싶었는데 아니었다.

그것을 구입한 사람은 그녀가 아닌 모양이었다.

"조금 전에, 소아란 님이 주무시고 계신 동안에 점주님이 가져다줬어요. 병문안이래요."

"그 친구가?"

그 남자가 후의를 베푸는 일은 드물었다. 고춧가루라도 들어 있지 않을까, 아니면 뭔가 속내가 있는 걸까──하고 의심했지만,

"이 말 전해달래요. '돈은 길에서 부딪친 남자한테 '성의'로 받아냈어. 너한텐 청구 안 해'."

"뜯어낸 건가."

그다운 행동이었다.

종이봉투에는 낯익은 로고가 있었다. ──카페 피네. 그렇다면 맛은 보증할 수 있을 테다. 소아란은 이 가게에 몇 번이나 간 적 있었다.

"아, 이 가게 말이죠. 점주님이랑 클루 씨가 자주 가는 찻집이래요. 저도 어제 들렀는데 분위기가 정말 멋진 가게였어요."

소아란은 알고 있다고 마음속으로만 답했다. 알고 있지만 그 사실을 일라쟈에게 말할 필요는 없었다. 어째서 알고 있는지는 그녀가 알 필요가 없는 일이다. 그렇게 생각하면서 식사를 준비하는 그녀를 바라보았다.

그릇의 내용물은 죽이었다. 분명 그 가게에 그런 메뉴는 없었을 테다——애초에 죽을 내놓는 카페를 들어본 적이 없다——따라서 일부러 만들게 한 것 같았다. 그 가게 웨이트리스는 어째서 그런 걸 찾는지 의심했을까. 아니면 그런 일도 있을 수 있겠다며 적당히 흘려보냈을까.

그런 생각을 하는 한편, 일라쟈는 봉투 안에 함께 담겨 있던 스푼을 죽 안에 넣었다. 그리고 그것을 소아란에게 내민다 싶더니만.

어째서인지 그녀는 그러지 않았다. 한 손으로 사발을 든 채 스푼만 들어올렸다.

그 행동에 소아란이 흠칫했을 때.

스푼으로 죽을 뜬 일라쟈는 그것을 자신의 입술에 갖다 대고,

"후. 후."

빙긋이 웃으며 이렇게 말했다.

"소아란 님, 아 해주세요."

169

——이번에는 소아란이 울고 싶은 심정이었다.

"잘 먹었어."

간호하려는 일라쟈에게 "마음은 고맙지만 우리 집에는 '세 살 넘은 남성은 여성에게 음식을 손수 받아먹어서는 안 된 다'는 가훈이 있다"는 적당한 말을 해서 말리고는 죽을 절반 은 빼앗듯이 먹었다. 그러한 경위가 있었기 때문에 노골적 으로 "맛있다"는 칭찬을 할 수 없었지만, 결코 맛이 없지는 않았다. 또한 여담이지만, 일부러 식혀주지 않아도 될 만큼 죽은 딱 적당한 온도로 식어 있었다.

죽과 야채를 푹 끓인 수프. 남기지 않고 다 먹고 인사를 하자 일라쟈가 재빨리 치워주었다. 그런 일까지 시켜서 미 안했다.

"맛있었어요?"

"응. ……괜찮았어."

"다행이네요."

소아란의 손에서 받아든 사발을 원래의 종이봉투 안에 돌 려놓았다.

별실 책상에 놔둬달라고 부탁하자 그녀는 싫은 내색도 전 혀 하지 않고 움직여주었다. "꺄악"이라는 목소리가 들린 것은 신경 쓰였지만…… 식기가 깨지는 소리는 들리지 않았 으니 분명 괜찮겠지.

일라쟈는 바로 돌아왔다. 바지런히 움직이며 "뭔가 도움

이 될 만한 일은 없나요?"라고 물었지만, 특별한 일은 없었다. 보석점에라도 가서 놀아주라고 말하다 거울이 다시 시야에 들어왔다.

그것을 보고 소아란은 일단 그녀에게 보고해야 할 것을 생각했다.

"코쿠디에에는 아침에 연락해뒀어. 이쪽에서 내 몸 상태가 안 좋아졌다는 거랑 조금 늦게 돌아간다는 거."

"뭐라고 하시던가요?"

"딱히. 내 일은 인수인계를 하고 나왔으니 당분간은 어떻게든 될 것 같고, 지부장도 이렇다 할 말은 하지 않았어. 평화로운 모양이야."

"마법소녀 건에 관해서 뭔가 진전은 없었나요?"

──윽.

갑자기 그 이름이 나와서 한순간 말문이 막혔지만.

"……아무 말도 없었으니 없는 게 아닐까."

어떻게든 부자연스럽지 않게 대답했다.

"그래요?"

"평화로운 건 좋은 거잖아."

조금 불만스럽게 들리는 일라쟈의 대답에 소아란은 웃으며 답했다. 일라쟈는 입술을 삐죽 내밀면서도 "그렇긴 하죠"라고 답했다.

하얀 색이 잘 어울리는 마법사, 마법소녀 나기땅. 그건 소아란의 '부업'으로서의 얼굴이었다. 하지만 최근 한동안은 다른 건을 조사하느라 바빠서 그쪽 일은 완전히 소홀히 하고 있었다. 그 얼굴로 가고 싶은 장소, 해두고 싶은 업무, 원하는 것은 많았다. 하지만 아무래도 시간을 낼 수 없었다.

"하지만."

그 한마디가 귀에 닿아서 사고를 중단했다. 고개를 들었다.

"소아란 님, 최근에 바쁘셨으니까요. 모처럼이니까 푹 쉬세요. 가끔은 일은 잊으세요."

리아피아트에서는 마법을 쓰고 싶어도 거의 쓰지 못하니까요라며 안타깝게 웃는 일라쟈에게 소아란은 예의상 웃음을 지어보이고.

고개를 문득 갸웃거렸다.

"내가 그렇게 바빴던가?"

그런 기색은 최대한 보이지 않도록 했는데.

……하지만 어째서일까.

"네."

그녀는 자신만만하게 고개를 끄덕이고 자조적으로 웃었다. 고개를 갸웃거린 탓에 곧게 뻗은 플래티넘 블론드가 흔들려서 머리에 비치는 빛의 원이 조금 무너졌다.

"알고말고요."

나는 잘 안다고 답하는 일라쟈의, 미간을 살짝 찡그린 난처한 듯한 웃음. 그것은 보기에 따라서는 울고 싶은 것을 참고 있는 듯하기도 했다.

어째서 그런 얼굴을 하는 걸까.

하지만 소아란이 이유를 묻기보다 먼저 그 표정은 사라지고 말았다.

"왜 그렇게 바쁘셨던 거예요?"

속삭이는 듯한 일라쟈의 물음.

답하지 않는 소아란에게 조금 망설이고 나서.

"저 정도 되는 사람이 묻기 그럴지도 모르지만."

하고 이어서 말했다.

소아란은 아무 말 없이 고개를 천천히 들어서 벽에 걸린 로브를 쳐다봤다. 자신의 키에 맞춰서 만들어진 그것은 마법사가 걸치는 일반적인 형태의 로브였다. 하지만 가슴팍에 장식된 단추만큼은 보통의 마법사들이 사용하는 것과 색이 달랐다. 그 단추를 가슴팍에 장식하는 것은 마법사의 작법으로 상복을 입는다는 것을 나타냈다.

최근 자신이 무엇에 얽매여 있는지 일라쟈는 몰라도 되는 일이다. 그건 소아란도 알고 있었다. 전할 필요도 없다. 말한다 한들 어떻게 되는 일도 아니다. 하지만──마치 목에 가슴에 윤활제라도 바른 것처럼.

어이없이 매끄럽게 미끄러져 나왔다.

"……약혼자 일을."

그 기묘하고 희한한 여자를.

"조사하고 있었어."

"프랑소와즈 님을요?"

그 이름이 일라쟈의 입에서 나왔다는 사실에 소아란은 조금 놀랐다.

"그 친구의 이름을 용케도 알고 있네."

일라쟈가 직원으로 들어온 것은 '그녀'가 세상을 떠난 후라고 기억하고 있지만. 하지만 곧바로 아아, 그렇구나 하고 짚이는 구석이 있었다. 분명 어딘가의 참견쟁이 혹은 남의 이야기를 좋아하는 마법사가 일라쟈에게 이야기했을 것이다. 그래서 소아란과 '그녀'에 대해서, '그녀'의 죽음에 대해서 일라쟈는 알고 있는 것이다.

예상대로 일라쟈는 겸연쩍은 듯이 시선을 떨어뜨렸다.

"……알고 있고말고요."

그 동작에 소아란은.

네가 우울해할 일이 아니라고는 말하지 않았다. 설령 말한다고 해도 일라쟈는 분명 슬퍼할 것이다. 무척이나 착실하고 상냥한 아가씨니까.

"소아란 님."

온화한 목소리가 들렸다. 착실하고, 착실한 것만이 장점으로, 너무 착실해서 늘 헛도는 그녀의 겉과 속이 다르지 않은 말을 소아란은 어딘가 잔잔한 마음으로 들었다.

"……프랑소와즈 님은 어떤 분이셨어요?"

"그 친구는 연구자로서 우수한 사람이었어. 약혼자로서 조직이 추천해준 상대였지만, 집안도 좋고 마법 재능도 있어서 '나'로서도 대단히 자랑스러운——."

"그게 아니라."

175

하지만 일라쟈는 고개를 느릿느릿 가로저었다.

그녀는 허벅지 위에 놓은 왼손을 오른손으로 꼭 쥐면서 소아란에게 이런 질문을 했다.

"당신의 눈으로 봤을 때……. 프랑소와즈 님은 어떤 분이 셨어요?"

"내 눈……?"

자신의 눈으로 봤을 때.

온화했을 터인 마음에 물결이 한 점 일었다. 그 여자에 대해서 자신에게 그런 식으로 물은 사람은 지금까지 얼마나 있었을까.

그와 동시에 어제 그 보석점에서.

그 태연자약한 점주에게 자신이 물었던 말을 떠올렸다.

──너. 왜 저 아이를 지키는 거야?

정말이지 어처구니가 없는 질문이다. ──한숨이 새어 나왔다.

과도한 수치심에 눈을 덮었지만, 설마 울고 있다고 생각한 걸까.

"소아란 님."

배려하는 듯한 이름을 부르는 목소리가 들렸다. 하지만 그렇지는 않았다. 자신은 상심하고 있지는 않았다. 그녀의 곁에서 살아가고 있던 세계는 이미 자신에게 있어서 과거의 장소다. 이번에는 소아란이 고개를 가로저었다.

──량.

소아란은 오랜만에 자신을 그렇게 부른 이 도시에서의 일을 생각했다. 역시 이 도시에 있으면 기분이 느슨해진다. 하지 않아도 되는 말까지 하게 된다. 얼굴을 덮은 손을 떼어내고 손바닥을 쳐다봤지만 상상대로 눈물은 한 방울도 새어나오지 않았다. 자신이 '그녀'를 생각한들 느끼고 기억하는 것은 진부한 슬픔이 아니기 때문이다.

빈 한쪽 손으로 이불을 꼭 쥐자 소리 없이 구겨졌다.

그것은. ……그 여자는.

"……정말이지 특이한 여자였어."

그리고 그는 말했다.

보석을 사랑했던 소녀에 대해서.

그 옛날에 지키지 못했던 그녀의 이야기.

*

마법사 소아란이 열 살을 조금 넘겼을 무렵의 이야기였다.

마녀협회 본부에서 고아로 교육을 받은 그에게 어느 혼담이 날아든 것은 그해 봄이었다. 며칠에 무슨무슨 가의 무슨 무슨 아가씨와 선을 보라고 적혀 있는 편지의 지시에 따라 소아란은 마차에 몸을 싣고 교육 담당자와 함께 이 도시——이사토 시의 어느 저택을 찾았다.

여행하기 전날에 지도로 봐서 알고 있었지만, 그가 생활하는 서쪽 도시에서 이 저택까지는 가뜩이나 거리가 멀었다. 더구나 운이 나쁘게도 다리가 불편한 말을 골랐는지 도중에 마차 대여소에서 새 말을 한 번 빌리게 되는 처지에 이르게 된 것이 괜한 시간을 잡아먹게 한 듯했다. 이 저택은 '시조님의 가호'——간단히 말하면 그것은 마법사가 마법을 사용하는 구역에 대한 이야기다——의 범위 내에 있었기 때문에 마차를 사용하지 않고 마법으로 날아가면 좋을 텐데 싶었지만 '이러한 자리'에 방문할 때는 마법을 사용하지 않고 탈것으로 가는 게 예의이자 작법이라고 교육 담당자가 가르쳐줬으니 소아란에게는 그것을 부정할 권리가 있을 리가 없었다. 그 덕분에 어리지만 벌써 세 번째 선을 보는 그는 이미 세 번이나 엉덩이에 고통을 겪어야 했다.

"실수하지 않도록 해."

그 말을 듣는 것도 세 번째였다. 건너편에 앉은 교육 담당자의 말에 소아란은 네, 하고 고개를 끄덕였다.

첫 번째 집안에서는 '너무 어리다'는 이유로 혼담을 거절당했고, 두 번째 집안에서는 협회 쪽이 상대에게 가치가 없다고 판단한 것 같았다. 두 쪽 다 화장이 짙은, 충분히 나이가 있는 여자들이었다. 그렇다면 세 번째 여자는 어떤 요괴

이려나.

따라온들, 또한 어떤 이야기가 나온들 어차피 자신에게는 거부할 권리가 없다. 달리 할 일이 없던 그는 표정에 드러내지 않도록 최선을 다 했다.

지금보다 더욱 어릴 적에 서남대륙에서 와서 고아로 마녀 협회에 길러진 자신은 남자지만 여느 남자보다 마력량이 많은지 아무래도 종자로서는 나름대로 가치가 있는 모양이었다. 그래서 협회는 여자가 아닌 자신도 협회의 아이로 받아들여 교육을 받게 한 듯했다.

자유가 없는 이곳에서 도망치려고 하다 몇 번이나 실패했는지 이제는 기억도 나지 않는다. 몇 번째에서 포기했는지도 잊었지만, 도주에 실패했기 때문이라든지 그 후의 징계가 두려워서 포기했다기보다는 이곳을 나간들 달리 지켜줄 사람이 없다는 사실을 어쩌다 알아차려서였다.

흔들리는 마차는 널찍한 정원을 느릿느릿 나아가서 이윽고 저택 현관에 도착해서 멈췄다.

문이 열린 뒤 내리라고 명령받았다.

로브 자락을 밟지 않도록 주의하면서 일어나 밖으로 나가자 햇볕처럼 형태가 없는 무언가가 살결에 꽂히는 것을 느꼈다. 오른쪽에서였다.

쳐다보자 조금 떨어진 정원에 한 소녀가 서 있었다.

키는 아담했지만 자신보다는 큰 것처럼 보였다. 그녀는 한 손에 가는 노끈 하나를 꼭 쥐면서 소아란 일행 쪽을 향하고 있었다. 아마도 이 집안사람인지 가볍게 인사를 나눈 후에도 그녀는 의아한 듯이 이쪽을 계속 쳐다보고 있었다.

하지만. 상대가 신경 쓰인 것은 그녀 때문만이 아니었다. 소아란이 그녀에게서 눈을 떼지 못한 것은 그녀의 의상이 평범한 마법사에 비해 특수했기 때문이다.

그녀는 백의를 입고 있었다.

티끌 하나 없는지 어떤지는 멀리서는 알 수 없었다. 그 나이대의 아가씨가 걸치는 일은 드물어서 그만 응시하고 말았지만 소아란은 잘 어울린다고 생각했다. ——하얀색이 잘 어울리는 아가씨였다.

먼저 시선을 돌린 것은 그녀 쪽이었다. 돌렸다기보다 이쪽에 흥미를 잃었는지 그녀는 자신이 하던 '일'로 관심이 돌아간 것 같았다. 손에 든 노끈을 잡아당기거나 굽이치게 하는 등 강도를 확인하는 듯한 모습을 보이고 나서.

비어 있는 한쪽 손을 노끈에 치켜 올렸다.

"……어라."

그만 새어 나온 혼잣말은 다행히도 그 집안사람과 이야기하던 교육 담당자에게는 닿지 않은 모양이었다. 질책은 날아들지 않았다.

그녀의 손끝에서 하얀 빛이 폴폴 흘러넘쳤다. 그것을 마력이라고 한다는 사실을 소아란은 알고 있었다. 아무래도 저 아이도 마법사인 것 같았다. 빛은 노끈 전체를 감쌌고 그 형태를 부풀려나갔다. 그리고——

빛이 사라졌을 때 나타난 것을 보고 그는 그만 혐오감에 몸을 움츠렸다.

단순한 노끈이었을 터인 그것이 그녀의 마법으로 인해 버젓한 뱀으로 형태를 바꾸고 있었다.

토실토실한 구렁이는 보고 있는 사람에게 생리적 혐오감마저 가져다줄 정도로 독살스러운 몸 색깔을 하고 있었다. 길이도 원래의 노끈보다 길어서 똑바로 몸을 뻗으면 그녀의 신장도 넘지 않을까 싶었다. 혀를 날름거리면서 꿈틀거리고 있었다. 보통 여자아이라면 두려워할 그것을 당사자인 그녀는 꼬리 끝을 잡고 난폭하게 휘두르면서 잘됐다, 잘됐다며 춤추듯이 기뻐하고 있었다.

……대단히 특이한 여자아이라고 생각했다. 너무나도 천진난만한 미소와 휘두르고 있는 것과의 차이 탓에 넋을 놓고 보지는 않았지만.

"가자."

익숙한 목소리에 소아란은 제정신으로 돌아왔다. 올려다보자 여느 때의 무표정이 그곳에 있었지만, 그 표정은 이미 그를 보고 있지 않았다. 네, 하고 고개를 끄덕이면서 아쉬워서 다시 한 번 더 정원을 보았다. 하지만 그녀 또한 이미 이쪽을 향하고 있지 않았다. 소아란은 포기하고 교육 담당자의 뒤를 쫓아갔다.

마법사는 정장으로 검은 로브를 몸에 걸친다. 그래서일까 검은색이 잘 어울리는 사람이 무척이나 많다. ……그런데.

세상에는 흔치 않은 사람도 있구나 하고 소아란은 조금 놀라서 마음을 추슬렀다. 그렇게까지 흰색이 잘 어울리는 마법사를 소아란은 처음 보았다.

이 집 외동딸이 자신의 맞선 상대라는 사실을 소아란은 이미 알고 있었다.

그래서 교육 담당자와 함께 들어간 응접실에서 만나게 된 상대 중에 조금 전에 밖에서 발견한 소녀가 있어도 놀라지 않았고 그 아가씨가 "안젤리카의 딸, 프랑소와즈입니다"라고 사전에 들었던 맞선 상대의 이름을 댔어도 놀라지 않았다. 어려서 조금 의외였지만, 그럼에도 자신보다는 연상일 테고 이 저택의 규모에서 보건대 나름 명문가일 터였다. 한시라도 빨리 딸의 결혼 상대를 찾아두고 싶다고 생각하는 건 유별난 일이 아니었다. 하지만……

한편, 그녀 프랑소와즈가 짓고 있던 그 표정에 소아란은 조금 멈칫했다. 띠고 있던 온화한 미소는 조금 전 밖에서 본 온통 호기심으로 가득했던 것과는 전혀 달랐고 양가집 규수같이 청초했기 때문이다.

건너편 소파에서 마법사의 검은 로브를 입은 부모님 사이에 역시 같은 로브를 입은 프랑소와즈가 끼여 있다시피 앉아 있었다. 외모는 부모님 가운데 어느 누구와도 닮지 않았지만 그를 가리키고,

"상냥해 보이는 사람이네."

"네. 어머님."

"괜찮은 것 같군."

"네. 아버님."

하고 부모님과 말을 나눌 때 짓던 프랑소와즈의 미소는 부모님 모두와 닮아 있었다.

두 사람에게 대답한 후 이쪽을 향해 눈을 가늘게 뜬 프랑소와즈. 소아란은 아무 말도 하지 않고 미소로 답했다.

"어떠신가요?"

인사가 끝나고 소아란의 곁에서 교육 담당자가 말했다. 지금 사두면 이득일 겁니다——그렇게 들리는 듯한, 상품을 팔 때와 흡사한 말투를 한 그녀는 물론 소아란을 보고 있지 않았다. 이쪽 의견을 묻지 않았고 그런 행동조차 보이지 않았다. 소아란은 당사자이기는 하지만 결국 그 결정에 대한 권리는 없었다.

후드를 뒤집어쓴 채 웃지도 않고 변함없이 사무적인 모습을 한 교육 담당자. 한편 안젤리카는 부드러운 미소를 띠고 있었다. "그래요, 나쁘지 않은 인연이라고 생각해요"라고 말했다.

그렇다면 서류는 언제 쓰는 걸까. 글자는 틀리지 않도록 정성스럽게 쓰지 않으면 혼이 나려나. 그렇게 생각한 그의 눈앞에서 부모님이 즐거운 듯이 담소를 나누고 있었다. 소아란은 액자 밖에서 그림을 보는 듯한 기분이 들었다…….

하지만.

"소아란 님."

그때 갑자기 그의 이름을 부르는 목소리가 들렸다.

흠칫해서 고개를 들었다.

프랑소와즈는 그를 향해 다시 눈을 가늘게 뜨더니 그들을 멍하니 바라보고만 있던 소아란을 향해 이렇게 말했다.

"어려운 이야기는 아버지랑 어머니, 그쪽 분에게 맡겨두고 우리는 산책이라도 갈까요?"

"따듯하네요."

"네."

요 며칠 내린 비가 거짓말처럼 그친 하늘 아래, 프랑소와즈와 둘이서 어깨를 나란히 하고 정원을 걸었다. 하지만 소아란의 마음은 날씨만큼 평온하지 않았다.

그렇다면 대체 무슨 이야기를 하면 좋을까. ——그게 전혀 생각나지 않았기 때문이다.

혼담이란 결국 협회와 그녀의 집안 간의 서류상의 계약이었고, 소아란에게 있어서는 지금까지 해온 맞선은 쭉 그러했다. 그래서 설마 이렇게 프랑소와즈와 단둘이 있게 될 줄은 눈곱만큼도 생각지 못했다.

생각해보면 소아란은 지금까지 같은 연령대의 소녀와 이야기를 나눈 적이 거의 없었다——아니. 같은 연령대의 소녀는커녕 소아란의 주변에 있는 사람은 애초에 사담을 용납하지 않는 교육 담당자 정도였다. 사람과 세상사 이야기를

나누는 일조차 요즘에는 없었기 때문에,

"벌써 완전 봄이네요."

프랑소와즈가 그런 식으로 말을 꺼냈지만,

"네."

하고 고개를 끄덕이고,

"시간을 보내기 좋은 무척이나 괜찮은 날씨네요."

거의 같은 의미가 담긴 대답밖에 할 수 없었다.

협회 인간으로서 작법이나 학문은 질릴 만큼 주입받았지만, 결혼 적령기의 아가씨와 능숙하게 대화를 나누는 방법 따윈 교육 담당자가 가르쳐주지 않았다. 자아 무슨 이야기를 해야 이 아가씨가 기뻐해줄까 하고 필사적으로 머리를 굴렸다. 결혼 적령기의 마법사와 관련된 화제…… 오락소설? 작은 동물? 마법학? 보건체육——바보냐?! 머리를 움켜쥐고 주저앉고 싶었지만 꾹 참았다.

한편, 프랑소와즈는 소아란보다 대화에 훨씬 익숙했다. 앵무새보다 조금 나은 정도의 대답밖에 못하는 그에게도 어처구니가 없어하지 않고 계절 이야기를 이어나갔다.

"그러네요. 아, 맞다. 얼마 전에 정원 구석에서 고양이가 새끼를 낳았어요. 삼색 고양이 두 마리랑 얼룩 고양이 세 마리가 태어났어요."

그렇게 말하는 프랑소와즈의 목소리는 경쾌했다. 아무래도 자신은 그녀에게 미움받을 만큼 말을 못하는 건 아닌 듯해서 안심했다.

프랑소와즈의 정원 소개는 더욱 이어졌다.

"정원 구석에 작은 상자를 놔뒀는데요, 거기서 어미 고양이가 새끼 고양이한테 젖을 자주 주고 있어요."

"그거 정말 귀엽겠군요."

"그렇죠? 하지만 너무 보는 바람에 어미 고양이의 기분을 상하게 했나 보더라고요. 샤아, 하는 무서운 목소리로 위협을 하더라고요."

"아하하."

우스꽝스럽게 고개를 움츠리는 프랑소와즈를 보자 어깨에 들어간 힘이 빠졌다. 입에서 자연스럽게 새어 나오는 목소리를 듣고 그러고 보니 자신은 이런 목소리로 웃는구나라고 생각했다.

"그런데 저택 정원에서는 여러 가지를 볼 수 있나 보군요. 부럽네요."

"네에. 꽃도 여러 가지가 피어요. 어머니가 꽃을 키우는 걸 좋아해서요."

"그렇군요."

"특히 작년의 덩굴장미는 멋졌어요."

"오."

"맞다, 지난번 날에는 커다란 뱀도 나왔어요."

"그거 큰일이군요."

"다행히 잡았기 때문에 고용인이 장치한 함정에 걸린 쥐를 몰래 훔쳐다 뱀에게 먹여봤어요. 정말 즐거운 놀이였답니다."

"그런가요?"

그렇게 맞장구를 치다가 흠칫하고 정신이 들었다.

이 아가씨가 지금 뭔가 이상한 소리를 하지 않았나? 뱀을 잡다가 쥐를 먹이는 게 '즐겁다'고?

"저기."

"그리고 그 외에도."

하지만 그녀는 그에 대한 언급을 용납하지 않았다. 갑자기 달리기 시작하는 프랑소와즈, 소아란은 그 자리에 멈춰서서 그 등을 계속 지켜보았다. 이윽고 그녀는 소아란에게서 조금 거리를 두고 멈추더니 한쪽 다리를 축으로 빙그르 돌았다, 그리고.

"이렇게."

그리고 이쪽을 돌아본 순간, 그녀는.

──흰색으로 물들었다.

"앗."

하지만 그 인식이 잘못됐다는 사실을 바로 깨달았다.

그녀는 검은색 로브 위에 백의 한 장을 걸치고 있었다. 마법으로 복장을 바꾼 것이다. 검은 머리카락이 찰랑찰랑 흐르는 백의는 그 근방에 흐드러지게 피어 있는 꽃보다 훨씬 눈에 선명했다.

갑작스러운 변화에 소아란이 기가 꺾인 틈에 그녀는 백의 주머니에서 무언가를 꺼냈다. 만년필과 컴퍼스. 흰색으로 채색된 그녀는 눈을 가늘게 뜨고 이를 보이고 웃더니 바로 움직였다.

만년필이 그녀의 손에서 떨어지고 나서 소아란이 주머니의 지팡이를 꺼내기까지 반응 속도는 그다지 나쁘지 않았을 터였다. 만년필을 오른손으로 쳐서 떨어뜨리고, 그 뒤로 바로 날아온 컴퍼스에 지팡이 끝을 향했다. 컴퍼스는 마법사의 방벽에 부딪히더니 어이없게 힘이 빠져서 잔디 위에 떨어졌다.

하지만 그것도 안도하기에는 아직 일렀다. 그녀는 목에 건 목걸이를 잡아 뜯어서 끈 하나로 만들더니 마치 채찍처럼 흔들었다. 목둘레 길이 정도밖에 되지 않을 터인 체인은 그녀의 힘을 받아서 갈수록 형태를 바꿔나갔다. 하얀 빛을 감고 부풀어 오르고 길게 뻗어나갔다.

그녀는 나지막하게 억누른 목소리로 구렁이에게 명령했다.

"그를 구속해."

"잠깐만──."

그녀의 행동에 담긴 의미는 알 수 없었지만 악의만큼은 명확하게 감지했다.

다급히 지팡이를 잡은 자세를 가다듬으려고 했다. 그러나 마법의 효과인지 팔다리도 없는 주제에 구렁이의 움직임은 재빨랐다. 소아란이 무언가를 하기보다 먼저 그를 빙그르 휘감아서 옴짝달싹할 수 없었다. 팔을 세게 졸라서 그만 지팡이를 떨어뜨렸다. 고통에 신음하고 주저앉았다.

그런 그에게 가까이 다가오는 사람이 있었다. 물론 프랑소와즈였다.

그녀는 빙긋이 웃지도 않고 가까이 다가오더니 소아란의 눈앞에서 멈춰 서서,

으음, 하고 신음했다.

"기습했는데 아직 잘되진 않네."

"이거 무슨 짓이야!"

소아란의 고함 소리에도 동요하지 않았다.

프랑소와즈는 차가운 눈동자로 그를 내려다보고 이렇게 말했다──

"제니퍼."

....

"어?"

"내가 마법으로 만든 뱀."

뱀 이름이 궁금한 건 아니었다.

소아란은 엉덩방아를 찧은 자세로 다시 프랑소와즈를 노려보았다. 그녀는 소아란의 눈앞까지 다가와서 얼굴을 내밀더니 코끝이 닿을 만큼 가까운 거리에서 말했다.

"독뱀이니까 섣불리 움직이면 위험해."

"……목적이 뭐야. 나한테 위해를 가하면 협회가 가만있지 않을 거야."

익숙하지 않은 일인칭에 혀를 깨물 것 같았지만, 어떻게든 단언했다.

그러자 그녀는 의아한 듯이 "목적?"이라고 말했다. 마치 그런 질문을 받을 것을 예측하지 못한 듯한 반응——구부린 허리를 원상태로 되돌리고 턱에 손을 갖다 대고 하늘을 올려다보고 "목적. 응, 그래, 목적 말이네"라고 몇 번인가 반복해서 말했다.

역시 시치미 떼는 듯한 어조로 이렇게 말했다.

"당신한테 부탁이 있어."

"부탁?"

"그래."

정확하게는 '협박'이 아닐까 싶었지만 이 상황에서 할 말은 아닌 것 같았다.

다시 소아란을 내려다보는 프랑소와즈. 그리고 그녀가 그에게 전한 '부탁'은 정말이지 어처구니가 없는 것이었다.

"내 약혼자가 되어줘."

"……뭐어?"

이 소녀는 대체 무슨 소리를 하는 걸까.

적당한 반응을 찾지 못하고 멍하니 그녀를 올려다보는 소아란의 시선 끝에는 검지 끝을 흔들며 뾰로통한 표정으로 프랑소와즈가 주변을 우왕좌왕 걸어 다녔다.

"저기 말이야, 나도 역시 이런 거 슬슬 질렸어."

"이런 거라니?"

"맞선 말이야. 딸을 위해서 어엿한 결혼 상대를 찾으려는 어머니의 심정도 이해하지만, 벌써 세 번째야. 다들 제대로 된 상대도 아니었고 말이지. 그럴 시간이 있으면 연구를 하고 싶어."

"연구?"

"난 마법 연구자가 되고 싶거든."

단정한 이목구비를 진심으로 질렸다는 듯한 표정으로 일그러뜨리고 움직이지 않는 소아란의 코끝에 내밀었다. "맞선 같은 지루한 걸 하는 동안에 내가 실험을 얼마나 했을 거라 생각해?"라는 말에 정원에서 기쁜 듯이 노끈을 흔들던 그녀의 모습을 떠올렸다.

"참고로 지금까지 만난 맞선 상대는 나이 든 사람 한 명이랑 마마보이 한 명이었어. 말해두겠지만 나 그 사람들이랑 결혼할 바엔 혀 깨물고 죽을 거야."

"……흐음."

"뭐랄까, 당신도 미숙해 보이지만, 뭐 그 사람들보다는 나은 것 같으니까."

"사람을 타협의 산물처럼 말하네, 넌."

"그런가."

"그렇잖아."

"하지만 그건 당신도 그렇잖아."

불만스럽게 입술을 삐죽거렸다. 어린아이 같은 행동이었다.

"이 맞선 이야기, 당신도 긍정적인 반응이 아니었어. 그래서 어딘가에 장래를 약속한 상대가 있는가 싶었는데 그런 것도 아닌 듯하네."

그런 건 아니다. 그렇지 않다. ——하지만.

"그래서 어때?"

"어때라니……."

독뱀으로 협박하면서 의향을 물은들 뭐하나 싶었다.

애초에. 일부러 불러내서 사람을 붙잡다니 그렇게 번거로운 짓은 하지 않아도 되지 않을까.

"나한테는 아무 권리도 없어. 굳이 이런 식으로 협박…… 아니, 교섭하지 않아도 너희 집이랑 교육 담당자가 괜찮다 싶으면 이 혼담은 성립돼."

가르쳐주자 그녀는 눈을 휘둥그렇게 떴다.

"어, 그런 거야?"

"그렇고말고."

"당신, 외로운 인생이네."

충격.

솔직한 말이 가슴에 꽂혔다. 여기서 살아가는 것 이외의 선택지를 잃고 여러모로 포기한 것은 확실하고, 말하는 대로 따르는 것도 확실하지만 그래도——

그런 소아란의 심중을 아는지 모르는지 프랑소와즈는 고개를 갸웃거렸다.

"뭐 괜찮아. 그런 사람이라도 내 약혼자인걸. 조금은 즐거운 인생으로 만들어줄게."

"무슨 소리야…… 아니 됐어. 즐겁다니 예를 들자면?"

"예를 들어서 그거라든지."

프랑소와즈에게 지시받은 뱀이 소아란의 귓가에서 "샤아" 하고 말했다. 으 하고 고개를 움츠렸지만, 그녀는 "놀아 줘서 기분이 좋은가 봐"라며 웃었다.

"이 녀석…… 정말로 독이 있는 거야?"

"거짓말이야. 재퍼슨한텐 독이 없어."

"제니퍼라며?"

시치미 떼는 모습으로 그랬었나라고 말했다.

"잊어버렸네."

"조금 전에 네 입으로 말했잖아."

"근데 네가 그렇게까지 말한다면 그걸로 해줄게. 제니퍼, 돌아와 줘."

다름 아닌 약혼자의 부탁이니까라며 진담인지 농담인지 알 수 없는 말로 뱀에게 명령했다. 그인지 그녀인지 알 수 없는 뱀은 붉은 혀를 날름 내밀더니 소리도 없이 소아란의 몸에서 떨어졌다. 지면을 기어온 뱀의 몸통을 프랑소와즈 가 잡자 물보라처럼 하얀 빛이 흩어졌다.

그리고 그녀의 손안에 남은 것은 원래의 체인 하나였다.

프랑소와즈는 체인을 잡은 손을 소아란에게 쑥 내밀었다.

"가까워진 기념으로 줄게."

"아니, 필요 없어."

즉답. 뱀이 깃든 체인이라니 받는다 한들──하지만.

"사양하지 마. 지금은 일단 이 안에 잠들어 있지만 뭔가 노끈 상태의 물건이 있으면 어디에라도 소환 가능한 편리한 아이니까, 분명 언젠가 당신한테 도움이 될 거라고 생각해."

"뭐어······?"

"이름은 제이미."

일부러 그러는 걸까?

어쨌거나 내민 체인을 받아들어 로브 안에 넣고 소아란은 일어났다. 엉덩이를 두드려서 로브에 진 주름을 펴고 나서 그녀의 '부탁'에 대해 대답했다.

"약혼 건. 개인적으로 반론할 생각은 없어."

"고마워."

"나머지는 협회가 뭐라고 할지······ 뭐 너라면 괜찮다고 할 것 같아."

원래부터 집안은 흠 잡을 데 없었다. 마법 재량이 어느 정도인지 확인할 테지만 그녀의 실력은 소아란 자신, 말 그대로 몸소 알 수 있었다. 어떤 조사를 한들 합격일 테다.

하지만 어째서일까. 그 순간 그녀의 미간에 한순간 주름이 생겼다.

"협회——마녀협회 말이구나."

"응."

반복해서 확인하는 듯한 말투 같았다.

그리고 고개를 숙인 그녀가 뱉은, 속삭이는 듯한 빠른 말투로 한 그 한마디는.

"재미없어."

"뭐?"

그리고 다시 뺨을 일그러뜨리고 미워서 못살겠다는 듯이 입술을 잡아당긴 표정을 지었다. 환청일까. 환시일까. 그만 눈을 깜박였지만 다시 눈을 떴을 때 프랑소와즈의 눈동자는 소아란을 비추고 있었고 표정은 양가집 규수로 돌아와 있었다. 그리고,

"소아란. ——쇼아랑."

그녀가 부른 것은 그의 '본래' 이름이었다. 옛날에 서남대륙에서 부모님께 불렸던 이름. 이쪽 대륙 사람들은 발음하기 어려워서 아무도 불러주지 않았던 그 이름을——오랜만에 들은 유창한 발음에 숨을 삼켰다. "연습했어" 놀란 소아란에게 그녀는 만족스러운 듯이 눈을 가늘게 떴다.

"나, 당신한테 많은 걸 가르쳐줄게. 당신이 모르는 것, 협회가 모르는 것. 나만 아는 것. 나만의 마법——많이. 그러니까."

프랑소와즈는 웃었다.

천진난만하게 눈꼬리를 끌어내리고, 이를 드러내고, 뺨을 끌어 올렸다. 그리하여 만든 미소는 영애라고 하기에는 대담하고 조심성 없었지만 힘차 보였다.

무척이나 씩씩하게 웃는 얼굴이었다.

"난 프랑소와즈. 팡숑이라고 불러줘."

"팡, 숑."

"그래."

잘하네.

마치 어린아이의 걸음마를 칭찬하는 엄마 같은 그녀의 말. 앞머리에 꽂은 가느다란 손가락에 소아란은 어째서인지 울고 싶은 기분이 들었다.

"같이 살아가자. 서로에게 원하는 사람이, 원하는 삶의 방식이 나타날 때까지."

소아란은 자신이 액자 속에 빨려든 것 같은 착각을 느꼈다.

*

"단순한 거미는 아니니까."
"보통 거미랑 뭐가 다르려나."

마법을 사랑하고

"거기에 말이지 광석증에 대한 이야기가 적혀 있어."
"광석증?"

보석을 사랑하고

"럇."

자신에게 애칭을 붙여준
그 사람은.

그리고 불과 몇 년 후——

*

"멋진 사람이었네요."

소아란의 옛날이야기를 전부 들은 일라쟈의 소감.

하지만 그에 답하는 소아란의 웃는 얼굴은 메말라 있었다. 멋지다고 해야 하나. 그 친구는,

"특이한 아가씨였어."

뱀이나 거미를 길들이고 편지로 오라고 해서 만나러 가면 '새로운 마법을 개발했'며 장난삼아서 약혼자를 실험대로 삼고 싶어 했다. 그런 주제에 겉보기에만 그럴싸하고 전례 없는 여자였다,

"백의를 입고서 터무니없는 마법을 사용하고 변덕쟁이에 약삭빨라서……."

"그건 마치……."

조금씩 이어지는 팡숑의 특징에 뭔가 짚이는 점이 있었던 걸까.

일라쟈가 무슨 말을 하려고 했다. 하지만 소아란이 시선을 주자 그녀는 전부 다 말하기 전에 입을 닫고 말았다. 눈

을 내리깔고 입에 힘을 준 그 모습은 마치 자신이 떠올린 말이 터무니없다고 생각하는 듯했다. 하지만.

삼킨 그 말을 소아란이 대신해서 뱉었다.

"마법소녀를 닮은 것 같아?"

생각대로 일라쟈는 고개를 힘차게 들고 눈을 크게 떴다.

의자에서 벌떡 일어나서 침을 튀기며 외친 말도 포함해서 소아란의 예상대로였다.

"──그 사람과 프랑소와즈 님이 같을 리가 없잖아요!"

"그렇지."

터무니없다는 듯이 정색하는 일라쟈를 소아란은 진정시키려고 웃었다. 분명 일라쟈라면, 마법소녀를 미워하며 쫓아다니는 그녀라면 그런 반응일 거라고 생각했다.

하지만 소아란은 다른 의미를 가지고 그 의견에 동조했다.

그것과 그녀가 같을 리가 없다.

연인이 아니었던, 임시 약혼자일 뿐이었던 그 사람. 학문과 작법과 마법 기초를 소아란에게 가르쳐준 사람이 교육 담당자였다면, '그 이외'의 모든 것을 가르쳐준 사람은 그녀였다. ──'시조님의 가호'로 인한 거짓도 마법사에 대한 '제약'도.

그녀를 만나지 않았더라면 자신은 어떻게 살고 있을까. 그녀가 말한 것처럼 재미없는 인생을 보내고 있을까? 알 수 없다.

하지만 소아란은 알고 있었다. 아무리 흉내 내도, 흉내 내려고 하더라도.

"마법소녀로는 팡숑을 절대 따라가지 못해. 아무도 그녀를 대신할 수 없어."

말을 잘못했다는 것은 바로 알아차렸다. 대신할 수 있는 게 아니다.

포기하는 감정을 느끼면서 소아란은 고개를 가로저었다.

"그녀가 될 수 없어."

마법소녀로는—— 아니, 이 세계에 있는 마법사 누구 한 사람도.

갑자기.

시야 가장자리에서 무언가가 빛났다. 쳐다보자 일라쟈의 뺨에, 턱에, 허벅지 위로 꼭 쥐고 있던 손등에 빛이 천천히 이동하고 있었다. 흘러내리는 그것이 창가에서 비쳐드는 빛을 반사하고 있었다.

이를 꽉 물고 목소리를 억누른 채.

끄윽, 끄윽 하고 희미한 오열이 울려 퍼졌다.

"……어째서 네가 우는 거야."

젊은 나이에 세상을 떠난 팡숑을 애도하고 있는 걸까. 약혼자를 잃은 자신에 대한 동정일까. 하지만 어느 쪽도 이제 와선 새삼스러운 일이 아닐까.

소아란이 손을 내밀지 망설이고 있는 동안에.

일라쟈는 고개를 들었다. 그리고 뺨에서 힘을 빼더니 미간을 찡그리고 웃었다.

"몰라도 돼요."

아무도 그녀를 대신할 수 없다.

일라쟈가 그 의미를 잘못 받아들였다는 사실을 소아란은 알아차리지 못했다.

이윽고 일라쟈가 울음을 그칠 때까지 시간은 그리 오래 걸리지 않았다. 소아란이 닦을 것을 내밀 필요도 없이 그녀는 자신의 손수건으로 눈을 가볍게 누르더니 "실례했습니다"라고 말하고 더 이상 눈물을 흘리지 않았다.

"그만 감정이 북받쳤어요. 깊은 뜻은 없습니다."

"괜찮아. 죽은 사람 이야기는 불쾌하겠지. 그만 기분에 취해서 이야기했지만…… 이제 그만할게, 불길한 이야기해서 미안해."

"아뇨."

고개를 가로젓고 그리고.

"해주세요, 프랑소와즈 님에 대한 이야기요."

조금 촉촉한 눈동자로 그를 똑바로 쳐다보았다.

다부지다는 생각이 들었다. 그러지 않아도 되는데 말이다.

"팡송에 대해서 말이지? ……글쎄."

그녀에 대한 추억담을 말하자면 끝이 없었다. 마법사의 '제약'에 대한 이야기. 광석증에 대한 이야기. 하지만 지금 소아란이 생각하는 것은.

"외면하고 있었던 건 아니지만."

그녀의 생각과 흡사한 사람을. 마법소녀를 만들어내, 언급할 수 없는 마법사에 대한 이야기를, 숨겨져 온 마녀협회의 진의를 알고 싶어서 뒤쫓아 왔다. 그러던 와중에 이 도시의 보석점과 '그 아이'의 존재를 알게 되었고 만났으며——

그래서 그녀로부터 눈을 돌리고 있었던 건 아니지만.

하지만 '그녀의 죽음'에 관해서는……

"시작이 한 통의 계약서였다면, 끝을 알린 것도 단 한 통의 편지였어."

도착한 편지는 모두 다 무미건조한 것이었다. 관계자에게 이유를 따져도 '불행한 사고였다'고 편지에 쓰인 이상의 말은 알 수 없어서 더 이상 소용없다는 사실을 깨달았다. 천하의 그녀라도 죽을 때는 죽는다고 포기하고 협회에 순종하는 척해서 단지 그녀가 알고 싶었던 마법사의 진의를. 끝나버린 그녀를 대신해서——

끝.

끝?

"아니……."

어째서인지.

문득 그 한마디에서 위화감이 느껴졌다.

"아니……."

현기증을 느끼는 머리에 손을 갖다 댔다.

"소아란 님? 왜 그러세요? 기분이 또 안 좋으세요?"

"아니. 뭔가……."

"이야기해달라고 졸라서 죄송해요. 얼른 주무세요."

몸 상태를 신경 쓰는 일라쟈의 손이 어깨에 놓였다. 하지만. 생각해내라고, 뭐가 이상한지를 하고 머릿속에서 고통스러울 만큼 누군가가 말했다. 무언가를 잊고 있다. 그녀의 끝은. 무슨 이유였더라? 어떤 소식이었더라?

──그때.

똑똑똑. 거친 노크 소리가 들렸다. 방문이 아닌 더욱 건너편. 공유 스페이스에 이어지는 밖의 문을 누군가가 힘차게 두드리고 있는 듯했다.

"손님? 누굴까요……?"

"잠깐만."

자리에서 일어나 방을 나가려고 하는 일라쟈를 저지했다.

의아하게 여기면서도 그녀는 명령대로 발걸음을 멈추었다. 그러자 그것을 가늠한 듯이 노크 소리가 거칠어졌다.

"뭐, 뭐지……" 안색을 바꾸고 뒷걸음질 치는 일라쟈를 보면서 소아란은 생각했다. 자기 전에 문은 제대로 잠갔던 가? 하지만 그런 건 생각할 필요도 없이 답이 나왔다──일라쟈가 들어왔으니 말이다.

시끄러울 만큼 울리던 노크 소리가 멈췄다. 포기했나 하고 오해할 틈도 없이 거칠게 문을 여는 소리가 한 번 들리고 가까이 다가오는 발걸음 소리가 들렸다.

소아란은 이불을 걷어차고 일어나서 맨발인 채 바닥에 뛰어 내려가 왼손으로 일라쟈의 어깨를 끌어안았다. 셔츠에 매달리는 일라쟈의 손도 어깨도 떨리고 있었다.

"소아란 님."

"괜찮아."

자신의 능력이 지금 여전히 '그녀'에 도달하지 않았다고 하더라도.

펼친 손바닥이 문을 향했고 노려보았다.

이윽고 문이 열리고.

——나타난 사람은.

"분위기 좋은데 미안하지만 방해 좀 할게."

4

쳐들어 간 방 안에는 예상대로 한 쌍의 남녀가 멈춰 서 있어서 스푸트니크는 흥 하고 콧방귀를 꼈다.

스푸트니크가 문을 거칠게 연 것은 단순히 힘을 실어서일 뿐이지 방 안의 인간을 위협하기 위한 것은 아니었고, 또한 방 안의 남자가 여자의 어깨를 끌어안고 있는 것은 저속한 이유가 있어서가 아니라는 사실도 알고 있었다.

그럼에도 그러한 이유는 물론 단 한 가지.

단순히 괴롭히고 싶어서였다.

"꺄, 꺄악."

이유가 있어서 데리고 온 클루를 말할 것 같으면 스푸트니크의 말과 어우러져 방 안의 광경을 연애 사건으로 받아들인 것 같았다. 일말의 배려인지 양손으로 자신의 눈을 덮고 있다──싶더니 끌어안은 두 사람을 손가락과 손가락 사이로 똑똑히 보고 있었다. 훔쳐보는 건 바람직하지 않다고 주의해봤자 누가 할 소리냐고 할 듯해서 스푸트니크는 잠자코 있었다.

"아, 크, 클루 씨, 점주님……?"

새파란 얼굴을 한 일라쟈가 김이 샌 목소리로 이쪽을 불렀다. 하지만 곧바로 자신이 있는 장소가 생각났는지,

"아, 저, 저기, 크, 클루 씨! 이건, 그러니까, 오해 말아요."

"꺄악."

이번에는 일라쟈가 얼굴을 귀까지 새빨갛게 물들였다. 정말이지 얼굴색이 획획 잘도 바뀌는 마법사였다. 그녀의 당황한 목소리에 어딘가 느슨한 클루의 고함소리가 겹쳐졌다.

"……뭐야, 너희들이었어?"

하지만 대조적으로 그 상사인 소아란은 매우 침착한 모습을 보이며 어처구니가 없다는 표정마저 짓고 있었다. 방에 찾아온 것이 아는 사람이라는 사실을 알아차린 순간 긴장이 풀린 것 같았다. 끌어안고 있던 일라쟈의 어깨에서 손을 선뜻 떼어냈다.

"놀라게 하지 마, 이쪽은 환자라고."

그렇게 대답하는 소아란은 초췌할 정도는 아니지만 목소리에도 약간 생기가 없었다. 소아란이 손을 떼어낸 일라쟈

는 한순간 아쉬운 표정을 지었지만 그의 얼굴색이 여전히 좋지 않다는 사실을 깨달아서인지 이번에는 그녀가 그의 버팀목이 되어주었다.

"환자라니, 네가 마음대로 쓰러졌잖아. 이쪽 잘못은 없으니 배려할 마음은 없거든? 아니면 뭐야, 덤벼보겠다는 거냐?"

"정중히 사양할게. 이번에는 법정보다 이불 속에 있고 싶으니까…… 나는 좀 더 잘게. 일라쟈, 넌 두 사람 가게에라도 놀러 가든지 해."

"못 자게 할 거야."

침대에 걸터앉은 그의 말을 가로막다시피 하며 스푸트니크가 말했다. 말하고 나서――

진심으로 불쾌해졌다.

"왜 이런 소리를 남자한테 해야 하는 거야. 너 진짜 죽어버려. 얼른 죽어버려. 이 세상에 태어난 걸 모든 생명에게 사과하고 얼른 영면해버려."

"……내가 왜 이런 소리를 들어야 하는 거지?"

힘없이 웃는 소아란의 질문은 무시했다. 상대도 원래부터 대답을 할거라고 생각하지 않겠지.

그래서 이야기를 계속해나갔다. 우리가 이곳에 온 이유는 부탁받은 것이 있기 때문이며――그리고 그 부탁받은 것은 다름 아니라 그를 위한 것이기 때문이다.

"하지만 네가 죽기 전에 너한테 조금 들려줄 이야기가 있어. 왜냐하면 너한테 이걸 들려주지 않으면 내가 죽을지도 모르거든."

다름 아닌 그 악질 '누나'한테.

"무슨 뜻이야?" 하고 미간을 찡그리고 의아한 얼굴을 한 소아란.

스푸트니크는 의미심장하게 웃으며 오른손으로 잡은 봉투를 치켜들어 보였다.

"우리 가게 관리 담당자가 너희한테 대단히 고마운 이야기를 전해주라더군."

스푸트니크가 가져온 봉투를 뜯는 사이에 시야 구석에서 클루가 "병문안 선물이에요"라며 가져온 젤리를 두 사람에게 나눠주고 있었다.

"저, 저기 차가워서 맛있어요. 분명 몸 상태도 좋아질 테니 드세요."

"고마워."

눈을 가늘게 뜨고 감사 인사를 하는 소아란은 여전히 명백하게 힘이 없었다. 그 모습을 어떻게 받아들였는지 클루는 고개를 한 번 갸웃거리더니 젤리 봉투 안에 손을 다시 집어넣었다. 그리고,

"저기, 한 개 더 드릴게요."

"고마워."

"저기, 한 개 더 드세요."

"고마워."

"저기 한 개 더."

"그렇게 많이는 다 못 먹어."

소아란은 쓴웃음을 지으며 "하나면 괜찮아, 고마워"라고 다시 한 번 감사 인사를 하고 하나만 손에 남기고 나머지 젤리를 클루가 가지고 있던 종이봉투 안에 되돌려놓았다. 하지만 클루는 여전히 뭔가 걸리는 듯한 모습으로 고개를 갸웃거리고 있었다.

대체 저 남자의 뭐가 그렇게까지 그녀의 흥미를 끌었을까 ——라고 생각하고 있자니 클루는 여전히 곤란한 표정으로 이번에는 일라쟈 쪽을 향했다.

"일라쟈 씨, 저기."

"네?"

미안하다는 듯이 눈꼬리를 늘어뜨린 채 이런 말을 일라쟈에게 전했다.

"죄송해요, 딱히 안 닮았을지도 몰라요."

"네에?"

하지만 일라쟈는 그 뜻을 이해하지 못한 모양이었다. 눈을 끔벅거리고 클루의 눈동자를 다시 쳐다보았다. 그리고 그에 의문부호를 띄운 것은 일라쟈뿐만이 아니었다.

"쿠. 무슨 소리야?"

스푸트니크가 질문하자 목이 빙그르 움직여서 커다란 눈동자가 스푸트니크를 비추었다.

"얼마 전에 저, 카페 피네에서 마짱을 받았잖아요."

마짱. 카페 피네의 쌍둥이가 만들었다고 하는 그 곰 인형.

"그게 왜?"

"저, 그때 스푸트니크랑 술 마시고 있던 사람이 소아란 씨를 조금 닮았다고 생각했거든요."

——쓸데없는 걸 기억하고 있군, 하고 스푸트니크는 마음속으로 혀를 찼다.

사람 얼굴을 그렇게까지 잘 기억하지 못하는 클루가 설마 이 남자의 얼굴을 기억하고 있을 줄은 생각지도 못했다. 두 사람이 어제 보석점을 방문했을 때 얼굴을 드러내고 클루와 마주 보고 웃었던 일라쟈와 대조적으로 소아란 쪽은 머리부터 깊숙이 후드를 뒤집어쓰고 벗지 않았던 사실을 떠올렸다. 그건 아마도 클루를 위한 대책이라고 스푸트니크는 새삼스럽게 깨달았다.

그렇다면 뭐라고 말해서 얼버무릴 것인가.

하지만 스푸트니크가 무슨 생각을 할 필요도 없이 클루는 먼저 결론을 내리고 있었다.

"그렇지만 오늘 소아란 씨를 만나보니 소아란 씨는 뭐랄까…… 그 사람보다 얼굴이 이렇게 좀 더……."

조금 망설인 후에 얼굴 옆에서 손을 파닥파닥거리면서,

"'쏘옥'해요."

여위었다고 말하고 싶은 걸까? 하지만 클루 자신도 적당한 말이 생각나지 않는지 잠시 파닥파닥 날뛰고 나서 "역시 아무것도 아니에요"라고 말했다. 아무래도 그녀의 내면에 있는 그 남자와 이 남자는 다른 사람인 걸로 단정 지은 모양이었다.

봉투를 다 뜯고 스푸트니크는 내용물을 꺼내서 두꺼운 한 권을 침대에 내던졌다. 소아란이 집어 드는 것을 쳐다보면서 스푸트니크는 이건 봉투에서 꺼낸 것 중에 작은 쪽이라며 편지를 꺼냈다.

봉투에 담겨 있던 두꺼운 것이란 팡숑──서류에는 본명인 '프랑소와즈'라고 적혀 있었다──의 간단한 경력과 그녀가 썼다는 마법 연구 논문의 일부였다. '마녀협회 연구실에 보관되어 있던 것 중의 일부입니다'라고 유키가 쓴 묘하게 정갈한 글자가 기입되어 있었다. 대체 어디서 그런 걸 입수했는가 싶었지만 그 여자의 일이다. 묘한 수를 썼다고 해도 이상하지 않을 테다.

이어서 '아무래도 자료 일부는 분실한 것 같습니다'라고도 쓰여 있었다── 그것을 낭독한 순간, 소아란이 재미있다는 듯이 고개를 돌렸기 때문에 짐작 가는 바가 있을지도 몰랐다. 짐작 가는 바가 그에게 있는 것인지, 아니면 그의 '뒷얼굴'에 있는 것인지는 모르지만.

어쨌거나 편지에 따르면 팡숑은 안젤리카라는 나름대로 지위가 있는 마법사의 딸이며 어릴 적부터 마법 연구에 흥미를 가지고 있었다고 한다. 꼼꼼하게 쓰인 마법 연구 논문은 보통 사람에 지나지 않는 스푸트니크로서는 이해할 수 없었지만, 아무래도 나름대로 흥미는 갔다.

마법 재능도 있고 집안도 흠 잡을 데 없었다. 그래서 장래 유망하다고 여겨지는 이 남자의 약혼자로서 특별히 뽑혔을지도 모른다고 스푸트니크는 생각했지만 그게 오해라는 사실은 금방 밝혀졌다.

반대였다. 그 여자에게 마법 재능이 있었기 때문에 남자이면서도 나름대로 마력이 있는 소아란이 특별히 뽑혔던 것이다. 여전히 여성이 있기에 성립되는, 여존남비의 사고방식.

"편지 읽어줄래? 듣고 있을게."

마치 애지중지 여기듯이 서류의 글자를 매만지면서 소아란은 말했다. 서류에 기록된 것은 소년인가 소녀가 조금 애를 써서 어른스러운 예쁜 글자를 흉내 내 쓴 듯한 필적이었다. 분명 팡숑이 쓴 글자라고 스푸트니크는 짐작했다.

편지를 꺼냈다. 이쪽은 어른이 쓴, 확실히 정갈한 글자였다. 첫 번째 줄에 쓰여 있던 것은 "전해주세요" 한마디였고 그리고 두 번째 장은—— 불필요한 처음 두 장을 맨 마지막으로 돌리고 세 번째 장부터 쓰인 유키의 글을 읽었다.

"안젤리카의 딸, 프랑소와즈. 젊은 나이에 세상을 뜬 가여운 마법사."

그 시작은 편지라기보다는 마치 슬픈 이야기의 출발점 같아서 '옛날 옛적 어느 곳에——'에서 시작되지 않는 것이 이상할 정도였다.

"마녀협회 자료에는 '마법사 사이에서 벌어진 항쟁의 중재에 나섰다가 휘말려 목숨을 잃었다'고 남겨져 있었습니다. 스푸트니크 님이 '그녀에 대해서 조사해보라'고 저한테 말씀하신 이유는 아직 듣지 못했지만, 조사해보니 확실히 그녀의 죽음에 관해 수상한 점이 있다는 사실을 알 수 있었습니다."

"──뭐어?"

소아란이 흠칫하고 고개를 들었다.

일라쟈는 등줄기를 세우고 이쪽을 지그시 쳐다보고 있었다.

"설명이 길어지는 것을 부디 용서해주세요. 스푸트니크 님은 저희 상회의 조직도를 보신 적이 있으실 테지만 클루롤 보석상회 내부에는 크게 나눠 다섯 개의 부문이 있고 더욱이 그 안에 여덟 개의 부서가 있습니다. 그리하여 인원을 부서마다 편성하고 책임이나 역할, 권한을 부여하는 구조는 어느 정도 큰 조직에서 빈번하게 보이는 것입니다. 이른바 '분업'이라는 것이지요."

이야기가 너무 어려워졌는지 클루가 금세 졸려하고 있었다.

"그건 마법사──마녀협회라는 단체의 조직에 있어서도 예외 없이 분업이 이루어지고 있는 모양입니다. 예를 들어 이 프랑소와즈라는 여성은 마녀협회에서 마법 분야의 연구에 종사하고 있었다고 합니다."

그러고 보니 언젠가 그래, 그건 피네치카에서 사건이 일어났을 때. 이 남자가 자신의 전 약혼자를 가리켜 '마력과 보석의 관계에 대해서 주로 연구하고 있다'고 말했다.

"또한 지난번 사건으로 인해 그 수수께끼 마법사 '마법소녀 나기땅'을 체포하기 위한 전문 인력도 편성되었다고 합니다. 그 사실에서 마녀협회 안에는 적어도 마법 연구를 주체로 행하는 인간과 마법사와 관련된 거친 일을 주체로 행하는 인간이 존재한다는 사실을 알 수 있습니다. ……맞는 소리야?"

마지막 말은 글이 아니라 스푸트니크의 확인이었다. 깊숙이 고개를 끄덕여 답한 것은 일라쟈였다.

"네. 저는 그 거친 일을 전문으로 하고 있어요. 저는 특히 마법소녀 나기땅 체포 업무에 종사하고 있고요."

당당하게 자신이 소속된 부서가 평소에 어떤 활약을 펼치는지를 말하는 일라쟈. 예전에 그녀가 처음으로 그의 보석점에 찾아왔을 때 '자신은 마법소녀 체포를 담당하고 있다'고 했던 사실을 떠올렸다. 연구직과 일라쟈와 같이 힘든 일을 전문으로 하는 특수직, 그리고 코쿠디에라는 도시에서 마녀협회를 총솔 보좌하는 소아란의 중간 관리직——마법소녀 건을 시작으로 하는 코쿠디에 지부에 있어서 다양한 업무 통괄직, 부지부장. 마법사 중 아는 사이가 그리 많지 않지만, 그럼에도 현 시점에서 그만큼이나 되는 분업이 이루어지고 있다는 사실은 알 수 있었다.

그것을 뒷받침하듯이 소아란이 "일단 일라쟈의 직종은 사무가 아니라 그쪽이야. 되도록 빨리 사무로 이동시키고 싶

213

은데······" 하고 작은 목소리로 중얼거렸지만, 일라쟈는 듣지 않은 것 같았다. 다만 지금 시점에서 알고 싶은 것은 일라쟈가 어떤 일을 하고 있느냐도 일라쟈가 얼마나 무능한지 하는 이야기도 아니고, 마녀협회의 채용 시험 내용도 아니었다. 이야기의 주제는······.

"하지만 그게 무슨 문제이길래?"

의아한 듯이 소아란이 물었다.

스푸트니크는 묘하게 단정한 글자를 이어서 읽어나갔다. 변함없이 모든 것을 꿰뚫어 보는 듯한 문장이었다.

"그렇다면 그 생각을 해나가다 보면 이상한 점이 보입니다. 거기에 있으시죠? 서남대륙 출신의 소아란이라는 분. 당신에게 묻고 싶은 말이 있습니다."

"나?"

갑자기 지명됐다는 사실에, 또한 그 자리에 마침 있을 거라는 걸 예측했다는 문장에 소아란은 눈알이 튀어나오는 게 아닐까 싶을 만큼 눈을 부릅떴다.

그와 동시에 스푸트니크는 유키가 우편이 아니라 일부러 그 남자를 이용해서 이 편지를 보낸 의미를 생각하고 있었다. 즉, 유키는 소아란이 돌아가기 전에 반드시 이것을 리아피아트 시에——리아피아트 시에 있을 '동생'에게 보낼 필요가 있었던 것이다. 우편이라고 하는 언제 도착할지 알 수 없는 것을 느긋하게 이용할 겨를이 없었다. 자신의 바람을 무엇과도 바꿔서라도 확실히 이루어줄 자신의 신자 같은 누군가가 필요했던 것이다.

그리고 그 바람은 확실히 이루어졌다.

자신의 코끝을 가리키는 소아란. 그 눈은 확실히 이쪽을 보고 있었지만, 그 물음은 스푸트니크를 향한 것이 아니었다. 알고 있었기에 답하지 않고 이어지는 편지를 읽었다.

"마녀협회에서 길러진 '빗자루'인 당신. 당신은 마법사 프랑소와즈와 약혼하셨다고 하더군요."

"어……."

순간 작은 목소리가 들렸다.

그것은 클루의 목소리였다. 팡숑이라고 이름을 댄 그녀가 말한 '약혼자'가 자신의 고용주가 아니라 일라쟈의 상사——그녀가 좋아하는 사람이라는 사실을 클루는 지금 이 순간 처음으로 알았다.

그 놀람에 어떤 의미가 담겨 있는지 알 수 없는 것은 아니었다. 그러나 그럼에도 스푸트니크는 무시했다. 안쓰러운 표정으로 일라쟈를 보는 클루를 모르는 체하고 글을 읽어나갔다.

"당신은 그녀의 죽음에 있어서 뭔가 이상하다고 생각하지 않으셨나요?"

"나는……."

뭔가 생각하는 바가 있는 걸까.

낭독한 것이 마치 무언가의 마법이라도 되는 양 소아란은 오른손으로 머리를 감싸고 한쪽 눈을 질끈 감았다. 신음하

지는 않았지만, 아무래도 아픈지 찡그린 얼굴을 되돌리려
고 하지 않았다.

걱정스러워하는 일라쟈가 그의 어깨에 손을 얹었다. 하지
만 소아란은 그 손을 부드럽게 밀어서 자신의 어깨에서 떼
어놓았다.

"계속해줘"라고 말했지만, 또 쓰러지면 어쩌나 싶었다.
어쩌나 싶어서 시선을 떨어뜨리자 단순한 편지에 지나지 않
는 그것에는 '여기서 소아란의 몸 상태가 악화된다'는 메모
는 없었다. 주저하고 있으니 소아란이 다시 한마디 했다.

"괜찮아."

그렇다면 스푸트니크로서는 물러설 이유가 없었다. 시선
을 다음 행으로 옮겼고──그리고 자신의, 정확하게는 누
나의 그 말에.

방의 공기가 달라졌다는 사실을 알 수 있었다.

"소아란 님. 당신은 그 이야기를 들었을 때 이상하다고 생
각 안 하셨나요? ──어째서 '연구자'인 그녀에게 '마법사
사이의 투쟁 중재'라는 임무가 내려왔는지 말이죠."

쥐 죽은 듯이 고요한 방에 흡, 하는 낯선 소리가 들렸다.
새파랗게 질린 소아란의 목에서 나는 소리였다.

"마녀협회에는 거친 일을 전문으로 하는 마법사 부서가
있습니다. 실적을 전부 조사할 필요는 없기 때문에 하지 않

앗습니다만, 적어도 '마법소녀를 자칭하는 마법사를 체포해 마녀협회의 산하에 소속시키는' 부서——즉 마법사 사이의 문제를 해결하는 부서라는 사실은 자명합니다. 그렇다면 그 자리에 계신 모든 분들. 저는 모든 분들에게 묻겠습니다. 당신들은 '중재'라는 말을 알고 계신가요? 그 말이 뜻하는 것은 마법 실험을 행하는 것입니까? 마법 연구 논문을 쓰는 것입니까?"

사전에 구체적으로 어떻게 쓰여 있는지는 모르지만.

아마도 전원은 상상하고 있을 터였다.

"지금부터 앞으로는 제 망상입니다. 근거도 이유도 없는, 추측이라고도 말할 수 없는 망상입니다. 하지만 저는 완전한 제삼자로서 당신에게 묻지 않을 수 없습니다. 소아란 님, 당신의 약혼자는 정말로 '사고로 죽었나요?'."

아무도 그 어떤 말도 하지 않았다.

스푸트니크의, 유키의 이어지는 말을 기다리고 있었다.

"프랑소와즈 여사의 죽음에 대한 기록은 마녀협회에 확실히 남아 있었습니다. 그건 깔끔하게 확실히 말이죠. 하지만 연구직인 그녀가 '어째서인지' 중재 같은 거친 일을 지시받았다가 '우연히' 심한 항쟁에 휘말려 '불행하게도' 목숨을 잃었는지——자아, 어떤가요, 여러분. 프랑소와즈 여사의 죽음은 너무나도 부자연스럽지 않습니까?"

질문을 받은 '모두들'. 클루는 스푼을 쥔 채 이야기의 흐름을 따라가지 못해 멍하니 있었고, 일라쟈는 스푸트니크를 똑바로 쳐다보고 있었다. 그리고 소아란은——

가슴을 부여잡고 어딘가 숨 막혀하고 있었다.

"소아란 님께 질문드리겠습니다. 그녀를 중재에 내보내는 건 누구의 명령이었나요?"

"협회 본부의 명령이었어."

답을 듣고 스푸트니크는 편지에 다시 시선을 떨어뜨렸다. 그리고 놀랐다.

"협회 본부의 명령. 그렇군요."

마치 소아란의 답을 예측하고 있었던 것처럼 글은 그렇게 이어지고 있었기 때문이다.

그러나 유키에 대해서 아는 스푸트니크는, 마찬가지로 오싹해하는 세 사람보다는 회복이 빨랐다. 이어서 물었다.

"어째서 협회는 그러한 명령을 내렸을까요?"

"……내가 어떻게 알겠어!"

"당신은 모른다. 그렇군요."

그 또한 앞을 내다본 것 같았다.

그리고 소아란이 그런 반응을 보일 것조차 꿰뚫어 보고 있었던 그녀는 거침없이 한마디로 그의 급소를 찔렀다.

"그녀의 약혼자이면서 협회에서 길러진 당신이 어째서 아무것도 모르는 거죠?"

"…………!"

이 남자가 아연실색하는 모습을 스푸트니크는 오랜만에 봤다.

"나는" 하고 자신을 가리켰지만 더 이상 아무 말도 잇지 못하는 그. 축 처진 그의 어깨에 일라쟈가 손을 살포시 얹었다. 그럼에도 그는 고개를 들려고 하지 않았다.

편지는 이렇게 이어지고 있었다.

"짓궂은 장난을 쳤습니다. 농담입니다, 부디 용서해주세요."

읽으면서 유키다운 농담이라고 생각했다. 때로 농담이 되지 않는 말이 있다는 사실을 알면서, 또한 그 자리에서는 농담이 되지 않는 말이라는 사실을 알면서도 그것을 굳이 '농담'이라고 부르곤 했다. 하지만 유키가 그 말을 사용할 때, 그것은 상대를 상처 입히는 책임에서 도망치기 위한 것이 아니라 상대를 더욱 상처 입히기 위한 얄미운 말이라는 사실을 스푸트니크는 알고 있었다——고개를 숙인 소아란은 희미하게 웃었다. 재미있는 농담이라고 생각한 것이 아니라는 사실은 "아무것도 몰랐어"라는 비통한 혼잣말에서 알 수 있었다.

하지만 현장의 분위기에는 흥미가 없다는 듯이 멀리 피네치카에서 온 말은 담담하게 이어졌다.

"그렇다면 이야기를 되돌려서 이제부터 수수께끼 이야기를 하겠습니다. 소아란 씨는, 어째서 그는 그녀의 죽음을 의심하지 않고 받아들였나요? 다시 한 번, 어째서 그는 프랑소와즈 여사의 죽음을 슬퍼하지 않았나요?"

"저기 그건, 소아란 님은 '시조님'에 대한 충성을 맹세했으니까……."

"당신들 정말 특이하네."

스푸트니크가 말한 이 말은 유키의 편지에 적혀 있었던 게 아니라 그 자신이 한 말이었다.

왼쪽 새끼손가락으로 귀를 팠다. 남을 위하는 척하면서 자신의 실속을 챙기는 일라쟈의 그 명백한 모습에 귀가 가려워졌던 것이다. 어쩌면 필기에서라면 우등생일지도 모를 착실한 일라쟈는 그에 대해 반론했다.

"뭐가 특이하단 거죠? 우리 마법사는'시조님을 위해서'——."

"당신네들이 숭상하는 게 신인지 파인지 고명인지는 모르지만" 그만 말에 끼어들었다. 그것은 이야기의 본질과 달랐고 듣는 사람에 따라서는 설교로도 받아들일 수 있었다. 시시한 설교를 들어봤자 재미있어할 녀석은 없다고 이해하면서도 스푸트니크의 입은 무언가에 이끌린 듯이 멈추지 않았다. "예를 들어 만약 당신이 좋아하는 사람이 불의의 사고로 죽었다면 당신은 '시조님을 따르다가 죽었다면 어쩔 수 없다'고 생각할 수 있겠어? 포기하고 남은 인생을 지금까지처럼 살아갈 수 있겠냐고?"

그러자 그녀의 에메랄드 같은 눈동자가 휘둥그레졌다. 그리고 소아란을 문득 쳐다보는 그 행동에 어떤 의미가 있는지는 알 수 없었다. 다만 그녀는 그 이상 아무 말도 하지 않고 고개를 숙였다.

스푸트니크는 이어지는 편지를 낭독했다.

"마법사가 아닌 저로서는 타당한 게 뭔지 모르지만, 마법사가 아니기 때문에 객관적으로 볼 수가 있습니다. 따라서 저는 몇 가지 가설을 세워보았습니다."

그쯤에서 편지지를 한 장 넘겼다. 그 첫머리에 쓰여 있는 문장은 글자 크기와 필압도 앞장과 그다지 달라지지 않았다. 하지만 그 말을 들은 소아란에게는 평정심을 유지할 수 없을 만큼 충격이 닥친 것 같았다.

그리고 편지를 읽은 스푸트니크도 그가 놀란 게 무리가 아니라고 생각한 한 문장이었다. 그것은,

"가설 그 첫 번째. ──프랑소와즈 여사를 죽인 사람이 소아란 씨 자신이다."

"내가 왜 그녀를 죽이겠어!"

갑자기 거친 목소리를 내는 소아란은 이미 '어차피 가설이다'라는 사실을 받아들일 마음의 여유는 없는 듯했다. 보통의 그였다면 살짝 웃고서 "시시한 농담을 다 하는군"이라고 말했을 텐데 말이다.

달려들 듯한 그를 "몸에 안 좋아요!"라고 일라쟈가 막았다. 침대에서 내밀던 몸을 지탱하는 그녀의 존재에 소아란은 문득 제정신으로 돌아왔다. 그리고 다시 힘없는 목소리로,

"……그 친구가 가진 마력은 마법사 중에서도 대단히 훌륭했어. 연구자로서의 능력도, 지혜도, 지식도 나를 훨씬 능가하고 있었지. 나는 지금도 기술도, 머리도 그 친구를 당해낼 재간이 없어. 그야──."

이어지는 말은 목소리가 되지 못했고 단지 입술만이 움직

였다. ──'마법소녀는'

그 말에 무슨 의미가 있는지 스푸트니크는 알 수 없었다.

"다만."

그래서 걸 말이 없어서 스푸트니크는 단지 편지의 이어지는 말을 낭독했다. 그 후에 이어지는 것은 그를 구제하는 한마디였다.

"하지만 검증해보니 그 가설은 기각하는 수밖에 없었습니다. 왜냐하면 그에게는 그녀를 죽일 만한 이유가 없기 때문입니다."

"……당연하지."

"아이라고는 하지만 약혼하면 남녀 관계라 할 수 있습니다. 언제, 어느 때, 어떤 일이 있어도 이상하지 않습니다. 또는 약혼자 이외의 여성과 언제 하룻밤 불장난을 한 결과, 그 여자에게 아이가 생겨서 책임을 지라는 말에 어쩔 수 없이 자신은 그 사람과 그 아이와 행복해질 테니 파혼해달라. 싫어, 못 헤어져. 꺄악 하는 일도 있을지도 모르지요. 그렇지 않나요, 스푸트니크 님? ……왜 여기서 내 이름이 나오는 거야……."

무료한지 세 번째 젤리를 먹기 시작한 클루의 눈이 갑자기 날카로워진 채 고개째로 스푸트니크를 향했다. 스푸트니크는 클루에게서 전력으로 고개를 돌리고 낭독자로서의 역할을 계속해나갔다.

"하지만 그에겐 그런 일도 없는 듯했습니다. 즉 소아란 씨는 협회 이름하에 자란 인간으로 당연하지만 외부 인간과의 접촉도 제한되어 있는 듯했습니다…… 너 그런 온실 속에서 자랐어?"

"……아니. 그 무렵에는 어엿한 마법사로 일하고 있었으니 나름대로 세계는 넓었어. 하지만 마녀협회에서 자란 간부 후보인 나를 미워하는 인간은 어디든 있었지. 아무튼 이성 관계에서도 틈을 보이지는 않았어."

스푸트니크의 머릿속을 예전에 들은 말이 스쳐지나갔다. "나는 청렴결백한 마법사는 아니야", "여기까지 오기까지 여러 탐욕스러운 수법을 사용해왔어". 소아란이 대답한 말이 나지막하게 억누른 듯한 것은 아무래도 말을 고르고 있기 때문인 것 같았다.

"또한 남녀 관계 이외에도 두 사람 사이에 특별한 문제가 있었다는 보고는 협회 측 자료에서 찾을 수 없었습니다. 그가 범행을 저질렀을 가능성이 없다고는 단언할 수 없지만, 최유력설로 밀기에는 조잡……하달까, 왠지 결정타는 아닌 것 같습니다."

유키의 문장은 그렇게 이어지고 있었다. 어차피 그도 부정하고 있으니 그녀의 가설은 기각되었다.

하지만 그리 될 것을 내다보고 있었다는 듯이 유키는 다시 한 번 가설을 세우고 있었다. 편지의 글은 "가설 그 두 번째"라고 이어지고 있었다. 그리고 그것은——

"소아란 씨가 '그녀의 사고사를 의심하지 마'라는 마법에 걸려 있었다는 설."

"내가……?"

희미한 속삭임.

일라쟈가 덩그러니 말했다.

"……누구한테?"

그리고 그에 소아란의 어깨가 떨렸다.

숨을 들이쉬었다.

"소아란 님, 내 동생의 벗이여. 당신의 약혼자의 죽음은 마녀협회의 누군가의, 어떤 자에 의한 계략이 아니라고 확실히 말할 수 있습니까? 또는——."

그쯤에서 말을 끊은 것은 편지에 무언가 그렇게 하라고 지시가 있었기 때문은 아니다. 다만 스푸트니크의 의사였다.

갑자기 망설였다. 이 남자에게 이 말을 해도 되는 걸까?

——하지만. 망설일 필요가 없다는 사실은 바로 알 수 있었다. 이 여자가, 세상의 모든 것을 내다보는 누나가, 유키가 괜찮다고 한다면 괜찮겠지.

또한 이 여자가 '말하라'고 한다면 자신에게 거부할 선택지는 없었다.

태세를 취한 소아란을 향해 유키는 동생의 입을 빌려 이렇게 말했다.

"또는 소아란 님. 당신은 당신의 약혼자가 '확실히' 죽었다고 말할 수 있습니까?"

"그건 무슨 소리야……."

"너한테는 말 안 했지만."

스푸트니크가 입을 열었다. 이번에는 자신이 하는 말이었다.

지금 자신이 쥐고 있는 이 편지의 주인도 '그 사실'은 모르고 있을 터였다. 하지만——그 여자는 모든 것을 꿰뚫어 보고 있다. 피네치카를 떠날 때 스푸트니크에게 "마법사를 조심해"라고 한 것을 보아 알고 있어도 이상하지는 않았다.

"프랑소와즈라고 자칭하는 여자. ——지난번에 피네치카 시에서 말이지."

"저, 저기, 저기!"

이야기하기 시작한 스푸트니크를 가로막고 스푼을 쥐고 손을 크게 올려 자기주장을 한 것은 지금까지 쭉 가만히 있던 클루였다. 피네치카, 프랑소와즈라는 말을 듣고 자신도 가만히 있을 수 없다고 생각한 것 같았다.

허락을 구하듯이 한순간 스푸트니크를 힐끗 쳐다보았다. 스푸트니크가 자신을 딱히 말리려고 하지 않는다는 사실을 알자 그녀는 먹던 젤리와 스푼을 테이블에 놓고 의자에서 일어나 일라쟈에게 달려들 듯이 이야기하기 시작했다.

"저기, 나, 요전번에 피네치카 시에 갔을 때 혼자 도시를 걷고 있다가 무서운 마법사한테 유괴당할 뻔했어요!"

"어머나!"

전혀 몰랐다는 듯한 일라쟈의 비통한 목소리. 한편, 사정을 아는 소아란은 아무 말 없이 단지 굳은 표정을 하고 있었다.

클루의 어깨를 끌어안고 일라쟈가 울먹이는 목소리를 냈다.

"괘, 괜찮아요? 클루 씨? 그렇게 심한 일을 당하다니…… 다친 데는 없어요?"

"난 괜찮아요. 살짝 넘어졌을 때 긁히긴 했지만…… 저기, 근데 잡힐 뻔했을 때 나랑 마법사 사이를 가르고 들어와서 구해준 사람이 있었어요. 움직이는 핑크색 거미 인형을 데리고 있던 갈색 눈의 여자로 '마법사 같은 사람'이라고 이름을 댔어요. 그리고 그 사람이──."

그 사람이.

클루는 그쯤에서 말을 끊었다. 그녀는 소아란보다 일라쟈를 배려하고 있는 듯했다──일라쟈 앞에서 그 말을 해야 할지 말아야 할지 망설이고 있는 것 같았다. 하지만.

"그래서 그 사람이 뭐라고 말했어?"

해쓱한 뺨, 아직 희미하게 남은 다크서클 위로 반짝반짝 빛나는 빛을 가득 채운 페리도트 컬러. 그는 클루의 어깨를 잡고 자신이 있는 쪽으로 방향을 틀더니 얼굴을 쓱 내밀었다. 그 강압적인 자세에 클루는 겁에 질린 듯이 "으" 하고 작은 소리로 비명을 질렀지만, 해야 할 말만큼은 해야 한다고 생각한 듯했다.

"누군가의…… 약혼자라고 말했어요. 이름은 프랑소와즈라고 했고요. '다들 팡숑이라고 부르지만'이라고 했어요……. 그, 그래서 그래서……."

"그럼――널 구한 사람은……!"

"쿠."

그녀의 애칭을 최대한 온화한 목소리로 불러주었다. 클루는 스푸트니크를 향해 퍼뜩 돌아보더니 입구 근처 벽에 기대 있는 스푸트니크의 곁까지 쏜살같이 달려갔다.

잘 모르는 남자에게 추궁받았으니 당연하지만, 스푸트니크에게 달려든 그녀의 어깨는 작은 동물처럼 떨고 있었다. 달래듯이 갈색 머리카락에 손가락을 가져가면서 스푸트니크는 침대 위에 있는 그를 쳐다보았다.

"위협하지 마."

"아…… 미안."

허둥지둥하는 소아란에게 일라쟈가 "소아란 님. 물이에요" 하고 잔을 내밀었다. 그는 혀를 적실만큼 물을 한 모금 머금어 삼키고서 스푸트니크를 다시 쳐다보았다.

"팡숑이 살아 있다고……?"

"그야 모르지. 다만 쿠가 '팡숑을 자칭하는 어떤 사람'을 만났을 뿐이야. 그게 정말로 죽었다고 하는 네 약혼자라는 보증은 없어. 누군가가 뭔가 이유가 있어서 옛날에 죽은 마법사의 이름을 댔을 가능성도 있잖아."

"그야 그녀는 확실히――나는――그녀의 시체를."

"누군가를 닮은 시체를 절대로 못 만들 것도 없잖아."

소아란의 가냘픈 부정. 하지만 그에 대답하는 내용도 편지에 빈틈없이 쓰여 있어서 그 여자가 어디까지 꿰뚫어 보고 있나 하는 생각에 오싹해졌다.

시체, 라는 말에 반응해서 품안의 클루가 이쪽을 올려다
보았다. 눈물이 글썽한 눈은 여전히 무언가 무서운 이야기
를 하는가 하고 말하는 듯했지만, 그것들은 이미 과거의 일
이었다. 괜찮다고 스푸트니크는 다시 한 번 손가락으로 머
리카락을 쓸어 넘겨주었다.

"시체를 준비하는 일이 누구에게든 쉽다고는 말할 수 없습
니다. 하지만 외양이 닮은 시체를——예를 들어 그 근방 길
가에서 객사한 여행객을. 예를 들어 그 근방의 도적 중 한 명
을. 주워온 얼굴 형태를 가공해서 특징을 지우고 더하여 마
치 자신처럼 보이게 하는 건 가능하지 않을까요? 자신의 모
습을 변화시키는 마법 말입니다. 마법 연구자였던 그녀가 그
런 마법을 아는 건, 개발하는 건 어렵지 않을 거라……."

"내 변신 마법 기술은."

소아란이 덩그러니 말했다.

"그녀한테서 배웠어. 정교하게 남으로 변신하는 방법
도, 도구 없이 하늘을 나는 방법도, 끈을 뱀으로 변신시키는
마법도, 부담이 적은 전이 마법도, 지팡이를 사용하지 않는
마법 발동 방법도——그리고 '그것'도——'나'에게 모든 걸
가르쳐준 건 그녀였어. 그녀가 그 기술을 몰랐을 리가 없어."

소아란이 말하는 '나'——마법소녀가 습득하고 있는 모든
기술을 배웠다는 건.

그렇다고 한다면. 스푸트니크는 벽에 기대어 편지의 이어

지는 글을 읽었다. 처음에는 읽지 않은 부분이 많았던 편지는 점차 읽어나가면서 남은 글이 얼마 되지 않았다.

"……저는 판단했습니다. 프랑소와즈 여사는 훌륭한 연구자였다고 하더군요. 그러니 주변의 마법사 못지않을 만큼 마법도, 지식도 충분히 있었을 겁니다. 그렇다면 저는 여기서 가능성 하나를 제시하고 싶습니다."

마치 눈앞에 유키가 서 있는 것 같은 착각이 느껴졌다.

스푸트니크는 길고 긴 편지의 결론에 해당하는 한 문장을 당사자가 아닌 단순히 읽는 이로서 말했다.

"프랑소와즈 여사. 조직 내부의 누군가가 자신의 목숨을 노리고 있다는 사실을 알아차린 그녀가 마치 협회 본부의 수법에 걸린 것처럼 자신의 죽음을 날조해서 협회에서 도망쳤을 가능성. 협회에 등록된 정식 마법사로서가 아니라 그야말로 마법소녀처럼 미등록 마법사로서 조심스럽게 어딘가에서 살아가고 있을 가능성을 저는 여기서 제시하고자 합니다."

과연 그거라면 클루가 만난 팡숑이라 이름을 댄 그녀가 마법사'같은 존재'라고 자칭한 이유도 알 수 있다. 마력은 있지만 마녀협회에 소속되어 있지 않은 자신은 정식 마법사는 아니라는 것이다.

그런 생각을 하면서 담담하게 이어지는 문장을 읽었다.

"참고로 그녀의 죽음을 의심하지 않도록 걸려 있던 마법이 정말로 존재한다고 한다면 그건 이미 풀렸을 터입니다.

우리 동생이 '그것'을 사용한 그날, 당신의 마력과 더불어 흡수되어 마법은 효력을 잃었겠지요. 따라서 당신은 이번에 내 동생의 사주에 의해 프랑소와즈 여사를 조사할 마음이 들었던 겁니다…… 아, 역시 그 여자가 네 '정체'를……."

'그것'. 유키에게 그 가공된 보석을 '마법소녀'에 대한 대항책으로 만들어달라고 부탁했다. 하지만 그것이 소아란에게 사용되었다는 사실을 알고 있다는 건──즉 그런 것이다.

"하지만 어째서 그녀가 그런 마법을 나한테……."

스푸트니크는 우문이라고 생각했다. 편지에는 쓰여 있지 않았지만, 그런 시시한 질문을 유키에게 한다면 '네 머릿속은 솜사탕으로 채워져 있냐'고 말할 것 같았다. 아니면 주먹이라도 날아올지도 모른다.

스푸트니크는 말했다.

"널 지키기 위해서가 아닐까?"

"나를?"

"팡숑이 죽은 후, 팡숑의 약혼자가 '그녀가 살해당한 게 아닐까'라고 소란을 떤다. 그럼으로써 협회 내부에서 팡숑의 목숨을 노린 누군가의 손이 너한테도 뻗을 것을 팡숑은 꺼려했던 게 아닐까. 팡숑은 협회 내부의 적이 '팡숑의 〈불행한 사고사〉를 의심하는 인간은 모두 배제하라'는 강경책을 취할 가능성도 완전히 버릴 수 없었던 게 아닐까──그래서."

혹은. 답하면서 스푸트니크는 다른 한 가지 가능성을 생각했다. 팡슝이라는 여자는 어느 쪽에 해당될까? 생각했지만 가만히 있었다. 그녀라는 사람을 모르는 스푸트니크가 그 말을 하는 것조차 모욕에 해당할 가능성이 있기 때문이다.

소아란은 잠자코 있었다. 그 틈에 스푸트니크는 유키의 말을 전했다.

"하지만 그렇다면 마녀협회에는 프랑소와즈 여사를 계략에 빠지게 한 누군가가 있다. 그녀를 죽여서라도 마녀협회에서 배제해야 하는 무언가가 있고, 그리고 그녀는 지금 마녀협회가 자신을 죽여서라도 매장해야만 하는 '무언가'를 가지고 다니면서 이 세상 어딘가에서 살아가고 있다. 물론 이것들은 제 상상입니다. 프랑소와즈 여사의 죽음에는 아무 이면도 없고 가엽게도 단순히 아무 일 없이 사고로 죽었을지도 모릅니다. 하지만 제 상상이 조금이라도 맞는다고 한다면——."

마지막 두 편지지 중 한 장을 넘기고 남은 한 장. 그 편지지에는 무척이나 짧은 문장이 기록되어 있었다. 그것을 보고 스푸트니크는 말을 끊었다.

인상을 구겼다.

"스푸트니크?"

"아니. 글자가……."

재촉하듯이 이름을 부르는 소아란. 하지만 그것은 거드름을 피우는 것도, 그를 배려한 것도 아니었다. 스푸트니크가 모르는 말이 이어져 있어서 단순히 읽을 수 없었던 것이다.

그 사실을 말하자 스푸트니크의 팔을 잡아당기는 손이 있었다. 클루였다.

"보여주세요."

"네가 봐도 몰라."

"그렇지 않아요. 나, 최근에 책 많이 읽고 있어서 머리 좋아요."

"호오."

그렇게까지 말한다면야. 스푸트니크에게 매달린 채 없는 가슴을 펼치는 사랑스러운 종업원에게 조금 기대해볼까. 유키가 쓴 편지를 그녀의 시선 끝까지 내려주었다. 클루는 그의 편지를 덮듯이 자신의 작은 손을 얹고 흐음 하고 말했다.

"자, 클루 씨, 뜻은 뭐지?"

이름을 불린 클루는 잠시 고개를 갸웃거렸다.

"……어려운 이야기는 힘들구나 싶네요."

"이 일련의 흐름에 대한 네 감상이잖아."

역시 읽지 못한 것 같았다.

"근데 이건 뭘까."

"저도. 저도 보고 싶어요."

자리에서 일어나 이번에는 일라쟈가 도전하러 다가왔다.

바보가 두 명 모인다 한들 대체 뭐가 가능할까 싶었지만, 의외로 일라쟈가 도움이 되어주었다. 그것을 보자마자 "어라" 하고 말하더니 그 의미 불명의 나열이 마치 사랑스러운 것이라는 양, 손가락으로 더듬었다.

그리하여 그녀는 그 수수께끼 나열을 낭독했다.

"쇼아랑."

익숙한 어감이었다.

일라쟈가 스푸트니크를 올려다보았다. 뺨의 혈색이 조금 좋아진 것 같기도 했다.

"소아란 님의 정식 이름입니다. 이건 서남대륙 언어예요."

"읽을 수 있는 거야?"

소아란이 물었다. 아니요, 라고 고개를 가로젓고 들여다보인 귀는 새빨개져 있었다.

"저기 조금…… 공부한 정도예요. 많이는 아니고요."

"그건 그렇고 발음이 깨끗하더군. 그리운 소리야."

"고맙습니다."

일라쟈의 감사 인사는 기어들어 갈 것 같았다. 하지만 그런 다정한 이야기에 쓸데없이 시간을 사용하는 것을 스푸트니크는 용납하지 않았다.

"쓰여 있는 건 그 이름뿐이야?"

"아, 저기 네. 그리고."

그리고.

일라쟈는 스푸트니크가 든 편지지에 시선을 떨어뜨리더니 이어서 무언가를 읽었다.

"저기……."

독특한 발음으로 일라쟈의 입술에서 새어 나온 유키의 말. 그에 소아란은 눈동자를 크게 뜨고——이윽고 깊고 뜨거운 한숨을 내쉬었다. 동시에 어깨가 축 늘어진 그 모습은 마치 그가 오랫동안 짊어지고 있던 무언가가 빠진 것 같았다.

뭐가 쓰여 있었던 걸까. 스푸트니크는 그것이 알고 싶어졌다.

"의미는?"

"네."

그 글을 읽은 일라쟈는 편지를 손에 든 채 등을 꼿꼿하게 세우고 소아란을 보고 있었다. 스푸트니크와 클루는 이해할 수 없는 다른 대륙의 언어를 일라쟈는 그들도 알 수 있는 언어로 번역해주었다.

"——당신은 '이번에야말로' 그녀를 지킬 수 있습니까?"

"아아……."

그 말을 듣고 그는 뜨거운 숨결 같은 목소리를 내뱉었다.

고개를 숙인 소아란의 목소리가 떨리고 있었다. 그는 그렇구나, 그래, 하고 의미를 알 듯 모를 듯한 혼잣말을 몇 번이고 반복하더니 그리고.

"'그 친구가 죽었다'고 나한테 알린 건 단 한 통의 편지였어."

떨리는 목소리로 더듬더듬 말했다.

"어째서인지 위에 물어봐도 편지에 적힌 이외의 말은 명확하게 해주지 않더라고. 관에 누워 있던 그녀는 고요한 데다 내 앞에서만 말 많던 입술도 인형처럼 움직이지 않았어…… 오랜만에 만난 교육 담당자가 '그녀는 협회를 위해서 순직했다'고 한 말에 나는 속이 뒤집히는 기분이 들었어. 언젠가 녀석들에게 복수하겠다고 생각했지."

그에게 있어서 그러기 위한 도구이자, 방법이자, 상징이었던 것이 아마도 마법소녀인 듯했다. 소아란은 고개를 들었다. 그리고 그는 "일라쟈" 하고 부하의 이름을 불렀다.

"난 네가 생각하는 만큼 착실하고 협회에 성실한 마법사가 아니야. 계속 널 속이고 있었어. 미안해."

속이고 있었던 것은 자신의 마음에 끌어안고 있는 마음, 그뿐만은 아닐 것이다. 하지만 역시 그것까지 폭로할 배짱은 없는 것 같았다.

일라쟈는 상사의 속죄를 용서하지도 않았지만 거부하지도 않았다. 시선을 떨어뜨리지도 않고 단지 살짝 인상을 찌푸리고서 그에게 물었다. ──아마도 부하로서가 아니라 한 사람의 여성으로서.

"프랑소와즈 님의 일 어떻게 하실 거예요?"

그리고 일라쟈의 마음을 모르는 소아란은 눈꼬리를 살짝 늘어뜨리고 웃음을 지었다. 그러네 라고 말한 그는 표정만큼 속이 후련하지는 않은 것 같았다.

그러나.

"찾을 거야."

그가 끌어안은 바람에는 무언가 후련한 날카로움과 묵직함이 있었다.

"팡숑을 찾아내서 그 친구가 뭘 하는지 마녀협회가 뭘 생
각하는지 명백하게 밝히고 싶어."

마법사 두 사람의 모습을 지켜보던 클루의 손이 스푸트니
크의 손을 꼬옥 잡았다. 일라쟈의 친구인 그녀가 무슨 생각
을 하는지 상상할 수 있었다.

물음에 되돌아온 소아란의 결단에 일라쟈는.

찌푸린 인상을 폈다.

"돕게 해주세요."

마음속에 뭐가 담겨 있는지 헤아릴 수는 없지만.

씁쓸한 웃음은 아니었던 것 같았다.

5

"팡숑. 너, 출장 가게 됐다면서?"

"응. 다녀올게."

"맞다, 량. 당신도 이번에 코쿠디에 간다고 들었어."

"그런 것 같더라. 정식 사령은 조만간 내려올 거야."

"출세 코스잖아. 축하해."

"그렇지 않아."

"겸손 떨기는."

"코쿠디에 생활이 안정되면 초대할게. 놀러 와."

"량. 이거 축하 선물로 줄게."

"……단추?"

"응. 은으로 된 장례용 물건."

"어?"

"당신이 만들어준 약혼반지를 녹여서 만들었어. 하지만 은점토는 불순물이 많나 봐. 녹여서 단추를 만드는 데 돈이 꽤 들었어."

"너, 내가 기껏 만들어준 물건인데."

"그야, 갑작스런 장례가 있으면 안 되잖아."

"나한테 육친은 없어."

"가까운 사람이 죽을지도 모르는 일이잖아."

"넌 여전히 비상식적이네. 재수 없는 소리 하지 마."

"저기, 량."

"왜?"

"난 괜찮아."

"응?"

"잘 지내."

"뭐야, 현생에서 작별하는 것처럼."

"응."

"건강하게 잘 지내."

그 순간까지 꾸고 있던 것이 꿈이라는 사실을 눈을 뜨고
처음으로 알아차렸다.

6

이튿날 숙소 앞 거리에서.
"출발이 이르네."
스푸트니크가 배웅하는 말에 마법사 로브를 껴입고 마차
앞에서 멈춰 서 있던 그는,
"응."
하고만 답했다.

마법사 두 사람이 이 도시를 떠나기로 한 것은 이튿날 이
른 아침이었다. 몸 상태도 회복되었고 해야 할 일이 정해졌
다며 웃는 소아란을 쇠뿔도 단김에 빼라고 일라쟈가 뒤에서
지지해주었다고 한다.
마차 대여점을 방문해보니 아침에 제일 먼저 빌려줄 수 있
는 마차가 있다고 해서 스푸트니크 측에서도 그들을 말릴 이
유는 없었다. 클루가 일라쟈와의 작별을 아쉬워할까 싶었지
만 의외로 그렇지 않았고 아랫입술을 꽉 깨물고 양손으로 스
커트를 꼭 쥐면서 "그래요?" 하고 고개를 끄덕이고 있었다.
그리고 소아란은 마부에게 짐을 부탁했고 부하인 일라쟈
는 지금 숙소 안, 프런트에서 클루를 부둥켜안고 있었다. 작

별을 아쉬워하고 있는 걸까――다만 그녀들이 있는 장소는 스푸트니크의 위치에서 창 건너편이었기 때문에 무슨 말을 하는지까지는 들리지 않았다.

소아란을 곁눈으로 쳐다보았다. 어제와 마찬가지로 후드를 뒤집어썼고, 뺨은 여전히 조금 창백한데다 다크서클이 다소 남아 있었지만, 엊그제 가게에서 스푸트니크를 향했던 강렬한 비장감과 절박감은 사라져 있었다.

그래서 가볍게 말을 걸 수 있었다.

"돌아가는 길에 몸 상태가 나빠져서 토해도 난 몰라. 네 토사물에 빠져서 죽어버려."

"걱정해줘서 고마워. 그런데 반고리관은 강한 편이라서 말이지, 어떻게든 될 거야. 누가 그런 걸로 죽겠어."

소아란은 단언하고 "그리고 뭐" 하고 시선을 이리저리 헤맨 후,

"찾아야 하니까."

죽을 틈이 없어. 고개를 갸웃거리더니 그렇게 말하고 씨익 웃었다.

찾아야 한다. ――목적어가 없는 말. 하지만 대체 그곳에 무슨 이름이 들어맞는지 일부러 물을 필요도 없었고, 또한 굳이 말하지 않는 것이 그의 결의로 이어지는 것처럼 느껴졌다.

그래서 스푸트니크는 "그렇군"이라고만 말했다. 그 이상의 말은 필요 없다고 생각하기도 했지만, 정확하게는 그 이

외의 생각이 떠오르지 않았기 때문이었다.

"그런데 너. 이거 정말 받아도 되는 거야?"

쳐다보자 소아란은 낯익은 커다란 서류봉투를 치켜들고 있었다.

"상관없잖아. 원래 그쪽에서 회수한 거니까."

봉투 내용물은 그 서류였다. 유키가 팡송에 대해서 정리한 것이었다. 근원을 따진다면 그 정보들은 마녀협회에 있던 것일 테고, 복사 원고는 유키가 보존하고 있을 것이다. 건넨다고 해도 아무 문제도 없을 것이다. 필요 없으면 이쪽에서 보관할까라고 말하자 그는 받기로 한 것 같았다. 가방 속에 넣고 그것도 마부에게 맡겼다.

소아란은 방에서 읽은 유키가 쓴 그 편지도 갖고 싶어 했지만 소박한 의문으로서 "이쪽은 상관없지만 어쩌다 다른 마법사가 읽으면 너희 입장이 곤란해지지 않겠어?"라고 묻자 그것도 그렇다며 단념했다. "옛날 언어를 듣다 보니 그리워지더라고. 가능하면 갖고 싶었지" 하고 웃어 보이기도 했다.

지금 그 편지는 스푸트니크가 입은 상의 주머니에 있었다. 배웅하느라 만약을 위해서 가져왔지만, 딱히 필요는 없었나 하고 이제 와서 생각했다. 주머니보다 봉투가 큰 탓에 절반 정도가 튀어나와 있는 것을 스푸트니크는 떨어뜨리지 않도록 두 겹으로 접어서 넣어뒀다.

귀엽다며 말의 콧등을 쓰다듬는 소아란. 스푸트니크가 잠자코 있자 그는 말을 쓰다듬으며 이렇게 이어서 말했다.

"팡숑 말이지. ……그 친구가 내가 찾아주기를 바란다고 는 도무지 생각할 순 없지만."

"왜 그렇게 생각해?"

"정말 찾아주길 바란다면 다른 사람의 손이나 추측 같은 번거로운 짓이 아니라 직접 '날 찾아봐'라고 말할 여자니까."

누굴 닮은 건지, 하고 온화한 어조로 고압적인 말을 읊조 리고 그는 웃었다. 스푸트니크는 역시 답을 찾지 못하고 "그 래?" 하고 말하고 이번에는 슬랙스 주머니에 손을 넣었다. 작은 상자와 성냥을 꺼내서 작은 상자에서 담배를 꺼내더니 허락도 받지 않고 제멋대로 불을 붙였다.

그러자 옆에서 작은 상자를 빼앗는 손이 있었다.

"하나만 줘."

"싫어."

"치사하게 굴지 마, 보석상이면서."

그리 말하면서 소아란이 가볍게 상자를 흔들자 담배 한 개비가 그의 손안에 톡 하고 떨어졌다.

어차피 "불 좀 줘봐" 하고 말을 꺼낼 것을 알고 있었기 때 문에 성냥갑 케이스를 공중에 던져서 받기를 반복하면서 요 구하기를 기다렸지만, 곰곰이 생각해보니 소아란에게 그런 도구는 필요치 않았다. 검지와 중지 끝에 끼운 그것을 힐끗 보고 "불" 하고 중얼거린 것만으로 그 끝이 빨갛게 물들었 다. 정말이지 편리한 기능이라고 반납받은 작은 상자를 주머니에 되돌리며 스푸트니크는 생각했다.

소아란은 그리하여 불을 붙인 담배를 입에 물고 폐에 빨아들이고 인상을 찌푸렸다.

"너 담배 참 맛없게 핀다."

"못나가는 보석상한테는 이제 최선이야."

남의 담배를 얻어서 피우는 주제에 트집을 잡다니.

담배 연기와 더불어 불만을 실컷 터뜨린 후에 소아란은 다시 한 번 담배를 입에 물었다. 그리고 뒤집어쓰고 있던 후드를 뒤로 벗었다.

"괜찮아?"

이 마을 사람들한테서 얼굴을 숨기기 위해 쓰고 있었으면서.

물었지만 그는 답하지 않았다. 해방감에 젖은 듯한 표정으로 태평하게 담배를 입에 물고 있었다. 그 옆얼굴을 보다가 스푸트니크는 문득 그 방에서 깜박하고 묻지 않았던 질문을 떠올렸다.

"너는 어째서."

"응?"

"어째서 쿠를 구한 그 여자를 진짜——네 약혼자 팡숑이라는 걸 믿었어? 그건 사실 네가 아는 팡숑이 아닐지도 몰라. 이름이 같은 누군가일지도 모르고, 그 이름이라고 속인 다른 누군가일지도 몰라. 하지만 넌 그런 가능성 전부를 내다버리고 그 사람이 자신의 약혼자라고 믿었어. 어째서지?"

"아, 응."

글쎄──.

애매하게 중얼거리고 잠시 침묵했다. 소아란의 담배 끝이 서서히 붉게 빛났다.

그리고 그는 입을 열고 연기가 그리는 원을 뻐끔뻐끔 한 번 두 번 내뱉었다.

능수능란했다. 이런 재주를 클루에게 보여주면 담배를 싫어하는 마음도 어느 정도는 누그러들까──사색하고 있자니 소아란이 "클루가 말이지" 하고 말했다.

그는 입술 끝에 담배를 문 채 스푸트니크의 질문에 답을 말했다.

"클루가 '프랑소와즈라고 이름을 댄 여자가 거미 인형을 데리고 있었'고 했잖아."

"응."

"팡숑. 그 친구는 정말 괴짜였어. 좋은 집안에서 자란 영애인 주제에, 겉으로는 청순하게 웃는 주제에, 뒤에서는 기묘한 마법만 개발하는 데다 사역마로 사용하는 건 뱀이라든지 거미였거든. 거미는 마법으로 크게 만들어서 기르고 있었고 말이지. 믿을 수 있겠어? 내가 그런 건 귀엽지 않다고 말하면, 다음에 만날 때 그 녀석의 전신을 마법으로 핑크색으로 칠해서는 '귀엽지?'라고 하질 않나…… 그게 아닌데 말이지, 내가 말하고자 하는 '귀여움'은 예를 들어 이렇게……."

한 번 말을 끊었다.

소아란이 적당한 단어를 고르는 데 시간은 그다지 걸리지 않았다.

"마법소녀 같은."

"아니, 그것도 좀 그런 것 같은데."

즉시 부정했다.

예전에 이 녀석이 귀여운 걸 좋아하는 건 약혼자 때문이지 않을까 생각한 적이 있다. 그건 어떤 의미에서는 정답이 아니었지만, 다른 어떤 의미에서는 정답이었던 것 같다. 약혼자의 취향에 실컷 휘둘린 데에 대한 반동. 소아란은 담배를 손가락에 끼우고 훅 하고 연기를 뱉었다.

"그래서 어제 내 방에서 클루가 팡숑에 대해서 말했을 때 확실히 그 친구가 살아 있을 거라고 확신에 가깝게 생각했지. 변함없이 잘못된 방향으로 사역마를 '귀엽게' 개조하고 있구나 하고…… 그 녀석이 확실히 죽은 게 아니라고. 그런데 생각해보면 확실히 그래. 난 어째서 그 녀석이 죽었다고 그렇게 쉽게 생각한 걸까. 그 녀석이——다른 누구도 아닌 '그' 여자. 어째서 그렇게까지 간단히 다른 사람의 손에 죽을 수가 있을까."

우스꽝스럽군, 하고 진심으로 웃었다. 그리고 다시 담배를 물었다.

"그리고——그게 아니더라도. 난 그 녀석을 확실히 그녀라고 생각했어."

"어째서지?"

"습격받은 클루를 도왔으니까."

"……쿠가 자신의 연구에 필요한 생물이니까——라고 말하고 싶은 거야?"

"아니."

나지막한 목소리로 물었다. 그러나 그는 부정할 뿐, 더 이상 아무 말도 하지 않았다. 사람을 깔보는 표정으로 단지 담배 연기를 다시 한 번 이번에는 맛있게 뱉었다. 그 점에서는 아마도 그만 아는 뭔가가 있겠지. 여전히 뭔가 스푸트니크가 모르는 그들만의 일이 있을 테다.

자신의 담배 끝에서 재를 털면서 스푸트니크는 생각했다. 그의 약혼자라는 여자가 어떤 사람인지 만난 적 없는 스푸트니크는 알 수 없다. 애초에 마법사에 대한 상식이랄까 일반적인 것을 모르기 때문에 그녀의 이야기를 들었다 한들 그게 정말 특이한 것인지 어떤지도 스푸트니크는 판단하기 힘들었다.

하지만 현 시점에서 확실히 할 수 있는 말은 있었다. 그건 팡슝의 이야기는 아니었다.

"넌."

"응?"

이쪽을 비추는 어딘가 개운한 듯한 페리도트. 자신과 같은 담배를 피우는 그 남자에게 스푸트니크는 이렇게 말했다.

"이상한 여자한테 인생이 꼬였구나."

"너도 마찬가지잖아."

이런 실례가 또 있겠는가.

틈을 두지 않고 반격당해 그만 말문이 막혔지만, 소아란은 그 침묵을 특별히 신경 쓰지 않는 것 같았다. 껄껄대며 소리 높여 웃고서 그가——혹은 자신들이——가진 생각을 매듭지었다.

"뭐어 약혼자 때문에 인생이 꼬인 나도, 종업원 때문에 기를 쓰는 너도. 꼬였다면 꼬인 대로 열심히 살면 되잖아. 꼬인 인생 끝에 재미있는 일도 있겠지."

그러자 그 때.

등에 강한 충격을 느끼고 스푸트니크는 담배를 떨어뜨릴 뻔했다.

스푸트니크의 등에서 허리로, 배 쪽으로 둘러진 가느다란 팔이 허리 부근을 노끈처럼 꽉 졸라매고 있었다. 고개를 돌려서 볼 필요도 없이 그 사람이 누군지 알 수 있었다.

연기가 그녀에게 닿지 않도록 하늘을 향해 폐의 공기를 모두 뱉어낸 후 피우던 담배를 땅에 떨어뜨리고 발로 밟아서 껐다. 빈손이 된 스푸트니크는 자신에게 충격을 준 범인에게 물었다.

"쿠, 무슨 일이야?"

"냄새 나요."

"…………."

흡연 중에 제멋대로 안겨놓고 무슨 소리란 말인가.

247

클루는 스푸트니크의 몸에 얼굴을 파묻은 채 옆으로 걸어서 등에서 가슴 쪽으로 이동하더니 "냄새 나요"라고 다시 한 번 말했다. 끈질겼다.

하지만 그에 스푸트니크가 불만을 부리지 않았던 것은,

"울고 있어?"

"안 울어요."

그를 두른 팔이, 어깨가, 파묻은 머리가 떨고 있었기 때문이다. 클루는 불분명한 목소리로 답하면서 코맹맹이 소리를 냈다.

조금 전까지 일라쟈와 즐겁게 장난 치고 있었는데 대체 무슨 일이 있었던 거람. 담배 냄새가 밴 손으로 머리를 쓰다듬는 것도 싫어하겠지, 무슨 일인 거지 하고 스푸트니크가 생각하고 있자, 머리가 조금 움직여 촉촉하게 충혈된 눈동자가 원망스러운 듯이 스푸트니크를 올려다보았다.

"안 운다니까요."

"아무 말도 안 했어."

즉 위로해달라는 말인가.

솔직하지 않은 주제에 어리광쟁이인 종업원을 데리고 있으면 고달프다. 그런 농담을 생각하면서 머리에 손가락을 넣어 빗처럼 쓰다듬어주었다. 그러자 다시 "냄새 나요"라고 말했기 때문에 "뭐라고?"라고 답하고 그 '냄새 나는' 손으로 뺨을 가볍게 꼬집어주었다. 그러자 표정이 조금 누그러들었다.

하지만,

"소아란 님."

겨우 누그러든 그 뺨도 목소리가 들린 순간, 다시 굳어지고 말았다. 숙소에서 이쪽으로 다가온 사람은 검은 로브를 입은 플래티넘 블론드 머리의 여성이었다.

"오래 기다리게 해서 죄송해요."

"아. ……클루한테 무슨 일 있었어?"

소아란이 담배를 쥔 채 손으로 클루를 가리켰다. 일라쟈 쪽은 클루와 달리 상사가 담배를 피우고 있는 모습을 봐도 불만을 부리지도 설교를 하지도 않고 단지 "아무 일 없었어요"라고 빙긋이 미소 짓고 그의 질문에 대답했다.

"헤어지는 게 아쉬운 모양이에요. ……클루 씨, 그렇죠?"

"그래? 좋은 친구를 뒀네, 일라쟈."

"네."

그러자.

"일라쟈 씨는 바보!"

불분명한 원망스런 말이 스푸트니크의 품에서 들렸다.

귀에 닿았는지 어리둥절한 표정으로 의아한 듯이 눈을 휘둥그렇게 뜬 소아란. 그리고 그 옆에서 난처한 듯이 웃는 일라쟈의 그 얼굴을 보고——스푸트니크는 두 사람이 숙소 안에서 어떤 대화를 나눴는지 알 것 같은 기분이 들었다.

하지만 그것은 제삼자가 나설 일은 아니었다. 손을 팔랑팔랑 흔들고 "어차피 헤어지는 게 아쉬워서 토라진 거겠지. 내가 알아서 처리할게"라고 적당히 말했다. 소아란은 조금 의아한 듯이 고개를 갸웃거리면서도 "그래?"라고 말했고 일라쟈는 이쪽의 의도를 아는지 모르는지 "감사합니다"라고 고개를 숙였다. 클루의 팔이 스푸트니크를 꼬옥 조여 오는 것은 분명 항의의 뜻이겠다 싶었지만 내 알 바 아니라고 생각했다. 토라진 태도만 취하고 자신의 뜻을 전달하는 걸 방치하는 게 나쁜 거다.

"그럼 갈까" 하고 소아란이 담배를 땅에 떨어뜨리고 발로 밟아서 불을 껐다. 그리고 마부와 "이제 가면 되지?" "네" 하고 대화를 나누고 그리고.

"그럼 갈게. 클루, 스푸트니크. 이번에는 정말 고마웠어. 앞으로도 마녀협회랑 코쿠디에 지부 잘 부탁할게. 그리고 '당신들에게 시조님의 가호가 있길 바랄게'."

아마도 마법사의 인사 가운데 하나인 모양이었다. 하지만 어떻게 받아들이든 그런 인사는 스푸트니크로서는 비아냥으로밖에 들리지 않았다. 따라서 이쪽에서 대답할 말은 정해져 있었다. 단 한마디,

"두 번 다시 면상 비추지 마."

"아하하하. 또 '조만간' 놀러 올게."

조만간. ――아마도 그의 그 말은 '며칠 후'와 동의어일 것이다.

소리 높여 유쾌하게 웃고 소아란은 다시 후드를 쓰더니 손을 살랑살랑 흔들었다. 그 옆에서 일라쟈는 고개를 깊이 숙여 인사했다. 소아란이 그녀에게 마차에 타도록 지시하

자 그녀는 순순히 명령에 따라 마차 난간에 손을 갖다 댔다.

그렇게 일라쟈의 의식이 마차로 빼앗긴 한순간, 소아란이 나지막한 목소리로 스푸트니크에게 속닥였다.

"──팡숑 일. 또 무슨 일 있으면 맡겨줘."

스푸트니크는 그 부탁에 흥 하고 코웃음을 쳤다. 그리고 답했다.

"웃기시네."

그리고.

마차에 올라탄 그는 후드 아래에서 웃고 있는 것 같았다.

7

마부의 지시에 따라 달리기 시작한 마차가 소리를 내며 멀어져갔다.

이 도시에서 코쿠디에 시까지는 결코 가까운 거리가 아니었다. 마차로 가도 분명 상당한 날이 걸릴 테지만, 한쪽은 부지부장이다. 아마도 도중에 뭔가 편리한 마법이라도 사용하겠지. 이 도시에서 서쪽으로 얼마나 가면 제대로 된 마법을 사용할 수 있는지 스푸트니크는 모르니까 정확하게 며칠이 걸리는지는 모르지만 말이다.

하지만 어쨌거나 한동안 이 도시에 올 일은 없을 것이다. 그건 저 남자의 이야기가 아니라──

"배웅 안 해도 돼? 마차 안 보이려고 하는데."

일라쟈를 뜻하는 말이었다. 스푸트니크의 가슴에 여전히 얼굴을 파묻고 있던 클루는 그의 말에 반응해서 고개를 천천히 들었다.

코를 훌쩍이고 스푸트니크의 가슴팍을 꼬옥 쥐고 더 작아진, 두 사람이 탄 마차를 지그시 쳐다보았다. 더 이상 담배 냄새에 불만을 부리지 않았지만 찌푸린 인상은 여전히 누그러들지 않았다. 이 꼬맹이 아가씨는 지금 무슨 생각을 하고 있을까. 소동의 중심에 있으면서도 자각이 없는 이 아이는.

가슴팍에 있는 가마를 내려다보고 있자, 갑자기 클루가 입을 열었다.

"……역시 조금은 닮았을지도 모르겠어요."

"응?"

무슨 말이지?

되묻자 가마가 움직였다. 클루가 스푸트니크를 올려다본 것이었다.

"소아란 씨 말이에요. 요전번에 피네에서 본 남자를 닮은 것 같아요. 처음에는 별로 안 닮았다고 생각했는데…… 그 이야기 후의 소아란 씨는 왠지, 왠지 모르게 조금…… 뭔가……."

오른쪽으로 고개를 기울였다가 답이 나오지 않자 이번에는 왼쪽으로 고개를 기울였다. 하지만 그럼에도 답이 나오지 않아서 클루는 결국 이렇게 말했다.

"……잘은 모르겠지만요."

하지만 스푸트니크는 알고 있었다.

아마도 그 변화는 그가 마법사로서의 자기 자신에게 의의를 찾아냈기 때문일 테다

시선 끝에 마법사가 탄 마차를 비추고, 품 안에 있는 자신의 가게의 종업원을 끌어안고. 그러면서 스푸트니크는 마음속으로 자신의 누나에게 말을 걸었다.

——이걸로 된 걸까?

그렇게 해도 평범한 인간에게라면 닿지 않을 테지만 유키라면 어려움 없이 받아들일 것 같은 느낌이 들었기 때문이다.

가슴팍의 주머니가 볼록하다는 사실을 떠올렸다. 두 겹으로 접은 편지가 꽂힌 주머니.

어제 그 방에서 스푸트니크는 유키에게 받은 이 편지를 읽었다. 소아란은 그것을 듣고 그리고 생각하고 생각한 끝에 그는 약혼자의 죽음이 허위라는 사실을 알았고 찾겠다는 결심을 했다.

하지만. 그 편지를 그에게 건네지 않고 적당한 이유를 갖다 붙인 이유가 스푸트니크에게는 있었다.

팡송에 관한 이야기가 쓰인 편지지는 '세 장 째 이후'에 겹쳐 있었으며 첫 번째 장에는 스푸트니크에게 '전해 달라'는 명령이 쓰여 있었다. 첫 번째 장과 마찬가지로 그 사이에 끼워진 한 장 또한 읽지 않았다. 그것은 스푸트니크의 의도였으며 첫 번째 장과 마찬가지로 그곳에도 유키가 스푸트

니크에게, 스푸트니크에게만 보낸 글이 쓰여 있었다.

그 글은 스푸트니크에게 부여된 누나의 요구이자 명령이었다.

그것은——

'스푸트니크. 네 친구가 그 프랑소와즈라는 여자를 찾도록 유도해. 그 여자는 마법 연구자이자 〈광석증〉 연구를 하고 있다고 기록에 남아 있어. 그 여자가 클루의 체질을 고치는 방법을 알고 있을 가능성이 있어. 찾게 해. 부탁할게.'

"……정말이지."

사실을 어디까지 꿰뚫어 보고 있는지 알 수 없는 '누나'의 말. 그것은 부탁이 아니라 그녀의 '명령'이었다. 스푸트니크는 작은 목소리로 악담을 퍼붓고 그 편지를 주머니 안에 다시 억지로 밀어 넣었다.

과연 세상 어디까지가 그녀의 손바닥 안인 걸까.

모르지만 현재 상황에서 당장에 따지고 싶은 점이 한 가지 있었다.

"……그런 녀석, 친구 아니거든?"

분명 묻지는 않았지만 말이다.

*

클루와 스푸트니크의 시선 끝.

출발한 마차는 마법사 두 사람을 태우고 갈수록 작아져
갔다.

끝.

그리고 한 걸음
Housekihaki no Onnanoko

1

마법사가 돌아간 이튿날 아침의 일이었다.

클루의 가출 소동을 비롯해서 스푸트니크의 약혼자라는 잘못된 정보, 찾아온 마법사들 사이에서 벌어진 이런저런 사건, 누나로부터 온 편지, 누나의 약혼자의 방문 등. 최근 한동안 왠지 묘하게 어수선했던 나날이 마침내 차분해지고 일상으로 돌아온 것을 감사하면서 오늘도 일을 해볼까——하고 점주 스푸트니크가 가게로 내려가자,

'쿠의 고민 상담실.'

이라고 쓰인 수수께끼의 팻말을 놓은 종업원이 응접 소파에 앉아 있었기 때문에 그만 저도 모르게 "또 번거롭게시리"라고 중얼거린 것도 무리가 아닌 이야기였다.

리아피아트 시(市)는 대륙 동부에 위치한 루카 가도의 역마을로 번영했던 중소 도시였다.

일 년 내내 온난한 기후 덕분에 각종 과실과 화훼의 산지로 알려진 그 도시는 마녀협회 지부는 없지만, 경찰국의 치안 유지 활동이 상당히 우수하여 미해결 사건은 제로나 마찬가지였기에 무척이나 살기 좋은 땅이었다.

그런 도시 한쪽 구석에 점원 두 사람이 일하는 아담한 보석점이 있었다. ——'스푸트니크 보석점'.

2

스푸트니크를 건너편 소파에 앉힌 후 자신의 가슴에 손을 갖다 대고,

"실장인 클루입니다."

"네."

그리고 다음으로 양옆에 앉힌 인형을 교대로 가리키고,

"조수인 토순이와 마짱입니다."

"네."

하고 수수께끼의 설명을 하는 스푸트니크 보석점의 종업원——겸 실장?——클루에게 점주 스푸트니크는 지극히 적당하게 맞장구를 쳤다.

쓸데없는 소리는 그만 거들고 가게 개점 준비를 해야 하지 않나 하고 주변을 둘러보았지만, 개점 시 늘 보석 케이스에 덮여 있던 커버는 이미 대부분 걷혀 있었고 입구 문도 열려 있는 것 같았다. 클루가 준비해둔 모양이었다.

그렇다면 개점 시각까지는 조금 여유가 있었다. 그 한가한 시간이라면 그녀의 이 기행을 거들어줘도 되지 않을까 싶었다.

"변변치 못하지만 차 드세요" 하고 응접 테이블 옆에 놓여 있던 컵 하나를 이쪽으로 내밀었다. 차라고 말했지만 내용물은 차가 아니라 스푸트니크가 아침에 늘 마시던 블랙커피였다. 나들이옷으로 적합한 천으로 만들어진 블라우스와

재킷과 스커트를 입고 등을 꼿꼿하게 세우고 의기양양한 얼굴을 하고 있는 클루에게 스푸트니크가 물었다.

"그래서 이건 무슨 짓이야?"

"그거예요."

"그게 뭐야?"

"최근에 책에서 읽었어요. 가게에서 사용하지 않는 부분을 다른 사람에게 빌려줘서 그곳에서 가게를 여는 거예요. 저기, 그게 뭐더라."

생각나도록 고개를 갸웃거리더니.

"쉐아 비즈니스."

"쉐어 비즈니스겠지."

"그거예요."

즉 가게 공간을 빌리고 싶다는 모양이었다.

하지만 이곳은 스푸트니크 보석점의 버젓한 응접 공간으로 결코 '사용하지 않는' 장소는 아닌 데다 스푸트니크는 이곳을 빈 건물로 정의해서 임대 계약을 모집한 기억도 없었다. 백 보 양보해서 임대하겠다면 클루는 이 가게의 주인인 스푸트니크와 임대 계약을 해서 사용료를 지불할 필요가 있다……라는 설교는 얼마든지 가능하겠지만, 분명 그녀의 머리로는 중간부터 이해할 수 없을 것이다. 애초에 이 종업원이 그렇게까지 어려운 것을 이해하고 있다고도 생각하기 어려웠다.

"그쯤에서 생각했어요. 스푸트니크 보석점에서도 그런

걸 하면 어떨까 하고요."

"그래서 이 '고민 상담실'을 열게 된 거야?"

"그래요."

이해가 빨라서 기쁘다며 어째서인지 거만한 시선으로 한 소리 들었다.

클루는 입술을 끌어당기고 턱에 주름을 만들고 실장이라고 자칭하기에 적합한 야무지고 진지한 표정을 짓고——있는 셈이었다——스푸트니크에게 물었다.

"이용하겠습니까? 지금이라면 싸요."

"얼만데?"

"처음엔 무료예요."

고민 상담실이라고 하는 것을 보아 즉, 카운슬링을 업으로 삼고 싶다는 걸까.

"그럼 뭐 지금만 이용해볼게."

"이용해주셔서 감사합니다."

누굴 흉내 내는지 "앞으로도 많이 찾아주세요"라고 말하고 고개를 꾸벅 숙였다.

어째서 갑자기 이런 생각을 했는지 여전히 의미 불명이었지만, 조금이라면 소꿉놀이에 어울려줘도 괜찮지 않을까 싶었다. 어차피 본업으로 삼을 만큼 오래 이어질 리는 없을 테고, 어린아이의 변덕으로 분명 금방 질려할 터였다——그런 생각을 하면서 커피를 한 모금 홀짝이고 스푸트니크는 더욱 생각했다.

클루에게 상담할 만한 고민이 과연 자신에게 있을까. 그녀의 '체질'에 관한 것, 가게 경영, 누나와의 관계, 마법사의 일, 끝으로 최근에 그다지 '놀러' 가지 않는다는 사실…… 고민이 없는 건 아니지만 그 무엇도 그녀가 해결 불가능할 법한 것뿐이라 곤란해하고 있으니.

클루는 손에 든 노트를 펼쳐서 빙긋이 미소 짓고 이렇게 말했다.

"그럼 오늘의 제 고민은 말이죠."

"내가 네 고민을 듣는 거였어?"

"그래요. 그래서 '쿠의 고민 상담실'이라고 쓰여 있잖아요. 스푸트니크도 참 무슨 소릴 하는 거예요오오우엑."

무슨 당연한 소리를 하냐는 양 말하는 클루에게 화가 나서 스푸트니크는 그만 그 보드라운 뺨을 꼬집어서 잡아당겼다. 그녀에게 이야기해줄 만한 고민거리를 한순간이라도 진지하게 생각한 자신이 바보 같지 않은가. 우엑거리는 클루를 노려보면서 답해주었다.

"뭐가 쉐어 비즈니스야. 결국은 네가 고민을 누구한테 상담하고 싶은 거잖아."

"그야, 그야 하룻밤 동안 끙끙대도 아무래도 답이 안 나오니까요."

"어?"

"저, 어제부터 계속 고민하고 있어요. 무지무지 어려운 고민이에요. 가게를 열면 많은 사람들이 찾아오니까 그러면 내 고민을 해결해줄 사람도 금방 만날 수 있지 않을까 해서 가게를 열었어요."

……그렇군.

납득은 가지 않지만 어떤 발상을 근거로 그런 행동을 했는지는 이해할 수 있었다.

가게를 열면 손님은 온다——장사라는 건 그리 간단한 것은 아니지만 말이다. 가게에 오는, 가게를 아껴주는 고객을 확보하기 위해서 스푸트니크가 얼마나 노력해왔는지, 노력하고 있는지를 클루는 모르는 것 같았다.

하지만 그런 이야기는 아직 가르쳐주지 않아도 괜찮다. 애초에 그녀가 신경을 쓰는 것은 개업 방법이나 장사를 궤도에 올리는 방법이 아니다. 스푸트니크는 다시 소파에 허리를 파묻고 여전히 눈물이 글썽한 눈으로 뺨을 문지르고 있는 클루에게 물었다.

"뭐, 됐어. 어쨌거나 네 '고민'이라는 건 어떤 거야?"

"아, 네. 모처럼이니 앙케트를 만들어봤어요."

"앙케트?"

"네. 어젯밤에 가게를 열자는 생각이 들었을 때 이런 걸 하면 편리하겠다 싶어서 열심히 만들어봤어요. 봐주세요."

클루는 노트에서 마치 무언가의 전단지 같은 두 겹으로 접힌 종이를 내밀었다. 받아들고 물어보자 그곳에는 어린아이다운 삐뚤삐뚤한 글자로 몇 가지 항목이 적혀 있었다.

대체 어떤 '고민거리'가 적혀 있나 해서 묵독한 결과, 그녀가 가슴에 품고 있는 그것의 정체를 스푸트니크는 이해할수 있었다.

뭔가 이야기해줘야겠다 싶어서 스푸트니크가 '앙케트 용지'에서 고개를 든 것과 때마침 동시에.

——딸랑딸랑.

입구 문 종소리가 울렸다. 그리고,

"안녕."

"또 왔냐? 할망구 얼른 꺼져——."

들려온 것은 여느 때의 목소리였다. 여느 때처럼 말하면서 스푸트니크가 돌아보았다. 하지만 그 가벼운 목소리가 그쯤에서 끊어진 것은 입구 문을 지나온 사람이 평소의 얄미운 경찰관 나츠'뿐만이 아니었기' 때문이었다.

그녀와 함께 들어온 그 사람의 모습에 스푸트니크는 찌푸린 얼굴을 한순간 풀고 소파에서 바로 일어나 양손을 비비면서 나츠의 곁으로 달려갔다.

"어서 오세요, 할망구——아니, 손님. 결혼반지 제작입니까? 할망구——아니 나츠 님은 원래부터 강하고 예쁜 경찰관이니 그리 머지않은 미래에 분명 대단한 분과 결혼할 거라고 생각했지만, 설마 이렇게 멋진 약혼자가 계실 줄은 몰랐습니다. 그렇게 중요한 사실을 가르쳐주지 않다니 할망구——아니 나츠 님도 사람이 짓궂군요. 반지를 구실 삼아 얼마를 갈취해드릴까요. 이번에야말로 여러 해의 원한을

풀 좋은 기회일 것 같은데요."

"마음에도 없는 소릴 잘도 그렇게 쫑알쫑알 떠들어대네. 몇 번이나 할망구라고 불러야 직성이 풀리는 거야? 아니, 마지막에는 진심이 나오고 있거든? 그리고 안타깝게도 이 친구는 내 남자 친구도 아무것도 아니야. 그냥 직장 후배야."

"젠장 할망구. 사람을 속인 거냐?"

"그쪽이 마음대로 착각해서 이야기를 진행시킨 거잖아."

"내가 힘들게 지은 영업용 미소 돌려내. 이 사기꾼아."

"당신한테 사기꾼이라는 소리를 듣고 싶지 않은데? 사기꾼 씨."

"시끄러. 평소부터 화장으로 얼굴을 속이고 있는 할망구 주제에. 아니 직장 후배를 데리고 와서 대체 뭘……."

하고 말하다 스푸트니크가 입을 닫은 것은 나츠가 '후배'라고 소개한 그 남자가 낯익었기 때문이다. 비교적 단정한 용모를 하고 있지만, 둘러싼 분위기에서 여성이 내리는 평가는 '좋은 사람이긴 하지만 연인으로 삼기에는 좀' 하고 끝날 것 같은 그 남자는 그래 분명히.

"당신 전에 우리 가게에서."

"점주님!"

우리 가게에서 물건을 샀지——하고 마지막까지 말하는 것도 기다리지 않고 그 남자는 스푸트니크의 눈앞에 뛰쳐나왔다. 스푸트니크의 어깨를 붙잡고 흔들면서,

"당신, 당신이 팔았던 팔찌, 전혀, 효과가 없었어요오오오!"

"뭐야 이 녀석 기분 나쁘게."

"솔직한 평가는 삼가주길 바랄게. 확실히 기분 나쁘긴 하지만."

잡은 손을 걷어내면서 스푸트니크가 말하자 나츠가 냉정하게 답했다.

"이 녀석 요전번에 이 가게에서 이상한 팔찌를 샀나 봐. 연애운이 올라간다는 소릴 듣고. 스푸트니크, 당신 기억하고 있어?"

나츠가 엄지로 가리킨 얼굴은 확실히 기억하고 있었다. 그리고 그가 샀던 상품 또한 기억하고 있었다. 점주니까 가게에 온 모든 손님의 얼굴과 구입한 물품을 기억하고 있 ──는 것은 아니지만, 인상에 남기 쉬운 사람이라는 게 분명히 있기 마련이다.

"아. 벼락부자 취향일 법한 빌어먹을 팔찌가 통 안 팔려서 '이걸 몸에 차고 지내면 연애운 틀림없이 급상승!(효과에는 개인차가 있습니다) 같은 미심쩍은 문구를 붙여놨더니 침을 질질 흘리면서 바로 돈 주고 샀던 바보 왕이랄까, 바보 중의 바보 같은 바보가 이 녀석이었잖아."

"그래, 그 바보 중의 바보야."

그리고 기억은 아무래도 타당했던 모양이었다. 나츠는 고개를 끄덕이고 어이가 없다고 말하고 싶어 하는 듯이 긴 한숨을 내쉬었다.

"이 팔찌, 당신이 만들었어?"

"그렇게 촌스러운 걸 내가 만들었겠어? 거래처 친분 때문에 어쩔 수 없이 매입했는데 예상대로 안 팔려서 곤란해하던 차에 그런 문구를 붙여서 가게 앞에 내놓은 거야. 아무도 안 속겠지 어쩌지 했는데 흥미를 가진 게 저 바보지."

"정말 바보 맞네."

"에밀리…… 아아 에밀리."

새우등을 하고 어깨를 털썩 떨어뜨리고 모르는 여자의 이름을 외치는 바보. 나츠가 "폴, 너, 이제 적당히 정신 차려"라고 그 옆구리를 찌르는 것을 보아하니 그 남자의 이름은 폴인 것 같았다.

"그래서 뭐야, 이쪽 손님은."

"이 녀석, 최근에 친해진 여자애…… 에밀리?랑 용케도 데이트까지 갔는 것 같은데."

"오호. 잘됐네."

"그런 것 같지? 그런데 말이야."

"응."

"데이트 날에 그 촌스런 팔찌를 자랑했더니 바로 집에 가버렸나 봐."

남자와의 첫 데이트에서 촌스런 팔찌를 천진난만하게 자랑당한 여자의 심경을 상상했다.

"뭐어 보통은 집에 가겠지."

"구입한 금액까지 이야기했나 보더라고."

"더 집에 갈 수밖에 없었겠네."

그런 촌스런 물건을 그런 고가로 구입한 남자와 사귀려고 하는 여자는 좀처럼 없을 테다. 있다면 상당히 자상하거나 취향이 독특하거나 혹은 남자의 재산을 노리고 있지 않을까.

"네 후배라면 이 녀석 경찰관 아냐?"

"그래."

"경찰관이 그렇게 쉽게 속아도 돼?"

"어쩔 수 없잖아. 경찰관도 인간이니까."

"발정도 하냐?"

"무슨 소리야."

그런 대화를 나누는 옆에서 눈물이 글썽한 채 깊은 한숨을 내쉬는 폴. 실연의 충격이 여전히 낫지 않았는지 차분해질 수 있는 장소를 찾아서 비틀비틀 점내를 헤맨 끝에,

"안녕하세요. 어서 오세요."

도달한 곳은 응접 공간, 곰과 토끼 인형을 양 끝에 둔 클루의 건너편 소파였다. 인사를 받았다는 사실을 깨닫고 고개를 들고 인형과 '쿠의 고민 상담실' 팻말을 알아보고는 폴도 꾸벅 인사했다.

"응? 아. 안녕. 소꿉놀이 중이니?"

"소꿉놀이 아니에요. 가게예요. 쉐아 비즈니스로 고민 상담실을 하는 거예요."

여전히 잘못 말하고 있었다.

소꿉놀이라고 판단된 사실이 유감스럽다는 듯이 뺨을 뾰로통하게 만드는 클루. 거들 듯이 나츠가 말에 끼어들었다.

"야, 폴. 너도 계속 침울해하지 말고 클루가 하는 '가게'를 조금 거드는 게 어때? 기분 전환이 될지도 몰라. 가끔은 시민이랑 커뮤니케이션을 하는 것도 경찰관이 할 일이잖아."

"휴우…… 그럴까요? 그럼 그 가게 잘은 모르겠지만 한번 이용해볼까요."

"아."

나츠의 제안에 건성으로 대답하고 클루에게 손가락 하나를 세워 보이는 폴.

하지만 스푸트니크가 그에 그만 언성을 높인 것은 지금의 그에게 있어서 그것이 적절한 대응이 아니라는 사실을, 또한 그렇게 하면 그거야말로 번거로워진다는 사실을 알고 있었기 때문이다.

"야, 쿠, 관……."

"네, 알겠습니다. 오늘의 고민은 말이죠."

개점 전이니 번거로운 일은 피하고 싶었다. 그렇게 생각한 스푸트니크가 멈추게 하려고 끼어들었지만, 마침내 찾아온 '손님'에 기분이 좋아진 클루는 공교롭게도 알아차리지 못했다.

표지에 크게 '상담실'이라고 적힌 앙증맞은 노트를 무릎 위에 펼치고 헝겊인형과 헝겊인형 사이에서 웃는 얼굴을 한 그녀가 말한 '고민'이란——

"'실연에 대해서'입니다."

예상대로였다.

나츠와 폴의 표정이 한순간 굳어졌고 스푸트니크는 오른 손으로 눈을 덮었다.

하지만 클루만 알아차리지 못한 채 조금 전에 스푸트니크에게 보인 것과 같은 '앙케트 용지'를 진지한 얼굴로 폴에게 내밀었다.

"첫 번째 질문. 당신은 실연한 적이 있습니까?"

"으, 으으으으으아아아아!"

상처를 가차 없이 파고드는 아이의 언동, 하지만 아이이기 때문에 비난할 수도 없었다.

다 큰 어른이 울부짖는 소리가 울려 퍼지는 가운데 스푸트니크에게 향한 '그런 거라면 더 빨리 이야기해!'라고 말하는 듯한 나츠의 시선에 그는 팔짱을 끼고 역시 시선만으로 '그래서 말하려고 했잖아!'라고 답했다.

그리고 눈앞의 참상에 두 사람은 더불어 한숨을 쉬었다.

3

"으음."

터벅터벅, 터벅터벅, 클루는 혼자서 길을 걸었다.

가게에서 엉엉 울기 시작한 모르는 어른에 클루가 당황해하자 나츠가 쓴웃음을 지으며 "앙케트 조사에는 건수가 필요하지? 클루, 잠깐 밖에 나갔다 오는 게 어때?"라고 권해주었다. 또한 스푸트니크가 "네가 있으면 일이 복잡해져"라고 말한 데다 '조사에는 발품이 중요하다'라고 최근에 읽은 멋진 책에 쓰여 있기도 해서 클루는 그 조언을 고맙게 받아들이고 밖으로 나왔다.

"어쩌지."

하지만 목적지도 없이 나오고 말았다. 누구한테 물어야 할지 전혀 알 수 없었다.

가져온 것은 노트와 팻말. '쿠의 고민 상담실' 옆에 '출장소'라고 펜으로 가필한 것이었다. 자아 어디로 가면 정보가 손에 들어올까, 마을 사람들에게 닥치는 대로 앙케트를 하는 것도 괜찮지 않을까 생각하면서 걷다가 문득 멈춘 것은 때마침 그곳이 친구네 집 앞이었기 때문이다.

우선은 친구한테 물어보자. 외출하지 않았기를 기도하면서 문을 밀어서 열었다. 그러자.

종소리와 함께 친구의 목소리가 들려왔다.

"어서 오세요. ……아."

때마침 가게를 돕고 있는 것 같았다. 카운터에 앉아서 책을 읽고 있는 금발의 소녀. 가게에 들어온 사람이 클루라는 사실을 알아차리고 그녀는 책을 덮고 "클루" 하고 손을 흔들었다.

"안녕, 안나."

"안녕. 오늘은 가게 쉬어?"

"아니. 스푸트니크가 나갔다 와도 된대."

"그렇구나. 아, 괜찮다면 먹어."

"아, 괜찮아."

카운터 아래에서 뚜껑이 달린 네모난 상자를 꺼낸 안나에게 클루는 손을 파닥파닥 흔들어 보였다. 그 안에 손님을 간단히 대접할 수 있는 쿠키나 초콜릿이 많이 들어 있다는 사실을 클루는 알고 있었기 때문이다.

하지만 그녀가 그것을 꺼낸 것은 클루를 위해서라기보다는 단순히 자신이 먹고 싶어서인 것 같았다. 오늘은 놀러 온 게 아니니까, 라며 사양하는 클루에게 "괜찮아 괜찮아" 하고 말하더니 그녀는 초콜릿 봉지를 하나 들어서 잡아당겨 열었다. 모습을 드러낸 갈색 구슬을 입안에 쏙 집어넣었다.

"그런데 그거 뭐야아?"

"아, 응, 저기 말이지."

그리고 입을 오물오물 움직이면서 안나는 클루가 손에 든 팻말을 가리켰다.

클루가 안나도 읽기 쉽도록 팻말을 가슴 앞에 치켜들자 안나는 그곳에 쓰인 글자를 그대로 읽었다.

"쿠의 고민 상담실, 출장소."

"응. 여러 사람에게 말이지."

"응."

"내 고민을 들어달라고 하는 거야."

"그렇구나."

소개한 업무 내용에 안나는 고개를 잠시 갸웃거렸다.

"참신한 가게네."

"그런가."

"웬만해선 없잖아. 어쩌면 전국 개점을 노릴 수 있을지도 몰라."

"에헤헤헤."

어쩌면 자신에게는 장사 재능이 있을지도 모른다. 한바탕 수줍게 웃고 나서 다시 안나에게 몸을 틀었다. 늘 여러 가지를 말해주는 그녀라면 어쩌면 클루의 고민을 해결해줄지도 모른다. ──팻말과 노트를 카운터 위에 놓고 물었다.

"요금은 처음은 무료야. 어때?"

"와아. 그럼 나도 이용해볼까. 어떤 고민이야? 또 스푸트니크 씨랑 관련된 거야?"

"아, 아니야!"

당황해서 고개를 가로저었다. 늘 그에 대한 생각만 하고 있는 것처럼 보여선 곤란했다!

그러자 안나는 "흐음, 아니구나. 별일이네"라고 말했지만 ──클루도 그렇게 그에 대한 생각만 하는 건 아니었다. 그래, 그 외에도 식사 생각이라든지 친구 생각이라든지 게다가 일에 대한 생각도 확실히 하고 있었다. 오늘 납품해야 할 물건이 있었나라든지 오늘 방문 예약이 들어와 있나든지…… 지금쯤 가게에 손님이 왔나든지 자신이 없는 틈에 스푸트니크가 또 손님이랑 알콩달콩하고 있는 건 아닌지…… 다시 그를 생각하기 시작했다는 사실을 알아차리고 클루는 다시 고개를 획획 가로저었다.

"오늘 '고민'은 말이지, 저기."

"응."

"'실연'에 대해서야."

그러자.

안나는 어리둥절한 표정으로 눈을 한 번 깜박였다. 뭘 그렇게 놀라는가 하고 의아해하는 클루에게 그녀가 생뚱맞은 목소리로 한 말은.

"클루, 실연했어?"

"아, 아니야!"

무슨 소릴 하는 거람! 이번에 놀란 것은 클루 쪽이었다. 자신은 아직 마음조차 전하지 못했는데 말이다…… 아니.

클루는 알고 있다. 지난번에 알았다.

마음을 전하지 않아도 실연할 수 있다.

"뭐야. 깜짝 놀랐잖아."

그러나 클루가 지금 무슨 생각을 하는지 모르는 안나는 즐겁게 깔깔대며 웃었다. 그리고 천장을 올려다보고 "실연이구나" 하고 읊조렸다.

"저기 말이지, 실연은 말이지, 으음……."

말하면서 안나가 다시 과자 상자에 왼손을 뻗었을 때──문득 말이 끊어졌다. 무슨 일인가 하고 순간적으로 의아하게 생각했지만, 클루는 그 이유를 바로 알 수 있었다. 분명 그 왼손에 끼워진 반지를 봤기 때문이다.

안나의 왼손 중지에 있는 반지. 실로 엮어진, 중앙에 비즈가 달린 그 반지는 요전번에 클루가 스푸트니크에게 선물한 반지를 쏙 빼닮아 있었다. 그때 마법사 일라쟈와 함께 카페 피네를 방문했을 때. 때마침 있던 안나도 클루네와 같이 같은 반지를 만들었다.

처음 하는 뜨개질이 너무 어려워서 모양은 볼품없었지만, 그럼에도 클루는 어떻게든 혼자서 완성시킬 수 있었다.

하지만 안나는 클루 이상으로 서툴렀다. 들은 대로 실을 엮으려고 해도 바로 실이 엉키고 말았다. ──결국 잘 되지 않아서 토라진 그녀를 보다 못해 "하는 수 없지" 하고 도와준 사람이. 안나의 반지를 그녀와 함께 열심히 만들어준 사람이.

……안나는 상자를 향해 내민 왼손을 자신의 가슴에 갖다 댔다.

그리고 중얼거린 말은 누구를 생각하면서 말한 것일까. 그녀는 이름은 말하지 않았지만, 클루는 알고 있었다.

"……분명 엄청 쓸쓸하겠지."

"응."

침묵.

안나가 루안을 생각하는 것과 마찬가지로 클루도 스푸트니크를 생각했다.

"……어렵네."

"……어렵긴 해."

숙연한 분위기였다.

어째서인지 괜히 스푸트니크가 보고 싶어졌다.

"앙케트에 협력해줘서 고마워. 나 슬슬 가볼게."

"응."

또 봐, 하고 손을 살랑살랑 흔드는 안나에게 클루도 손을 흔들어 답했다.

잠깐만, 하고 보수를 대신해서 건네받은 초콜릿 두 개를 주머니에 담고 클루는 친구의 집을 뒤로 했다.

4

——딸랑딸랑.

"다녀왔습니다."

"다녀왔어?"

입구를 밀어서 열고 귀가 인사를 하자 여느 때의 대답이 돌아왔다.

둘러볼 필요도 없이 점주의 모습을 금세 발견했다. 그는 카운터 의자에 앉아서 신문을 읽고 있었다.

클루에게 보이는 신문 지면에는 많은 글자와 빙긋이 웃는 남자와 여자 삽화가 있었다. 분명 무슨무슨 대단한 사람 이야기라든지 세상의 대단한 일이 잔뜩 적혀 있을 터였다. 그런 어려운 이야기도 스푸트니크라면 술술 읽을 수 있을 테지만, 안타깝게도 클루는 너무 어려워서 도무지 알 수 없었다.

그래서 클루는 좀 더 친근한 신경 쓰이는 이야기를 물었다.

"나츠 씨랑 그 아저씨는요?"

"돌아갔어. 일이 있어서."

아침부터 밤까지 착실히 일하는 경찰관 나리들은 힘들겠어, 하고 하품을 하면서 스푸트니크가 말했다. 그날의 기분에 따라 개점 시간이나 폐점 시간이 조금 빨라지거나 늦어지지도 못하는 데다 기분이 내킬 때 잠시 놀러 나갈 수 없다니 확실히 힘든 일 같았다.

그런 힘든 일을 하는 사람에게 절반은 상담을 강매하는 행동을 한 데다 울리고 말았다.

"다음번에 사과할게요."

"그렇게 하도록 해."

아무래도 상관없다는 듯이 스푸트니크가 말했다.

그는 신문을 잠시 바라보고 나서 문득 생각난 듯이 말했다.

"……참고로."

"네."

"뭐라고 사과할 생각이야?"

"남자는 강하니까 실연 이야길 들은 것 정도로 울 거라고는 생각 못 했습니다. 죄송합니다."

"남의 상처에 소금을 뿌리는 듯한 네 그런 스타일, 나는 싫지 않아."

칭찬받았다.

"그런데 뭐, 그런 유의 녀석들은 조만간 바로 새로운 상대를 찾을 거야. 그러니 딱히 신경 쓰지 마."

"그래요?"

"그런 법이지."

대답하고서 스푸트니크는 신문을 다시 한 장 팔락 넘겼다. 그리고 "제대로 된 기사가 없네" 하고 언뜻 보기만 하며 넘겨버렸다. 카운터에는 커피 잔이 놓여 있었고 안에는 커피가 절반 정도가 담겨 있었다. 아침에 클루가 타준 커피가 남은 것일까.

자신도 슬슬 일해야겠다 싶었다. 카운터 가장자리에 노트와 팻말을 놓고 대신해서 에이프런과 삼각두건을 집어 들었다──그때 스푸트니크가 다시 말했다.

"성과는 있었어?"

무슨 뜻인지 몰라서 멀거니 서 있었다. 그러자 그의 잿빛 눈이 신문에서 이쪽으로 이동해서 "상담실"이라고 한마디 말했다.

클루는 노트를 보고서 어깨를 살짝 떨어뜨렸다. 맨 처음에는 자신이 한 발상이지만 제법 나쁘지 않다고 생각했지만──단 하나의 고민의 답도 내지 못하고 폐점해버린 자신에게는 역시 장사 솜씨 따윈 없는 것 같았다.

에이프런의 리본을 묶으면서 쭈뼛쭈뼛 답했다.

"……그다지요."

"그래?"

클루의 답이 그에게 있어서 그다지 의외가 아니었던 것은 어째서일까. 신문을 접고 카운터에 던지다시피 놓더니 스푸트니크는.

"일라쟈 때문이지?"

──뭘 해도, 어떻게 해도.

결국 스푸트니크는 모든 것을 꿰뚫어 보고 있었다. 에이 프런 자락을 잡고 바닥을 향한 시선을 천천히 들어 올리자, 역시 그는 클루를 보고 있었다.

클루는 말했다.

"그때 소아란 씨 방에 날 데리고 간 건 일라쟈 씨를 위해서였죠?"

생각난 것은 스푸트니크의 누나라는 사람에게 편지를 받았던 날, 마법사가 숙박하는 숙소에서 그 내용에 대해 말했을 때의 일이었다.

편지 내용은 마법사 일라쟈가 좋아하는 사람인 소아란의, 옛날에 죽었다고 여겨지던 그의 약혼자가 생존해 있을 가능성을 알리는 것이었다. 불온한 분위기에 설령 그가 방해라고 말해도 따라갈 생각이었지만, 그때 그는 클루에게 가게를 지키라고 하지 않고 그러기는커녕 흔치 않게 그는 클루를 데리고 가야 한다고 판단했다.

그때 이유를 잘 몰랐지만 지금이라면 알 것 같았다. 그래서 그렇게 확신에 찬 생각을 하면서 클루가 묻자 스푸트니크는 겸연쩍은 듯이 머리를 긁적였다.

"위해서랄까…… 뭐어 그렇긴 하겠네. 이야기하는 중에 상대가 평정심을 잃는 게 싫었던 거였지만, 결과적으로는 그랬을지도 모르지."

"평정심을 잃다는 건?"

"반한 녀석의 약혼자가 죽었다고 생각했는데 실은 살아 있을지도 모른다, 라고 이야기를 하면 갑자기 어떻게 나올지 모르잖아. 그래서 그럴 때 위로하는 역할로 널 데리고 간 거지."

생각했던 것보단 차분했지만, 하고 스푸트니크는 진지하게 말했다.

실연. 클루는 입안에서 그 말을 반복했다. ──좋아하는 사람을 포기하는 것. 실연하면 누구나 괴롭고, 힘들고, 무척이나 슬프다.

그건.

이 사람도 그럴까.

"스푸트니크도 실연하면 상처 받아요?"

"나?"

그 물음은 그의 예상 범위 외였던 것 같았다. 조금 의외라는 듯이 일인칭을 말하더니 흐음 하고 팔짱을 꼈다.

"글쎄. 상처 받겠지. 한동안은 그런 진지한 교제는 안 하고 있지만. 굳이 따지자면 고객이 거래를 끊는 쪽이 속이 쓰리겠지."

그의 마음속을 차지하고 있는 여성이 없다는 사실에 조금 안심했다.

"아, 하지만."

"왜요?"

"옛날에 있었지. 서로 좋아했던 여자 말이야. 꽤 오래된 이 야기지만…… '일 관두고 이 도시에서 같이 살자'고 했었지. 난 떠돌이 보석상이라면서 헤어졌지만. 그것도 실연이려나."

서로 좋아했지만 헤어진 사람. 스푸트니크가 좋아했던 사람.

이번에는 가슴이 많이 아팠다.

"그래서 그때 어떻게 했어요?"

"어떻게 하다니? 아니, 아무것도 안 했어. 그냥 잘 지내 하고 그길로 안 만났지. 이제 와서 만나고 싶지도 않고. 젊은 시절의 치기랄까…… 너한테 그런 이야길 듣고 겨우 생각날 정도의 여자니까. 돈이 그렇게 많은 여자도 아니었고."

어딘가의 자산가한테 들러붙어서 팔자가 폈으면 재회를 고려해도 좋지만 하고 저질스런 이야기를 하고 웃었지만, 지금 클루가 알고 싶은 것은 그런 게 아니었다.

"어째서 그 사람이랑 쭉 같이 안 있었어요?"

"그야 이 일을 하고 싶었으니까. 그 도시에는 이미 보석점 이 몇 군데나 있었고 말이지…… 이제 막 시작한 참이라서 고정 고객도 별로 없었던 나로서는 그런 곳에 터를 잡고 보석상을 하는 건 아무리 생각해도 무리였어. 전직해서 그 여자랑 가난하게 사는 것도 나로서는 참기 힘들었고."

좋아하는데 이별.

……클루가 아무 대답도 못하고 있자 스푸트니크는 과거

를 말한 일이 부끄러워졌는지 헛기침을 하고 등을 돌렸다. 벌레를 내쫓는 듯한 동작으로 손을 팔랑팔랑 흔들더니 "일해야지 일. 인형 치우고 와"라고 말하며 응접 공간을 가리켰다. 그러고 보니 아침에 방에서 옮겨온 이후 그대로였다. 클루는 작은 목소리로 "네" 하고 답하며 소파에서 인형 두 개를 들고, 노트와 팻말도 같이 끌어안고 자신의 방으로 향했다.

물건을 잔뜩 끌어안은 탓에 '종업원 전용' 문을 열지 못하고 갈팡질팡하고 있으니 보다 못한 그가 열어주었다. 감사 인사를 하고 문을 지났을 때 스푸트니크가 중얼거리며 빠른 말투로 이런 말을 읊조렸다.

"뭐랄까. 나도 아직 젊고 인생을 논할 만큼 나이를 먹진 않았지만…… 사람의 삶의 방식은 여러 가지잖아. 좋아하는 사람과 이어지는 것보다 소중한 거라든지 일이라든지 생각이라든지. 그런 것도 있지 않을까. 아마도."

하지만 그 말도 어려워서 클루는 여전히 이해할 수 없었다.

5

탁탁탁탁.

조수인 인형을 팔에 끌어안고 2층으로 이어진 계단을 올라가며 클루는 어제 마법사 두 사람이 돌아갔을 때의 일을 생각했다. 클루는 그때 일라쟈가 혼자일 때를 가늠해서 그

283

녀에게 말을 걸었다.

"일라쟈 씨."

네, 하고 돌아보던 일라쟈는 여느 때의 웃음을 짓고 있었다. 그래서——이 미소를 무너뜨릴지도 모른다는 사실이 조금 괴로웠지만 클루는 그 말을 묻지 않을 수 없었다.

"괜찮아요?"

조금 나지막한 목소리로 물었다.

그러자 일라쟈는 커다란 눈동자로 눈을 깜박였다. 무슨 일인지 모르는 듯한 모습이었다. 그래서,

"건네지 않아도 돼요?"

다시 한 번 이번에는 조금 큰 목소리로 물었다. 그러자 일라쟈는 마침내 이해가 간 모양이었다.

클루의 질문에 고개를 한 번 끄덕이고 웃더니 "괜찮아요"라고 말했다.

"그건 잃어버렸어요. 기껏 같이 만들어줬는데 미안해요."

"거짓말!"

"앗."

클루는 힘차게 그녀를 끌어안고 로브에 있는 모든 주머니에 손을 집어넣었다. 평소에 익숙지 않은 옷 주머니가 어디에 있는지 찾느라 한바탕 고생했지만, 찾던 물건은 오른쪽 주머니 안에서 바로 발견되었다.

클루의 손이 쥐고 있는 것은 본 적 있는 포장지와 리본이었다. 클루가 스푸트니크에게 건넸던 것보다 무척이나 능

숙하게 포장된 채 리본이 예쁘게 달려 있었다. 조금 구겨진 이유는 '그'가 꽉 쥐었기 때문이었다.

그녀의 상사이자 좋아하는 사람인 소아란이 보석점에서 쓰러졌을 때, 일라쟈가 건넸던 그 선물이 그의 손에서 바닥으로 떨어지는 것을 클루는 보고 있었다. 그리고 그 소동이 일어난 가운데 일라쟈가 그것을 주워서 주머니에 돌려놓는 것 또한 보았다.

주머니에서 그것을 찾아낸 클루에게 "들켰네요, 부끄럽네요"라고 말한 일라쟈는 말만큼 부끄러워하는 기색 없이 굳이 말하자면 장난에 성공한 아이 같은 표정을 짓고 있었다. 하지만 클루는 그런 얼굴을 할 수 없었다. 만약 자신이 그녀였다고 생각하면 참을 수 없이 쓸쓸해졌을 테니 말이다.

"어째서."

기껏 만들었는데.

하지만 일라쟈는 고개를 가로저었다.

"괜찮아요."

"게다가 이대로는 소아란 씨 팡숑 씨한테."

"……괜찮아요."

대답하는 목소리가 조금 떨리고 있었다.

그것과 거의 동시에 어째서인지 클루의 세계가 서서히 일그러져갔다. 이상하다고 생각해서 비어 있던 왼손을 뺨에 갖다 대자 눅눅하게 젖어버렸다. "클루 씨는 상냥하네요" 하고 온화한 말투로 남의 일인 양 말하는 소리를 듣고 분노와 슬픔이 단숨에 솟구쳐서 영문을 알 수 없게 되었다.

그런 건 좋지 않다고 틀렸다고 고함을 지르고 싶었지만 자신이 그런 행동을 하는 것도 잘못됐다는 사실을 알고 있어서 단지 멍해진 눈을 열심히 비볐다.

그런 클루의 손에 일라쟈의 손이 닿았다. 클루보다 조금 기다랗고 뽀얀 손가락이 살며시 휘감듯이 쥐고 있던 선물을 되돌려놓았다.

"괜찮아요."

제삼자인데도 클루는 가슴이 아파 참을 수 없어서 목에서 오열이 새어 나오려는 것을 간신히 참았다――하지만 한편으로 당사자인 일라쟈는 차분했다.

흐느껴 우는 클루에게, 분명 클루보다 상처 받았을 터인 친구는.

클루를 향해 단 한마디 말했다.

"고마워요."

일그러진 세계 속에서 그녀는 웃고 있는 것 같았다.

――어째서 그런 얼굴을 할 수 있는 걸까.

방에 돌아와서 침실 침대 위에 기어 올라가 인형을 제 위치에 돌려놓으며 클루는 먼 도시로 돌아간 친구를 생각했다.

그때 가슴이 너무 아파 눈물이 멈추지 않아서 괴로워서 "바보"라는 소리를 하고 말았다. 나중에 사과 편지를 쓰자. 그녀는 용서해줄까.

제 위치로 돌려놓은 인형 머리를 쓰다듬어주자 인형들이 기쁜 듯이 웃고 있는 느낌이 들었다. 하지만 거울에 비친 클루의 얼굴은 인형들만큼 화창하지 않았다. 여느 때의 빨간 귀걸이는 변함없이 오른쪽 귀에서 반짝반짝 빛나고 있었지만, 그것 또한 클루의 표정과는 어울리지 않았다.

머리맡의 책장에서 책을 한 권씩 꺼내서 나란히 놓아보았다. 오래오래 행복하게 살았습니다. 클루가 가지고 있는 이야기는 모두 그런 결말만 눈에 띄었다. 행복을 거머쥐기 위해 노력하고 그 결과 행복해진 이야기가 많이 쓰여 있었다.

하지만. 사람의 마음은 아무래도 그렇게 뜻대로 되는 것만은 아닌 모양이었다.

"……일라쟈 씨는 대단해."

일라쟈는 대단하다. 좋아하는 사람이 자신을 좋아하지 않아도 좋아하는 사람을 위해서 노력할 수 있다. ……실연은 대단히 괴로운 일인데 말이다.

약혼자에 대한 일말의 희망을 가지고 앞을 향해 선 소아란이라는 사람.

한편 좋아하는 사람의 시선이 다른 사람을 향해 있고 자신의 마음을 전할 수 없지만, 그런데도 괜찮다며 좋아하는 사람을 지지할 것을 맹세한 일라쟈라는 사람.

자신의 마음이 닿지 않고 작별하는 것은 무척이나 쓸쓸한 일이다. 그런데도 사랑을 추구하는 사람과 그럼에도 자신의 마음을 억누르고 좋아하는 사람을 위하는 사람.

그 한편으로.

클루는 생각했다.

——과연 자신은 어떨까.

"……옆은."

내 것이었으면 한다. 그 마음은 지금도 전혀 변하지 않았다. 스푸트니크가 자신 이외의 누군가와 함께 하다니 상상하는 것만으로도 가슴이 콕콕 찌르듯이 아프고 찢어질 것 같았다. 그의 곁은, 그의 첫 번째는 자신이 아니면 싫다.

하지만.

가령 바람이 이루어지지 않더라도 자신의 마음을 전하지 못하더라도 부하로서 좋아하는 사람을 계속 응원하겠다고 맹세하는 친구의 모습을 보고 클루는 불안해졌다. ——자신은 확실히 스푸트니크의 곁에 서 있기에 적합한 사람일까. 단지 그의 곁에 있고 싶다고 고집을 피울 뿐인, 그에게 어리광을 부리고 있을 뿐인 아이가 아닐까.

책장에서, 빌린 책인 '처음 만나는 보석'을 손에 들었다. 여기저기 흠집투성이에 모서리도 둥글어져 있어서 원래 주인의 역사를 단적으로 느끼게 했다. 분명 스푸트니크도 많은 것을 알고 생각하고 경험해서 그리하여 지금 그라는 사람이 존재하는 걸 테다. 조금 전에도 좋아하는 사람이 있었다는 이야기를 처음 들었다.

——자신은 어떨까.

목이 갑갑해졌고 입술에서 보석 하나가 다시 데구르르 굴러 나왔다. 흠집 없이 반들반들 빛나는 청색 보석을 '처음 만나는 보석' 옆에 나란히 두었다.

'이 체질이 다 나아도 나랑 같이 있어줄 거예요?'

언젠가 자신이 그에게 던진 그 질문.

그 부탁을 들어줄 만큼 자신은 그와 어울리는 사람일까? 정말로?

*

창밖을 보았다. 성미 급한 나비가 날아가고 있었다.

계절은 머지않아 봄을 맞이한다.

끝.

에필로그

장작이 소리도 없이 갑자기 불타올랐다.
스토브의 불이 싸늘한 밤을 아련하게 비추기 시작했다.

*

"다녀왔습니다."
　스토브 불이 켜진 것과 완전 동시에 방문이 열렸다. 들어
온 그녀는 쏜살같이 스토브 곁으로 다가가더니 차가운 양손
을 치켜들었다.
　"아, 밖은 춥네."
　그에 응답하듯이 손잡이를 돌리는 소리와 경첩이 움직이
는 소리가 났다.
　천천히 열리는 침실의 문. 안쪽 문손잡이에 매달리듯이
모습을 보인 것이 있었다.
　"샤루."
　그것은 그녀의 시선 끝에서 두 다리를 문손잡이에서 떼어
내더니 바닥으로 뛰어내렸다. 소리 없이 능숙하게 착지한
후 여러 개의 다리를 능숙하게 움직여 그녀의 발밑으로 다
가온 그것은 커다란 거미 인형이었다.
　둥그스름하게 변형되어 있고 색도 파스텔핑크에 거미다
운 모습이라고는 다리가 여러 개 있을 뿐인 그것은 틀림없

이 그녀의 '사역마'였다. 옛날에는 좀 더 진짜 거미 같은 형
태를 하고 있었지만, 그렇지 않은 것은 옛날에 그녀에게 '바
람직하지 않다'고 조언을 한 인물이 있었기 때문이다.

그것은 그녀에게 기어 올라오더니 복슬복슬한 배를 그녀
의 뺨에 갖다 댔다. 점심에 자리를 비우던 중에 계속 창가
에서 햇볕을 쬈는지 인형 몸에서는 잘 마른 이불 같은 향기
가 났다.

"따뜻하게 해주는 거야?"

긍정하듯이 여러 개의 다리 중 하나가 그녀의 머리를 쓰다
듬었다. 그녀는 쓴웃음과 더불어 '귀엽기도 해라'고 말했다.

인형——사역마——샤루. 지금으로서는 '그녀'를 아는 몇
안 되는 존재였다. 하지만 그것을, 그렇게 된 것을 그녀는
그다지 외롭다고는 생각하지 않았다.

안락의자에 앉아서 스토브 안에서 소리 없이 타는 불을
바라보았다.

빨갛게 타는 그 불은 성냥을 그어서 붙인 것이 아니었다.
그녀 자신이 마법으로 만들어낸 것이었다.

인형은 그녀의 무릎 위에서 그녀의 하얀 카디건 단추를
쿡쿡 쪼아대면서 놀고 있었다. 단추 하나가 떨어질 것 같은
것이 신경이 쓰이는지 쭉쭉 뽑아낸 실과 다리 끝을 사용해
서 능숙하게 재봉하기 시작했다.

스토브에 덥혀진 인형의 등을 쓰다듬으면서 그녀는 중얼

거렸다.

"봄이 기다려지네."

훗훗 하고 웃음이 새어 나왔다.

자신의 무릎 위에서 바지런히 꿈틀거리는 인형이 사랑스럽다는 듯이 그녀는 그 등을 천천히 쓰다듬었다.

"넌 나비를 좋아하지."

새조차 모두 잠들어 고요해졌을 무렵, 따뜻한 스토브에 비쳐지는 실내.

마법사라는 굴레에서 탈피한 그녀가 홀로 야심한 시간에 떠올린 사람은──

보석을 토하는 소녀⑤ ~작은 보석점과 거짓의 마법사~

끝.

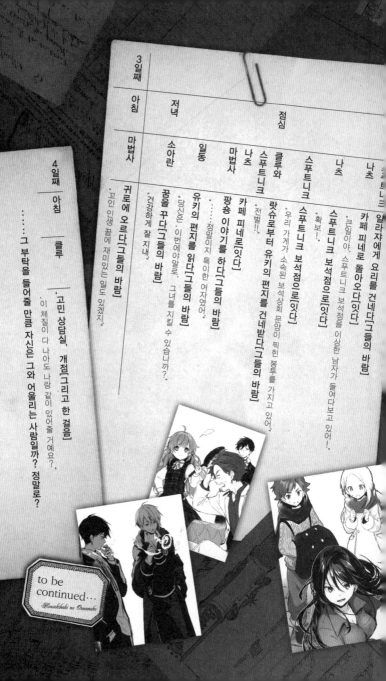

3일째

아침	
저녁	
점심	

나츠 "스푸트니크 알라샤에게 요리를 건네다[그들의 바람]"

나츠 "카페 피네로 돌아오다[그들의 바람]"

나츠 "클림이야. 스푸트니크 보석점을 이상한 남자가 들여다보고 있어!"

스푸트니크 "보석점으로[잇다]"

나츠 "확보!"

스푸트니크 "보석점으로[잇다]"

스푸트니크 "보석점으로[잇다]"

클루와 "우리 가게가 소속된 보석상회 문양이 찍힌 봉투를 가지고 있어."

스푸트니크 "랏슈로부터 유키의 편지를 건네받다[그들의 바람]"

나츠 "전달!!"

마법사 "카페 피네로[잇다]"

일동 "꿈을 꾸다[그들의 바람]"

소아란 "유키의 편지를 읽다[그들의 바람]"

"당신은, 이번에야말로, 그녀를 지킬 수 있습니까?"

마법사 "팡송 이야기를 하다[그들의 바람]"

"……정말이지 특이한 여자였어."

"귀로에 오르다[그들의 바람]"

"건강하게 잘 지내."

4일째

아침	

클루 "고민 상담실, 개점[그리고 한 걸음]"

"이 체질이 나아도 나랑 같이 있어줄 거예요?"

"……그 부탁을 들어줄 만큼 자신은 그와 어울리는 사람일까? 정말로?"

"꼬인 인생 끝에 재미있는 일도 있겠지."

to be continued…

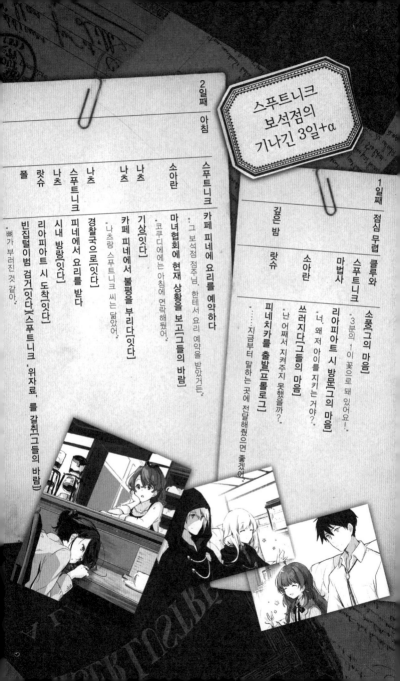

스푸트니크 보석점의 기나긴 3일+α

1일째

점심 무렵

클루와 소풍(그의 마음)

스푸트니크　"3분의 1이 꽃으로 돼 있어요!"

마법사　리아피아트 시 방문(그의 마음)

소아란　"너, 왜 저 아이를 지키는 거야?"

쓰러지다(그의 마음)

깊은 밤

랏슈　"난 어째서 지켜주지 못했을까?"

피네치카를 출발(프롤로그)

"…… 지금부터 말하는 곳에 전달해줬으면 좋겠어."

2일째

아침

스푸트니크　카페 피네에 요리를 예약하다

소아란　"그 보석점 점주님, 한테서 요리 예약을 받았거든."

마녀협회에 현재 상황을 보고(그들의 바람)

나츠　"코쿠디에는 아침에 연락해뒀어."

나츠　기상(잇다)

나츠　카페 피네에서 불평을 부리다(잇다)

"나츠랑 스푸트니크 씨는, 닮았어."

스푸트니크　경찰국으로(잇다)

나츠　피네에서 요리를 받다

나츠　시내 방황(잇다)

랏슈　리아피아트 시 도착(잇다)

폴　빈집털이범 검거(잇다)[스푸트니크, 위자료, 를 갈취(그들의 바람)]

"뼈가 부러진 것 같아."

후기

《보석을 토하는 소녀》1권 발매 무렵, 가넷 목걸이를 하나 구입했습니다.

고가의 액세서리를 살 만한 지갑 사정은 아니었지만, 작가 데뷔라는 인생의 단락을 짓는 시점에서 나중에 남을 만한 걸 기념으로 하나 사두라는 조언을 받았기 때문입니다.

겁을 먹고 시작한《보석을 토하는 소녀》시리즈도 드디어 5권을 맞이했습니다. 이 책이 나올 무렵 기념으로 다시 뭔가 하나 소지품을 새로 장만해야겠다는 생각이 듭니다.

안녕하세요, 나미아토입니다.

시간이라는 건 불가사의해서 자신도 모르는 사이에 지나 있습니다.

애용하던 펜의 잉크가 어느새 다 떨어지기도 하고 사이가 좋았던 친구와도 문득 소원해지기도 합니다. 거울에 비친 자신도 어느새 나이를 먹어서 눈에는 보이지 않는데도 변해가는 시간이 때론 원망스럽고 때론 싫다는 생각이 들기도 합니다.

그런 느낌으로 작중의 시간도 느리지만 확실히 흘러가고 있습니다. 5권은 사람과 사람 사이의 '연결 고리'에 대한 이야기입니다. 마법사들의 착지이자, 변화이자, 시작입니다.

그리고 동시에 클루가 무언가를 알아차린 것 같습니다.

질투를 하거나 가출을 계획하는 등 이렇게까지 어긋난 길을 가는 클루의 '깨달음'이 지금부터 어떤 형태로 이 이야기를 이끌어갈지 앞으로도 지켜봐 주시길 바랍니다.

그리고 경찰관 나츠의 후배 '폴'의 이름에 의견을 주신 여러분들 진심으로 감사드립니다. 덕분에 그런 느낌의 인물을 써낼 수 있었습니다.

또한 《보석을 토하는 소녀》 시리즈와는 상관없는 이야기지만, 포니캔년 창립 50주년 기념행사 중 하나로 생방송 프로그램 〈포니캔 전부!〉에서 실시한 특별기획에 포니캔 BOOKS 작가로서 저도 참가했습니다. 개인이 생각한 이야기를 소설로 제작한다는 기획으로 즐겁게 글을 썼습니다. 작가로서 여러 경험을 할 수 있었다는 사실에 정말로 기쁩니다. 관계자 분들께 여러모로 신세만 져서…… 죄송합니다. 그리고 늘 감사합니다.

이야기가 거듭되는 가운데 조금씩 성장해가는 클루와 함께 저 자신도 작가로서 성장해가기를 바랍니다. 지금은 외롭게 여겨지는 시간의 흐름이 언젠가 돌아봤을 때 사랑스럽게 생각될 수 있도록 말이죠.

이번에는 감사 인사를 쓸 자리가 없어서 여느 때와 다른 형태로 끝내려 했지만, 분위기가 왠지 심각해졌기 때문에 역시 마지막으로 한 줄 더 써볼까 합니다.

이번에도 감사했습니다. 6권에서 다시 뵙겠습니다!

나미아토

HOUSEKIHAKI NO ONNANOKO ⑤
©Namiato 2016
Originally published in Japan in 2016 by PONY CANYON INC., Tokyo.
Korean translation rights arranged with PONY CANYON INC., Tokyo,
through PONY CANYON KOREA INC., Seoul.
Korean translation rights ©2017 by Somy Media, Inc.

보석을 토하는 소녀 5

2017년 8월 1일 1판 1쇄 발행
2017년 8월 15일 1판 2쇄 발행

저 자	나미아토
일 러 스 트	케이
옮 긴 이	김현화
발 행 인	유재옥
본 부 장	조병권
담당편집자	김민지
편 집	권오범 김다솜 김민지 박찬솔 정영길 조찬희 이슬아
라이츠담당	오유진
디 지 털	홍승범 박지혜
발 행 처	㈜소미미디어
진행협력	(포니캐년 코리아) 김재형 임재환 김수영
등 록	제2015-000008호
주 소	서울시 마포구 토정로222, 403호 (신수동, 한국출판콘텐츠센터)
판 매	㈜소미미디어
마 케 팅	한민지
전 화	편집부 (070)4164-3962, 3963 기획실 (02)567-3388
	판매 및 마케팅 (070)4165-6888, Fax (02)322-7665

ISBN 979-11-6190-000-1 04830
ISBN 979-11-5710-371-3 (세트)

미디어 S 노벨 시리즈

마왕의 결단 1

여 불멸의 레그날레 1

엠페로이더 1

용사 1~2

워치 시리즈 1~3

생에는 심각한 버그가 있다 1

사는 연애 금지! 1~2

속에 나타난 그것(?!)이 나의 잠을 방해하고 있다 1

헤이븐 1

드 라운드 1~3

용사 아마기 하루토 1

테아트로

퍼 시저스 1

캉 츠키타마 1~3

카페 히로시마 1

오블리주 1

제국 흥망기 1

교 지구방위부 LOVE! NOVEL 1

가 너무 많아 살아갈 수 없어 1~2

흩날리는 브리건딘 1~3

공주 1

블 액셀 1

구세기 1~3

교에 오신 것을 환영합니다 1

틀렸어요. 1

공주와 신맹기사단 1~2

용과 화약 의식 1

홀의 마녀 1

는 가출 고양이 1

는 계절에 우리는 감응한다

스트 영웅전 1

이프 더 팬저 1

악마와 세 개의 이야기 1

원의 초월자 1

와 슈뢰딩거의 그녀들

라사키 아오이코의 분석은 엉망진창 1

1~2

리로디드 1~2

끝과 리셋 그녀

어로 1

귀의 릴리 마테리아 1~2

용을 죽인 자의 나날 1~5

인피니티 블레이드 1

잿더미의 카디널 레드 1~2

첫사랑 컨티뉴 1

친구부터 부탁합니다

클레이와 핀과 꿈꾸는 편지 1

키스에서 시작되는 발키리 1

7인의 미사키 1

건소드, EXE 1

검신의 계승자 1~6

검은 영웅의 일격무쌍 1~5

격돌의 헥센나하트 1

굿 이터 1~2

그 대답은 악보 속에

기계 장치의 블러드하운드

나와 그녀와 그녀와 그녀 1~2

닌자 슬레이어 1~4

대마왕 자마코씨와 전 인류 총 용사

두 번째 인생은 이세계에서 1~3

래터럴 ~수평사고 추리의 천사~

랜스&마스크 1~5

모노노케 미스터리 1

모브코이

백련의 패왕과 성약의 발키리 1~4

부유학원의 앨리스&셜리 1~2

부전무적의 버진 나이프 1

사랑이다 연심이다를 단속하는 나에게 봄이 찾아왔기에 무질서 1

사이코메 1~6

생보형님

수목장

슬리핑 스트레거 1~3

시스터 서큐버스는 참회하지 않아 1~3

신안의 영웅제독 1~2

아키하라바 던전 모험기담 1~3

여기는 토벌 퀘스트 알선 창구 1~2

오컬틱 나인 1~2

요괴청춘백서

용사와 마왕의 배틀은 거실에서 1~3

한 바다의 팔라스 아테나 1

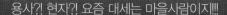
용사?! 현자?! 요즘 대세는 마을사람이지!!!

마을사람입니다만, 문제라도?
1

시라이시 아라타　지음
시라소 파미　일러스트
이서연　옮김

최강인 내가 약자를 지킨다!!
이세계 최강의 마을사람?!

◆ 초판한정 ◆
포스터
증정

""엑스트라는 깔끔하게 퇴장하는 거라고.""

이세계에서 환생한 류토의 최적의 직업은 마을사람이었다. 그곳은 고블린과 드래곤이 활보하는 세계이며, 직업이 크게 스테이터스에 반영되므로……류토에게는 너무 힘든 세계였다. 그러나 그는 마을사람인 채 엄청난 최강의 존재가 되었다. 이것은 그가 최강이 되고, 또한 마을사람인 채 활개를 치는 이야기이다.

이스즈 연맹의 총수는?! 6권에서도 귀여운 미라 님!

현자의 제자를 자칭하는 현자
6

류센 히로츠구 　지음
후지 초코 　일러스트
정대식 　옮김

쇼핑 데이트는 파란으로 가득?!
미라 님, 마리아나와 데이트하다!!

◆초판한정◆
쇼트 스토리 소책자
양면 일러스트 카드
증정

"부르고 싶은 대로 부르면 되잖느냐."

"……혹시, 할아버지?"
　자신과 같은 '현자의 제자'를 자칭하는 자가 보낸 편지에 따라 지정한 장소로 향하는 미라, 그곳에서 기다리고 있던 것은 전혀 예상치 못한 뜻밖의 인물이었다. 그런 궁지는 개의치 않고, 미라는 오랜만에 귀가하던 도중, 보좌관인 요정 마리아나와 쇼핑 데이트를 만끽한다. 그리고 드디어 본격적으로 활동을 시작한 '키메라 클로젠'이라는, 요정을 노리는 의문의 집단을 쫓는다. 또한 그런 무도한 조직에 대항하는 '이스즈 연맹'의 총수를 만나기 위해 본거지인 사계의 숲으로 향한 미라에게, 설마 했던 신분 탄로 위기가 닥쳐드는데……?!
　노도와도 같은 전개가 가득한 미소녀 전생 판타지 제6권!

두 번째 인생은 이세계에서
4

마인   지음
카보차   일러스트
정선옥   옮김

압도적인 전력차를 뒤집고
엘프국 특산물을 위해 마물을 섬멸하라!!

◆초판 한정◆
포스트 카드
증정

"우하하하하하하!
죽어도 구제불능인 마물이구만."

엘프국에 관광차 찾은 렌야 일행은 미궁에서 마물이 넘쳐나는 대사건에 말려든다. 렌야는 마물 2만 VS 아군 700명이라는 절망적인 싸움 앞에서도 엘프국의 특산물을 손에 넣기 위해 방어전에 나서기로 한다. 거기서 렌야가 엘프들에게 제안한 비책이란, 엘프, 가사 요정 프라우, 그리고 자신의 힘을 최대한으로 활용한 엄청난 것인데——.

먹을 것을 위해서라면 학살도 마다하지 않는, 거침없는 이세계 이야기 제4권!